시만 모르는 것

시만 모르는 것

© 박세현, 2015

1판 1쇄 인쇄__2015년 12월 15일
1판 1쇄 발행__2015년 12월 25일

지은이__박세현
펴낸이__양정섭
펴낸곳__작가와비평
　　　　등록__제2010-000013호
　　　　블로그__http://wekorea.tistory.com
　　　　이메일__mykorea01@naver.com

공급처__(주)글로벌콘텐츠출판그룹
　　　　대표__홍정표
　　　　편집__송은주　디자인__김미미　기획·마케팅__노경민　경영지원__안선영
　　　　주소__서울특별시 강동구 천중로 196 정일빌딩 401호
　　　　전화__02) 488-3280　팩스__02) 488-3281
　　　　홈페이지__http://www.gcbook.co.kr

값 15,000원
ISBN 979-11-5592-169-2 03810

박세현 산문집

시만 모르는 것

詩를 쓴다는 환상을 유지하기 위하여

책머리에

나는 이 어지러운 책을 산문집이라 명명한다.

시가 아니라는 점을 밝히는 것이고, 산만한 글이라는 점에서 특히 그러하다. 그때그때 쓰여진 글들이기에 방향도 다르고 일관성도 없다. 이론은 물론 없다. 내용이 겹치기도 하고 더러 동일한 문장이 반복되기도 한다. 교정과정에서 삭제하지 않고 두기로 했다. 책으로서는 결함이지만 그 어설픈 자중지란도 보존하기로 했다.

이 책은 시를 위해 쓰여졌다.

나의 시를 위해 쓰여진 책이라는 말이 더 정직하다. 내가 나를 모르고 살듯이, 대충 안다고 치고 세상을 살아가듯이 시에는 시라고 할 만한 무엇이 없는 것 같다. 헛방망이를 휘두르고 다음 공을 기다리는 타자의 심정도 짐작이 간다. 이것이 내가 아는 돌이킬 수 없는 시의 핵심사안이다. 도무지 무어라고 말할 게 없는 무엇. 시도 모르는 그것. 그러나 어쩌면 그래서 우리는 그 오리무중(이 말은 또 왜 이리 좋은가)을 시라고 부르고, 시라고 쓰고, 시라고 읽으며 시나브로 살아간다.

더 이상 시에 대해 떠들어댈 시시껍정한 말이 내게 남아 있을까. 없을 것이다. 없다. 다 말해졌다는 뜻이 아니다. 재고가 있다는 뜻도 아니다. 말할 것이 없는 채로 결국 다음 말이 생각나지 않은 채로 살 수밖에 없는 시간이 문밖에 와서 나를 노크하고 있다.

나의 시는 깊이 없음에 대한 투신이었다. 나의 시는 의미 없음에 대한 갈망이었다. 질기고 더러운 세상적 의미의 육탈(肉脫)이 시이기를 희망했다. 한번도, 그 길을 가보지는 못했으나 항상 내 마음이 거기 있었다는 것을 증거하는 모순과 분열의 언설만 분주하다. 이 산문들은 그래서 시에 대한 나의 손짓이자 헛손질이다.

책은 내지 않을수록 저자에게는 소득이 크다. 자기 손을 떠난 책들은 어떤 형태로든 회귀하여 대책 없이 저자를 갈굴 때가 있기 때문이다. 내가 쓴 글을 책이라는 물질성 속에 집어넣고 싶은 것은 나의 지병이다. 우좌지간 이 짓은 내가 짓고 내가 거두는 텃밭농사에 준한다. 강호제현의 댓글이 아니라 무플의 질책을 달게 받는 일이 남았다.

2015년 11월
원주시 우산동에서
박세현

목차

5부 잘 모르는 만큼만

1부 눈 감고 읽을 것

스님 여덟 명

불암산에 불이 났다는 뉴스가 떴다. 우리 동네라 눈이 먼저 갔다. 다행히 암자에서 자고 있던 스님 여덟 명은 긴급히 대피했기 때문에 자고 있던 스님 여덟 명은 아무런 피해도 입지 않았다고 한다. 산불이 절까지 덮쳤다면 자고 있던 스님 여덟 명이 불난 집에 갇힐 뻔했지만 자고 있던 스님 여덟 명은 미리 대피해서 자고 있던 스님 여덟 명은 참으로 다행이다. 자고 있던 스님 여덟 명이 긴급히 몸을 피하지 못하여 자고 있던 스님 여덟 명이 피해라도 입었다면 자고 있던 스님 여덟 명의 법문은 듣지 못하게 되는 것이고, 자고 있던 스님 여덟 명의 법문은 없는 일이 됨은 물론이거니와 자고 있던 스님 여덟 명에게 법을 청하던 불자들은 자고 있던 스님 여덟 명의 법문을 어디서 구하겠는가. 조그만 암자에서 자고 있던 스님이 여덟 명이냐 아니냐의 문제는 어차피 자고 있던 스님 여덟 명에겐 화택에서 화택으로의 이동이라는 점에서 자고 있던 스님 여덟 명이든 자고 있던 스님이 여덟 명이 아니든 별 차이가 없다.

산문이자 삶무늬인

나의 등신에게

오월 첫날의 엷은 어둠이 번진다. 종로 5가. 생의 물살 같은 것이 수줍게 움직인다. 살 속에서 움직이는 소리가 가로수 새 잎에서도 새어나온다. 참을 수 없을 만큼의 꼭 고만한 분량의 어둠이 넘실거린다. 건널목에 서 있는 사람들. 여자와 남자, 남자와 여자. 그들을 딛고 있는 시간. 누구의 시간인지 모르는 시간들이 복면한 채 저렇게 이렇게 흘러간다. 추상적인 저 인류들의 숨소리가 왜 나를 건드리는가. 등신, 내가 지 아니면 못 살 줄 알고. 여성 화자의 하이톤이 신호등보다 먼저 8차선 대로를 건너간다. 오늘 저들이 제 몸에 새기는 바이오그라피에 건배! 행복하라(내 어법으로는 행복하자). 부처님은 제자가 공양한 음식을 잡수시고 식중독에 걸렸다. 그게 입적의 원인이 된다. 자등명 법등명은 붓다가 제자들에게 던진 마지막 법문. 자신을 등불 삼고, 법을 등불 삼아서 정진하라. 언어에 기댄 자들은 언어를 등불 삼아야 한다. 기댈 수도 기대지 않을 수도 없는 언어로 맨날 쩔쩔 맨다. 추억이 있는 한 당신은 나의 남자요, 언어가 있는 한 당신은 나의 인간 우리의 인간이 된다. 굶이라고 말했는데 당신에게 가서 탱자가 되지 않던가. 말이라는 게 늘 그 모양이다. 언어의 진심은 '그게 아닌데'의 주위를 서성댄다. 기다려도 오지 않는 고도와 비슷하다. 거리에 번지는 어둠을 입으면서 오월 초하루를 건너간다. 느린 걸음으로 맞닥뜨리는 생의 급물살. 종로 3가. 내 것일 뿐인 초 한 자루의 심지에 불을 붙인다. 각종 등신들 나의 등신에게 합장.

인생은 신기루

한대수 공연을 보았다. 이렇게 쓰고 싶지만 그건 아니다. 그의 데뷔 40주년 기념 콘서트를 몸으로 보고 싶었다는 것. 그의 록을 사랑하기 때문이 아니라 종심從心에 가깝도록 자신의 운명을 춤 추듯 몰고 가는, 솔직하게 늙어가는 남자의 음악적 전기傳記를 개관하고 싶었다는 것. 그의 삶은 그의 관용적 표현대로 양호하고 싶은 또는 양호할 수밖에 없는 삶이다. 공연 마지막에 깔렸다는 내레이션 한 대목.

어떤 사상도 시련도 당신을 해방시킬 수 없네.
어떤 증권도 채권도 당신을 지켜주지 못해.
인생은 신기루.

한대수를 신중현과 조용필에 비교하기도 하는 모양인데 나는 그것과 상관없이 그를 지지한다. 한에게는 신과 조에게 없는 것이 있다. 음악과 분리되지 않는 무엇이다. 그것은 자신의 운명을 손수 달래는 넉넉한 자유로움이다. 삑사리 난 자기 운명에 대한 자중자애. 인생은 신기루라고 떠드는 것은 레토릭이 아니다. 자신을 향한 일말의 선언이다. 20대초 골방에서 '청춘과 유혹의 뒷장' 마구 넘기던 시절, 그의 노래는 노래만은 아니었으니, 소주나 한 잔 마시고, 소주나 두 잔 마시고 일없이 걸어가던 강원도 강릉시 성남동 일대 게다가 안목 바닷가, 소나무, 심심한 파도, 모랫바람, 갈매기, 흐린 연애, 위수령 등은 모두 내 청춘의 뒷장이었던 것.

한대수는 가수이자 시인이자 사진작가다. 쓰리잡이군. 그가 1974년에 발매한 첫 앨범에는 나중에 금지곡이 된 〈하루 아침〉이 포함되어 있다. 노랫말은 한국시가 갖지 않은(못한) 당돌함이다. 놀라운 시다. 시가 아니라면 시를 넘어선 무엇이다. 미당도 김수영도 급히 지나간 문학사의 나대지裸垈地다. 내 말은 과장일까? 여기 가사를 타이핑한다.

> 하루 아침 눈을 뜨니 기분이 이상해서
> 시간은 열한 시 반 아 피곤하구나
> 소주나 한 잔 마시고 소주나 두 잔 마시고
> 소주나 석 잔 마시고 일어났다
>
> 할말도 하나 없이 갈 데도 없어서
> 뒤에 있는 언덕을 아 올라가면서
> 소리를 한번 지르고 노래를 한번 부르니
> 옆에 있는 나무가 사라지더라
>
> 배는 조금 고프고 눈은 본 것 없어서
> 광복동에 들어가 아 국수나 한 그릇 마시고
> 빠문 앞에 기대어 치마 구경하다가
> 하품 네 번 하고서 집으로 왔다

방문을 열고 보니 반겨주는 개미 셋
안녕하세요 한선생 그간 오래간만이오
하고 아 인사를 하네
소주나 한 잔 마시고 소주나 두 잔 마시고
소주나 석 잔 마시고 잠을 잤다

공기방울

신념은 아니지만 지켰으면 싶은 결심을 어길 때마다 가슴 어딘가는 오후 네 시의 겨울햇살처럼 서늘하다. 커피잔은 왼손으로 잡자. 토요일은 외출하지 않는다. 얍삽한 사람과는 어울려도 신념이 강한 인류는 피한다. 필체에서 온기와 자존감이 느껴지지 않는 저자의 책은 읽지 말자. 이거 뭣같은 다짐인가. 자신의 윤리적 감각 없이 수시로 깨기 위한 메모다. 산다는 것은 자기 결심을 지키는 것이 아니라 그것을 파기하는 불가피한 걸음이다. 많이, 자주, 크게 파기할수록 극적인 삶이 된다. 드라마가 피할 수 없는 지점은 허구도 아니고 현실도 아니다. 허구와 현실의 틈바구니다. 구멍 숭숭한 큰 바구니. 아무리 생각해도 메울 수 없는 공기방울 같은 구멍들을 메우기 위해 보란 듯이 결심을 어기면서 사는 나날. 그게 나의 숭고한 일상이다.

나의 묘비명

한 줄의 시는커녕
단 한 편의 소설도 읽는 바 없이
그는 한평생 행복하게 살며
많은 돈을 벌었고

높은 자리에 올라
이처럼 훌륭한 비석을 남겼다
그리고 어느 유명한 문인이
그를 기리는 묘비명을 여기에 썼다

—김광규, 〈묘비명〉 부분

2월 28일, 토요일 아침에 우연히 다시 읽게 된 시다. 저 시는 어떻게 내게 왔던가. 바야흐로 때는 1981년 여름, 국책은행에서 돈을 세고 있던 사촌을 만나기 위해 원주에 도착했다. 초여름, 사촌을 기다리기 위해 들어갔던 서점에서 만난 시다. 우리를 적시는 마지막 꿈. 김광규의 첫 시집. 그때 지방도시 터미널 근처 다방에서 시집을 읽던 청춘이 눈에 선하다. 그 후, 사촌은 고객돈으로 주식을 하다가 말아먹고 은행에서 쫓겨나 지금은 개털로 산다. 또 그 후, 문청들 몇과 강남터미널에서 고속 타고 역시 원주의 금대리 굴다리 밑에 와 지나가는 기차 바라보며 술 마시고 간 적도 있다. 한참 더 후에 나는 취업용 이력서를 들고 행정적인 표정으로 원주를 방문한다. 채용해주시면 열심히 하겠습니다. 서명과 도장. 나는 그 후 쭉 열심으로 살았다. 유명 문인이, 시 한 줄 읽지 않은 사람의 묘비명을 쓴 것 말고도 알 수 없는 일은 세상에 널렸다. 아는 전화는 119밖에 없는 원주에서 20년 이상 숨 쉰 일도 내게는 알 수 없는 일이다. 우연히, 순전히 덮치듯 '나를 적시는 마지막 꿈'은 무엇일까. 재즈입문서를 작성하는 것은 여전히 못 이룰 나의 꿈이다. 누가 이룰 수 있는 꿈을 꾸겠는가. 이루어질 수 없는 사랑. 그것은 문장만으로 사랑의 핵심에 도달한다. 어딘가 도착하고 싶을 때마다 나는 도착증자가 된다. 환상스크린이 있다는 것. 나의 모든 당신들이 저 스크린 너머에서 나를 부르는 2월 말일에 나도 나의 묘비명을 손수 새기고 있을 것임. 그것이 한 편의 시였던가.

고급한 독자
고급한 독자가 드문 사정은 고급한 문학이 희소하다는 전제를 딛고 있
다. 고급한 문학은 어떤 것인가. 고급한 내용을 고급한 형식으로 전달하
는 문학이다. 이해가 팍팍 온다. 서글픈 동어반복. 고급은 또 무엇인가.
고급의 극점에서는 항상 저급이 있다. 고급은 저급을 경과해서만 상상
되는 무엇이다. 금강경 문체로 정리한다. 고급은 저급과 같지 않지만
다르지도 않다.
—수유역을 통과하며

컵휘가 우리를 속일지라도
일상으로 커피를 마시면서 커피맛을 모른다고 너스레를 떠는 친구가
있다. 그때마다 나는 여자 배 위에서 배를 모른다고 배의 임자를 향해
떠들 위인이라고 농담한다. 너무 진한가. 그건 당신 문제. 무엇에 대한
개념을 정리하는 일은 쉽지 않다. 정의하고 싶은 사람의 욕망으로 수렴
되는 것이 정의의 속성이다. 커피가 되었든, 사랑이 되었든, 시가 되었
든, 정치가 되었든 자신이 빠하게 아는 분야라 하더라도 같은 결과에
도달한다. 입 열어 말하는 순간 개념은 틀어진다. 개구즉착. 모든 정의
의 운명이다. 재즈의 발생에 관해서도 학자들 간에 논쟁적인 요인들이
개입한다. 아프리카에서 온 음악이라는 둥, 유럽과 아메리카 음악이 만
나 생성되었다는 둥. 논쟁적인 부분들을 제외하고 남는 것은 재즈가
미국에서 탄생했다는 사실뿐이다. 즉, 20세기의 미국음악이라는 점만
설왕설래를 벗어난다. 재즈를 들어보지만, 이렇게 떠들어도 되나, 스윙
이 뭔지 나는 모른다. 스윙감을 모른다면 재즈를 대충 헛듣는다는 뜻이

다. 개 머루 먹듯 한다는 속담은 이때의 나를 가리킨다. 스윙하지 않으면 의미가 없다는 듀크 엘링턴의 말은 재즈의 본능을 설파한다. 스윙은 재즈만의 고유한 리듬이다. 백인들의 열등감도 이 대목에 있다. 커피맛을 모른다고 하면서 누구보다 열심히 커피를 홀짝대는 친구처럼 나는 스윙을 모르면서 재즈를 듣는 인간이기를 바란다. 시인마다 각자의 시가 있고, 시에 대한 정의가 있지만 생각이 다른 부분을 배춧잎 젖히듯 제하고 나면 남는 것은 시의 노란 속고갱이다. 시 쓴 인간이 기어간 자국이다. 시가 도달하는 지점은 늘 그곳이다. 커피맛을 모르는 나의 친구여, 비오는 날 우산 쓰고 찐한 자판기 커피 한 잔 마시자구. 컵휘가 우리를 속일지라도.

비명횡사

작가를 사랑한다는 것은 그의 작품을 읽는 일이다. 독서는 작품을 곰곰, 꼼꼼하게 읽는 일이다. 곰곰이 읽는다는 것은 작품의 의미를 새기는 일이다. 의미를 새긴다는 것은 의미의 의미를 음미하는 일이다. 의미는 무엇인가. 의미의 새로움은 무엇인가. 독자가 된다는 것은 의미의 숲을 산보하는 일이다. 의미와 가치에 대해 골몰하는 일은 작가와 독자의 공통 업무다. 시집을 내도 시인이 아닌 사람은 많다. 누가 시인이라 호명하고 누가 아니라고 판정하겠는가. 시 한 줄 없이도 시인인 사람 있고, 시집 여러 권 내고도 시와 상관없는 사람 많다. 누구? 문학의 문턱에서 '이게 아닌가 봐' 하고 대개 좌절한다. 각자가 설정한 성공적인 오해의 바다를 건너다가 발각되는 것. 작가가 된다는 것은 자기 눈을 찢고 트는 작업이다. 독자가 된다는 것도 작가가 만든 의미의 그물에 자신을 투신하는 일이다. 어느 대목에서 비명을 질러야 할 지 모르는 가짜 환자와 비젓한 작가의 비명에 같이 신음하지 말 것. 사자성어로 그것은 비명횡사.

나는 당신이 그딴 독자가 아니길 천지신명께 부탁한다.

눈 감고 읽을 것

안주 나오기 전, 접시에 담긴 강냉이 손에 집듯이, 무심한 손끝이 기억하고 가끔 펼치는 책 두 권. ≪오자와 세이지씨와 음악을 이야기 하다≫와 ≪꼼짝도 하기 싫은 사람들을 위한 요가≫가 지금 내 손에 잡힌 강냉이다. 읽어도 읽은 것 같지 않고, 안 읽어도 읽은 듯한 야릇한 포만감을 준다. 무라카미 하루키가 지휘자 오자와 세이지와 인터뷰한 책을 읽으면서 지휘자의 업무를 이해한다. 팔만 휘젓는 줄 알았던 지휘자가 다른 일도 한다는 걸 일러 준 책이다. 헤딴 얘기지만, 지휘자는 야구감독처럼 객석에 앉아서 관망했으면 좋겠다. 음악을 떡 주무르듯 몸에 붙이고 있는 소설가의 알바가 눈부시다. 번스타인이 말러에 집중하는 과정이 기억에 남는다. 둘 다 유태인이었다는 문제를 넘어서 그렇다. 말러는 잘 모르겠지만 말러 1번의 피날레에서 호른 주자 일곱 명이 벌떡 일어나서 불어대는 장면은 눈길을 끈다. 하루키가 오자와에게 궁금했던 것은 호른 주자들의 행동이 누구의 지시인가였다. 말러의 것이냐 지휘자의 것이냐. 악보상에 그렇게 딱 박혀 있다는 것이 답이다. 이대로 해. 일곱 명의 호른 주자 중 여섯 명은 일어서서 부는데 한 명이 앉아서 불었다면? 일언지하(가 맞지만 일언저하도 비문법적 힘은 있다)에 잘렸겠지. 깊은 뜻은 말러한테 물어야 할 문제지만, 유럽음악이 작곡가의 것임을 재확인하는 순간이다. 시에도 시인의 읽기지시가 표기되면 어떨까. 에릭 샤티 버전으로 말이다. 새벽 세 시에 읽을 것. 음주 상태에서 읽을 것. 마지막 줄은 눈 감고 읽을 것. 스마트폰으로 읽지 말 것. 앉아서 읽을 것. 냉소적으로 읽을 것. 술집에서 읽을 것. 울음 그치고 눈물 닦지 않은 상태로 단번에 읽을 것. 한번만 읽고 평생 읽지 말 것. 화장

지우고 읽을 것. 몸으로 읽을 것. 외계인의 상상으로 읽을 것. 양치하고
읽을 것. 108배 하고 있을 것. 강냉이 집어 먹듯이 읽을 것.

빠리상고

우연히 심재상, 이홍섭, 박세현, 심상대가 한자리에 앉았다. 전무했고 후무할 순간이다. 심상대가 그의 생애 첫 장편 ≪나쁜봄≫을 들고 나타난 자리였고, 무대는 강릉 안목의 어떤 카페였다. 가수로 치면 약식 음반 쇼케이스 같은 자리였을 것이다. 시인 셋에 소설가 한 명이 합석한 풍경은 군더더기 없는 단출함이다. 급조한 쿼텟! 그날 공연 가운데 기억에 남는 게 있어 초고를 남겨 둔다. 소설가에 대한 얘기를 하는 중에 소설가는 상고를 나와야 한다는 결론에 이르게 되었다(녹음된 웃음소리 방출). 심상대 자신이 강릉상고(지금은 교명이 바뀌었지만) 출신이고, 동석자 셋은 우연찮게도 강고(강릉고등학교의 줄임말인데 강고라고 했을 때만 울리는 지방색이 있다) 출신이었고 다 시인이었다. 상고니 강고니 하는 축약어는 통상 그 마을을 벗어나면 아는 이가 없다는 약점을 갖는다. 고대니 연대니 하는 이름은 패권적 기호가 된 예다(서울대는 서대라고 하는 게 맞다). 상고는 실업계이고 강고는 인문계다. 강고는 대학진학이 목표라면 상고는 은행취업이 최종 목표였다. 그렇게 말해서는 덜 분명하다. 인문계 학생들은 책을 통해 무엇을 도모하려는 부류들인데 반해 실업계는 다르다. 책보다 현실이 더 가까웠던 종자들이다. 시는 머리로만도 쓸 수 있지만 소설은 머리만 가지고는 답이 나오지 않는다. 강고 출신 먹물들이 가방에 책을 넣고 정철의 〈관동별곡〉에 밑줄을 긋고 있을 때, 어떤 상고 출신들은 휘파람 획획 불며 모자 삐딱하게 쓰고 가방에는 공격용 쇠줄을 넣고 다니기도 하고, 도끼로 학교 유리창을 깨고 정학을 당하거나 자퇴한다. 그런 눈 먼 폭력성을 문예적으로 해석하면, 심상대처럼 소설가가 되고 물리적으로만 숭상하면 조폭 똘마니가 되어 '나와바리는 넓고 할일은 많다'고 외치는 설치류가 된다. 그 풍습에 대해 우리는 가볍게 합의하고 동의했다. 강고 나오면 시인 되고 상고 나오면 소설가가 된다. 적어도 강원도 강릉에서는. 이 우스운 얘기를 한번 비틀어 본다. 더 좋은 시인은 상고를 나와야 하고, 위대한 소설가는 강고를 나와야 할지도 모른다. 시인이든 소설가이든 자신의 틀을 갖는 것은 쥐약이다. 미국에서만 작업했던 뉴요커인 우디 알렌이 유럽에서 영화를 찍고 난 뒤 했던 인터뷰가 생각난다. 그는 늘 외국감독이 되고 싶었다고 너스레를 떨었다. 그다운 장난기다. 나도 야간 빠리상고(국립이면 더 좋고)를 중퇴한 프랑스 시인이 되고 싶었다.

조심해야지

시월 첫날 비온다 각자도생의 시간. 뭔가 써야할 것 같아서 몇 문장 만든다. 시는 의미가 아니다. 의미하지 않기 위해 단지 언어에 의탁한 다. 가탁. 잠시 의탁. 언어마저 벗어버리고자 한다. 시가 아무것도 아니 라는 사실을 인정하면서부터 시에다 내 삶을 밀어 넣어야 한다는 생각 이 왔다. 나는 오직 실패하기 위해 쓴다. 바라기는 가장 화려하게 실패 하고 싶다. 언제나 처음 가는 그 길에다 언어를 내려놓고 싶다. 상식과 논리와 가당찮은 이론이 주저앉는 곳에서 시는 출발해야 한다. 어떻게 이런 표현을 역시 시인은. 그의 시는 깊은 의미가 있다. 이런 말을 듣고 자 시가 쓰여지지는 않는다. 시는 우리네 인생의 황당함 막막함 정답없 음에 대한 고투여야 할 것이다. 한다로 서술어미를 수정한다. 홍상수의 ≪지금은맞고그때는틀리다≫에서 여자 화가 윤희정(김민희)의 그림을 보고 상투적이라 평한 함춘수(정재영)의 말은 내 시가 늘 돌아봐야 하 는 대목이다. 조심해야지. 어머 샘 시 좋아요 라는 말을 때마다 (4년에 한번쯤 한 사람에게 들을까 말까) 나는 내가 뭔가를 잘못했다는 생각에 시달린다. 내게 시는 쓰여진 무엇은 아니다. 쓰여질 무엇이다. 과격하게 말한다면 쓰여진 것은 더 이상 시가 아니다. 시에 대한 안내문 혹은 찌라시 정도일 것이다. 시는 끊임없는 불가해와 미지로 남아있어야 한다. 그게 시의 사주다. 100편의 시를 썼다고 해도 쓰여지지 않은 한 편의 시로 인해 시인에게 시는 미완으로 남는다. 시가 업적이나 성취가 아닌 까닭이다. 철저히 무참하게 실패함으로써 시는 어떤 길에 들어설 수 있다. 누구도 가보지 못한 그길 죽음 같은.

박인환의 얼굴

사노라면 언젠가는 밝은 날도 오겠지. 흐린 날도 날이 새면 해가 뜨지 않더냐. 들국화의 〈사노라면〉의 노랫말 서두다. 구성진 건전가요다. 1980년대를 몸으로 견딘 사람들의 정서를 관통해나간 노래다. 뽕짝이다. 이 노래의 작사, 작곡자는 미상이다. 구전가요를 전인권이 채록한 것으로 알아왔다. 알고 보니 이것은 오랫동안 잘못 알려졌던 것. 미상이라는 용어는 여기에 맞지 않는다. 검색해보니 이 곡은 원제목이 〈내일은 해가 뜬다〉이고, 길옥윤이 작사하고 작곡했던 것. 대명천지에 이런 미상적인 일도 있다는 것. 남부지방 지역감정해소위원회에서 제공한 듯한 〈화개장터〉는 가사를 조영남이 쓴 걸로 전해져왔다. 조씨가 훗날 노랫말 제공자는 소설가 김한길이라고 밝혔다. 그닥 심각한 얘기는 아니다.

박인환의 시로 전해지는 〈얼굴〉을 찬찬히 읽을 기회가 있었다. 가수 박인희가 낭송한 시를 라디오에서 들었던 걸 내 청각은 희미하게 기억하고 있었다. 왜 그랬을까. 박인환이라면 이런 시를 썼을 것이라 치부해버렸던 내 편견이 초라해졌다. 〈얼굴〉을 읽은 나의 직관은 이게 박인환의 소작이 아닐 거라는 것이다. 한 지방언론에서 이 문제를 기사화한 적이 있다고 들었다. 더 이상의 후속 논의 없이 묻혀버린 것 같다. 이런 문제는 따지기 좋아하는 분들이 할일이고 내가 눈여겨보는 대목은 〈얼굴〉은 거의 시가 아니기도 하지만 박인환적 사고를 반영하고 있지도 않다는 점이다. 〈목마와 숙녀〉나 〈세월이 가면〉에 눈이 익은 독자가 같은 눈으로 〈얼굴〉을 읽었을 때 차이감 없이 읽혔을 수 있다. 그러나 앞의 둘은 통속성이라는 외피가 있을지라도 시의 눈을 가지고 있지만 뒤의 것은 시와는 다른 감상적 메모에 지나지 않는다. 어떤 왜곡이 여기에 끼겨 있는지는 모르겠으나 〈얼굴〉은 박인환의 시는 아닐 것이다. 나는 그렇게 판단한다. 우리 쪽 근대가 후다닥 이루어졌듯이 우리의 문학판도 어딘가 후다닥 스타일이 몸에 배었다. 혹 박인환의 시적 인감이 확인되어도 나는 아닌 걸로 알고 살겠다. 누가 좀 확인해줬으면 좋겠다.

김영태 소묘

김종삼, 김수영, 김춘수를 두루 섞어놓은 듯한 시인이라고 하면 혹자는
의아해하면서 나를 탓할 것이다. 여러분은 누구를 떠올릴까 궁금하다.
여러 시인을 섞는다는 발상도 이상하지만 그러나 이 시인은 그 누구도
아닌 자신의 미학을 살았다. 시인 김영태. 그에게는 여러 명함이 있다.
시인, 무용평론가, 화가 등이 그것인데, 그거야 무슨 상관이 있겠는가.
그가 죽은 뒤 그의 약력에 남은 저서 목록을 보는 것만으로도 놀랍다.
시집, 산문집, 무용 평론집, 소묘집의 분량이 장난이 아니다. 나는 이렇
게 많은 저서를 가진 시인을 알지 못한다. 벌어진 입이 다물어지지 않을
뿐이다. 나는 김영태가 매우 훌륭한 시인이라는 것을 강조하려는 것이
아니라 하나의 존재로서 그를 들여다보는 것이다. 1988년 나는 한 계간
지의 편집장 일을 수행한 적이 있다. 그때 무슨 일인가로 그와 통화한
적이 있는데, 그때 그는 나에게 '아, 나왔더군요'라고 말했다. 그가 나왔
다고 한 말은 통상 문단에 등단했다는 의미다. 지금도 나는 나온 구멍으
로 들어가지 못하고 이렇게 빌빌대고 산다. 그게 전부다. 나는 그의 현

품을 본 적은 없다. 그러나 저 1970년대 나의 이십대를 장악했던 ≪평균율≫ 3인방, 즉 마종기, 김영태, 황동규를 모르는 사람이 있을까. 있어도 할 수 없지만, 나는 그들의 시를 읽으면서 청춘을 일으켜왔다. 그 후에 문학과지성사판 시집의 표지를 구성했던 시인의 초상을 그린 화가도 그다. 문지시인선에 만약이지만 이제하와 김영태가 그린 시인의 인물컷이 없었다면, 시집의 물질적 권위는 다소 빈 곳이 생겼을 것이 틀림없다. 물론 다른 그림이 그 자리를 대신했겠지만 적어도 김영태, 이제하가 채운 선적線的 의미는 대체하기 어렵다. 김영태의 시에는 현실도 있고, 비현실도 있고, 추상도 있고 구상도 있다. 음악과 그림이 있고, 무용이 있다. 한때는 이게 뭐야 싶었지만, 그가 없는 문학사의 자리에서 보니, 그것은 시가 아니라 예술이었고, 예술이 아니라 온통 시의 본질이었다. 그래서 그런가, 어떤 이들이 말하는 '마지막 보헤미안'이라는 명명에 동의하지만, 그 말만으로 그가 충분히 밝혀지는 것이 아니라고 생각하게 된다. 그게 뭔지는 딱히 모르겠다. 천천히 그런 것도 챙겨볼 생각이다. 평소에 잘 쓴 시, 문제작, 진정성에 값하는 시 등을 많이 조우하지만, 매력적인 시는 턱없이 귀하다는 편견을 나는 가지고 있다. 모든 시인이 그 자리를 차지하기 위해 골몰한다고 해도 과언은 아니다. 당분간 나는 그 빈 자리의 주인으로 김영태를 추천한다. 더 나은 시인이 나타날 때까지만 좀 앉아 있으시라고! 우연히 알게 되었지만 그의 시전집이 나왔는데, 예상했던 출판사는 아니었다. 하긴 예상과 다른 것이 세상에 한두 가지겠는가. 나는 이 순간 순전히 시적으로 놀라면서 글을 맺는다.

봉평 시놉시스

내게 메밀꽃 필 무렵은 봉평 갈 무렵과 동일한 문맥을 구성한다. 8월말쯤이면, 김남극 시인으로부터 섭외 전화를 받는다. 이효석문화제에서 이런저런 배역을 수행하라는 지시. 효석백일장 심사, 심포지엄 질의자와 같은 것이 내게 던져졌던 소임이다. 뭐, 어떤 역할이 되었던지 간에 그것이 그것이다. 내게는 메밀꽃이 핀 봉평에 몸을 맡길 수 있으면 된 것이다. 이 대목에서 돌아보니 봉평을 들락거린 지도 꽤 여러 해가 쌓였다. 그런데, 전국노래자랑 고정 심사위원 같은 느낌이 드는 것은 무엇인가요. 봉평에서는 결혼식장에서 일가붙이들 만나듯이 자주 만나지지 못하는 지역 언저리의 문인들을 만나는 장면도 애틋한 일이다. 뭐하자구 글들을 써가지구. 저게 내 모습이지 하는 메마른 연민을 씹게 되는 곳도 어쩔 수 없이 봉평이다.

#1
봉평 가면, 이효석 문학관을 한 바퀴 돈다. 대웅전에 들러 삼배를 하듯이. 의례적이지만 문학에 투신한 자들에게 그 공간은 그러나 의례가 될 수 없다. 문학관 내부를 관람하는 동안 무수한 생각들이 떠오르고 가라앉는다. 오직 한 컷의 흑백장면 같은, 이른바 1930년대 문학공간을 살고 간 소설가의 자취를 볼 때 속에서 무언가가 출렁거린다. 살아보지 못한 시간이 나를 살고 있다는 생각에 마음은 복잡하고 스산해진다. 건성으로 개관하건대, 한국문학의 중심은 1930년대였다는 생각이 스쳐 간다. 거역 나도 문학박사였던 것. 그보다 더 괴이한 일은 시 쓰는 나의 학위논문이 다 소설가였던 것. 석사는 채만식이었고, 박사는 김유정이 었다. 이 얘기는 지나가자. 이론적 고증은 좀 그렇고, 이상과 김유정과 이효석과 미당이 존재했다는 것, 구인회가 있었다는 것, 폐병이 있었다 는 것, 그리고 제국주의라는 대타자가 있었다는 것 등이 한꺼번에 밀려 온다. 진정성이 소멸한 지점에서 문학을 떠든다는 게 다 무슨 소용이람. 문학관 내부에 딸린 찻집에 앉으면 공연히 한국문학 전체가 온몸으로 반성되기도 한다. 쓸데없는 반성이야말로 진짜 반성이다. 문학관 앞 잔 디밭에서 초가을 햇살에 일광욕 중인 시화전 액자 숲을 걸어간다. 예의 상 둘러보는 걸음인데, 그 와중에도 나는 눈으로 내 것을 찾고 있다. 불쌍하다. 셀카봉에 매달린 불치여.

#2

과문이겠으나, 문학을 테마로 하고 있는 축제 중에는 이효석의 것이 그중 아름답다. 자세히 따질 필요 없이 이만한 세팅을 가진 축제는 귀하 다. 즉, 메밀밭과 그 위에 얹혀 있는 지울 수 없는 스토리 텔링. 메밀꽃 행간에서 사람들은 각자의 추억을 조회하거나 장례를 지낼 것이다. 잔 치에는 뭔가를 보고 겪어야 한다는 강박이 몸에 스미게 마련이지만 봉 평은 그런 억압이 없다. 그냥 와서, 그냥 보고, 그냥 가면 그만이다. 가

산의 소설에 대한 강박도 메밀에 대한 강박도 봉평이 가진 풍경에 대한 강박도 없고 또 없다. 그런 점에서 나는 봉평 예찬자요 지지자가 된다. 한없이(는 아니지만) 넓은 '소금을 뿌려놓은 듯한' 메밀밭을 어슬렁대는 것만으로 사람들은 과거가 되기도 허생원의 속마음이 되기도 한다. 봉평만이 연주할 수 있는 생의 리듬이다. 문학이 문학으로 자연스럽게 대우받는 공간이 또한 봉평이다. 메밀밭을 걷고 나면 나는 순해진다. 몸속에 각질화 된 더러운 생각들이 다 씻겨나간 듯하다. 실제로 봉평 다녀와서 몸무게를 달아봤더니 좀 줄어들었는데 그 이유를 나는 그렇게 생각하며 산다.

#3

이효석 문학제의 핵심은 두 가지. 하나는 초등학생부터 일반인까지를 대상으로 하는 백일장과 이효석문학상 시상식이다. 문자 그대로 훤한 대낮에 뜬금없는 주제를 받고 '써' 하는 백일장이 이 행사의 주역일 것이다. 주제가 주어지고 글을 쓰는 게 어색하지만, 그런 것은 딴 데 가서 따지고, 여기서는 여기대로 아주 붐비는 정신의 격전이 벌어진다는 게 요점. 그거면 된 것. 신춘문예 응모작을 통해 근간의 문학적 흐름을 감지하듯이 백일장의 작문 상황을 통해 현재 혹은 미래 대중들의 정신적 체온을 엿볼 수도 있다. 주최 측에서 따끈따끈한 원고를 박스째 날라오면 심사는 개시된다. 조금 과장된 엄숙함이 실내를 감돈다. 심사의 기원은 심사숙고라는 듯이. 초등학생, 중학생, 고등학생, 일반부의 시와 산문 부문의 서열이 가려질 때쯤이면, 설왕설래 소란스러운 진영이 있다. 고등부 시와 산문 심사 캠프. 심사위원들은 장원을 가리기 위해 심사료 이상의 고심을 거듭한다. 저렇게 고민하는 자들이 시인이겠지. 명단은 밝히지 않겠다. 지나치게 잘 쓴 글들이 많다는 뜻이다. 미당문학상 심사의 수준은 어떤지 모르겠으나, 이효석 백일장 고등부 시부문 심사만큼은 심사위원들을 소모적으로 괴롭힌다. 문예창작과에서 훈련받은 고등부의 수준은 거의 경악 수준이다. 나는 그들의 시를 읽으면서 늘 '이렇게까지 잘 쓸 필요가 있을까' 하는 의구심을 가진다. 누가, 문예를 저렇게 훈련시키고 있는가. 아무튼, 이 골머리를 덜어주기 위해 현장 지배인 김남극 시인은 커피를 배달시킨다. 여보세요, 거기 봉평다방이지요?

#4
커피가 오면, 활기가 돈다. 아가씨마저 따라 온다. 1970년대의 봉평 판본이다. 한번은 읍내에 있는 봉평다방으로 이동해서 커피를 마셨다. 비좁은 장터 골목이지만 사람냄새가 나서 촌놈인 나 같은 축들은 좋다. 좋다는 말의 내용을 설명하려고 대든 것이 젊은날이었다면, 이젠, 그따위 설명을 제거하는 쪽으로 나의 촉수가 이동하고 있다. 그래서 나는 또 좋다. 실내 인테리어라는 것 역시나 봉평스럽다. 꼭 봉평쯤에서만 만날 수 있는 대표풍경이 있다고 생각하는데, 봉평다방이 그랬다. 도시를 복사했지만 도시에는 미치지 못하는 그 어설픈 발전을 나는 봉평적으로 이해한다. 어느 핸가 심사 도중에 옆자리 소설가가 봉평다방이 없어졌다고 말했다. 그때, 왜 내 가슴이 철렁했는지 모르겠다. 내 가슴 한켠이 누설된 듯. 봉평다방의 폐업이 소설가의 발설로부터 기원했다는 여운을 여태 유지하고 있다.

#5
내게, 봉평은 봉평만이 아니다. 이효석문화제가 없어져도(그럴 리는 없지만) 8월이면 봉평의 전화를 기다릴 것이다. 봉평 와서 심사숙고 좀 하다 가시라. 그런 삶의 명령을 수행하듯이, 허생원의 먼 조카뻘 표정으로 메밀밭에 우두커니 서 있게 될 전망이다. 당신은 어떠시오? 이것이 봉평에 관한 나의 증상이자 지병이다. (보너스 트랙으로 시를 추가했는데, 청탁 분량이 넘어서 삭제한다. 아쉽다. 강제로 밀봉되는 시간들)

매혹에 대한 비매혹적 주석

매혹은 시의 내부에서 보자면, 독자를 흡인하는 유혹이지만 외부에서 보자면 시에 이끌리게 되는 힘이다. 그것은 미치도록 아름다운 여자의 외모와 다르지 않고, 수더분히 생긴 여자의 살갗에 돋은 덤덤한 매력과도 다르지 않다. 감수성과 지적 교양으로 단련된 정신과도 다르지 않다. 피어난 꽃 같은 화려함이자 다스려진 고결함과도 동등의 가치다. 가련함의 정점이고 뿔난 마음의 어쩔 수 없는 출구이기도 하다. 매혹은 그래서 시를 읽게 하고, 시를 쓰게 하는 원인-대상이다. 매혹은 시가 주목하는 대상이고, 그 대상을 포획하는 방법이며, 대상을 새롭게 저작하고 소화하는 힘이다. 왜 아니겠는가. 시는 새로워야 한다. 새로움이 시의 양보할 수 없는 매혹의 핵심 정체다. 새롭다는 말은 그 말만으로도 사람을 들썩이게 만드는 소란의 주동이다. 새롭다는 낱말은 설렘을 먹고 산다. 새로움과 설렘은 시적 매혹에 이르기 위한 참아지지 않는 도정이다. 새롭다는 말은 말만으로 내용이 포획, 포착되지 않는다. 새로움은 낡은 것을 살해한 자리에서 태어난다. 낡은 것을 낡은 것으로 아는 것이 새로운 인식의 출발이다. 해 아래 새로운 것이 없는데 어떻게 새로움을 감득할 수 있는가에 대한 대답도 이 근처에 있다. 스승을 만나면 스승을, 조사를 만나면 조사를, 부모를 만나면 부모를, 부처를 만나면 부처를 죽이라는 살불살조론殺佛殺祖論은 세속적으로도 옳고, 시를 위해서도 절묘한 지침이다. 스승과 부처를 따르는 삶이 아니라, 그가 섰던 자리에서 다시 출발하기 위한 다짐이 매혹의 씨앗이다. 우리 앞에 도도한 정신으로 서 있는 시인들. 그들은 각자 매혹의 선율이고 성취이고, 매혹의 성채이다. 시를 쓰겠다는 의지는 기왕의 시에 매혹되는 것이 아니라 새로운 매혹이 되겠다는 다짐이다. 내 앞에 있는 매혹을 넘고 앞으로 나아가야 한다. 돌아서는 길이 없다. 문학 속의 매혹들. 이를테면, 김소월, 한용운, 백석, 서정주, 김춘수, 김수영, 김종삼, 박용래, 오규원, 김영태. 다들 한 끗발씩 하던 시인들이다. 이들은 작고했으면서도 여전히 시를 읽거나 쓰는 후배들을 간섭한다. 나, 매혹이야, 기억해줘. 우리에게 와서 기억당하는 매혹의 시인들. 이것만이 아니다. 펄펄 살아서 또 동업자를 구속하는 매혹들이 있다. 이들은 진행중이기에 더 겁난다. 살아있는 시인들의 매혹은 어떻게 전개될 지 그 향후를 모른다는 점에서 그렇다. 상대가 숫사마귀인지 암사마귀인지 알 수 없어 불안한 숫사마귀처럼. 이 문장을 작성하게 된 출발은 매혹에 대한 주석 본능이었다. 매혹은 가치이자 가치의 뒤집음이다. 매혹은 매혹적인 정신의 앞자리이다. 시가 아닌 것이 시다.

하일지

　　　1

우연한 장소에서 우연한 사람과 마주칠 때가 있다. 에스컬레이터가 교차될 때, 지하철이 교행할 때, 무연하게 지나치는 얼굴들, 비슷하지만 전혀 아닌 얼굴들, 더러 그 형상 속에서, 옛날 알던 인연들, 집주인, 마켓 주인, 내 돈 떼먹은 얼굴, 고등학교 시절 은사, 시인 닮은 초상을 재구성할 때가 있다. 빠르게, 느리게, 섬세하게 한꺼번에 움직인다. 기억은.

　　　2

우연한 장소에서 우연한 시간에 티비의 우연한 채널을 돌렸다. 소설가 하일지가 젊은 팝 칼럼니스트와 그의 고향을 돌아보는 다큐 프로그램이 흘러나왔다. 만해마을에서 티비를 통해서 하일지를 보게 되다니, 귀신도 웃을 노릇이다.

하일지는 누구던가?

때는 바야흐로 1990년 쯤으로 거슬러 올라간다. 그때 나는 노원구 상계동으로 이사 가서 신도시에 적응 중이었던 때이고, 강사생활을 하고 있던 때였다. 가끔 동일로 건너편에 있는 서점에서 책구경을 하곤 했는데, 아마 그 시절이 하루키의 ≪상실의 시대≫가 젊은 축들에게 '이게 뭐야' 이런 탄성 속에 마구 읽히던 시대였을 것이다. 그때 내 눈에 꽂힌 소설이 ≪경마장 가는 길≫이었다. 400페이지가 넘는 소설을 한자리에서 뗐다. 그후로 나는 그가 써내는 경마장 시리즈는 다 읽고 그의 독자가 되었다. ≪경마장은 네거리에서≫ ≪경마장에서 생긴 일≫ ≪경마장을 위하여≫ ≪경마장의 오리나무≫가 이른바 경마장 시리즈 소설들. (나는 하일지 소설에서 받은 충격을 간직하고 있고, 이후의 한국소설에서 그런 충격을 당한 적이 없다. 잘 쓴다는 의미의 소설은 많았으나, 소설 전편이 놀라움으로 와 닿은 것은 하일지의 것이 기억에 남아 있다. 그의 등단작인 ≪경마장 가는 길≫은 그리 놀랍고 충격적인 소설은 아니다. 그럼에도 충격은 적지 않았으니 충격적이다.)

그랬던 작가의 사적인 포즈를 티비를 통해 본다는 것만으로도 기억의 지층은 반짝였다. 소설의 이면에 감춰져 있던 작가에 대한 인상은 나의 상상적 기대와 그리 다르지 않았다. 지적으로 훈련된 그의 언어와 사유 방식이 그랬고, '경마장'에서 나이를 먹어 생각보다 부드럽게 보였다는 점이 다르다면 다르게 느껴진 것이었다. '경마장'은 당시 1990년대 전후 원색적 욕망의 한국 사회를 공간적으로 상징한 것이 아닐까 하는 게 내 생각이었는데, 하일지는 자기 고향에 있는 온달산성을 생각하고 있었는지도 모르겠다고 했다. 조금 놀라웠으나 작가의 발언은 그리 중요하게 생각되지 않았다. 독자는 온달산성을 모르니까^*^

내가 알게 된 것 두 가지. 하나는 그를 경상도인으로 알고 있었는데 그게 아니고 충청북도 단양군 영춘면 출신이었다. 내 독서 범위로 하일지처럼 고향 개념과 무관한 작가는 다시 없을 듯하다. 그가 프랑스에서 공부했고, 소설 역시 비한국적이었기 때문일까? 다른 하나는 자신의 입으로 본명을 밝힌 것. 임종주. 그렇다. 임종주는 ≪경마장…≫을 쓸 수 있는 이름은 아니다. 작가 스스로 자신의 필명을 거론하면서 우리가 의미강박에 매여 있음을 지적했다. 사람들이 자신의 이름을 한자로 어떻게 쓰냐고 자주 물어서 '저 아래 한 놈이 비틀거리며 가고 있다'는 의미로 하일지ㅏ-之고 썼다고 한다. (이때 작가는 티비 화면 속 온달산성에 있었고, 손으로 산성 밑을 가리켰다. 이 대목 박수) 말이 그렇다는 뜻이다. 우좌간, 하일지를 만나면 어디 하씨냐고 묻는 우를 범하지 말자. 의미가 아니라 느낌이 삶이다. 의미여 엿먹어라.

대담자로 나선 팝 칼럼니스트가 '어떤 작가로 기억되고 싶냐'고 작가에게 물었다. 하일지는 새로운 것을 추구했던 작가로 기억되고 싶다고 했다. 하나마나한 얘기. 그러나 그에게는 실증이 있는 말씀이 아니겠는가. '문학사가 나를 기억하는 것에 감사하지 않는다. 무엇보다 이제 문학사는 쓰여지지 않을 것이다'와 같은 답을 기대하고 있었는지 모르겠다. (이건 내 생각이고, 이 대목에서 이 말을 끄집어내는 것은 하일지가 문학의 역사 혹은 미래 등에 대해 은근히 낙관하고 있는 듯 해서였다. 그 점에서 나와 그는 교파가 다른 것 같다.)

3

역사는 의미와 가치의 체계다. 철학은 오늘도 저것들을 뚫고 나가고자 몰두한다. 오랜만에 하일지를 통해서, 하일지와 함께, 계동시절(상계동,

중계동 시절을 나는 이렇게 축약함)을 떠올리면서 중얼거렸다. 나 역시, 골목길을 비틀대며 걸어가는 한 물건!

소식주의자처럼

복잡한 소일거리

커피, 한 잔이 지니고 있는 육체성과 정신성! 어둡고, 가볍고, 무겁고, 향기롭고 혹은 쓰고, 달고, 신 그 맛의 복잡성은 식품과학만으로 분석되는 것은 아니다. 커피의 몸과 혼이 대면하는 지점은 해석불가의 영역이다. 그게 커피를 마시는 이유가 되기도 한다. 커피가 그렇듯이 책도 그렇다. 책은 도저한 정신성을 바르고 있는 물질이다. 매혹되고 중독되는 물질성이 책 안에 도포되어 있다. 독서는 위험하고 불온하다. 평생 책과 함께 살거나, 평생 한 권밖에 읽지 않거나, 한 권 읽고 인생이 바뀌거나, 책과 담을 쌓거나 간에 책읽기는 복잡한 소일거리다.

왜들 책을 읽고 그러나

우리나라 사람들은 한 달에 평균 한 권을 읽는다는 통계가 있다. 이 통계 속에는 주식투자나 컴퓨터 사용법과 같은 실용서도 포함된다. 책을 많이 읽어야 국가가 부강할 수 있다는 루머가 꼭 맞는 것은 아닌 모양이다. 한 달에 한 권 읽고도 우리가 경제대국에 포함되는 것을 보면 말이다. 쓰여진 책의 1/3은 출판되지 않고, 출판된 책의 1/3은 읽히지 않고, 읽힌 책의 1/3은 이해되지 않는다는 요지의 말이 생각난다. 이 중에 제일 딱한 일은 읽히지 않는 책의 팔자겠다. 세상을 원망하랴 내 아내를 원망하랴? 포기가 내면화된 구식 유행가 구절이 떠오른다. 어렸을 때 귓속에 들어와 멍하니 앉아 있는 구절이다.

인문학 핏줄

단호하게 말하는 이도 있다. 인문학 책을 읽지 않는 것은 독서가 아니라고. 인문학 책의 상대편에 실용서적이 있다. 실용서적은 대체로 먹고 사는 일을 돕는 책이다. 주식, 어학, 컴퓨터, 부동산, 웰빙 등등. 인문학 책들은 그런 실용주의를 반성하는 데 기초하고 있을 것이다. 말하자면 그것도 중요하지만 그것만이 아닌 삶의 지향이 있다는 것을 가리킨다. 무늬만 사람인 인간이 되지 않기 위한 삶의 메뉴어리인 것이다. 말과 사람에 관한 책들. '나'는 누구인가? '우리'는 어떻게 엮여 있는가? 인간은 무엇으로 사는가? 와 같은 주변에 붙어 있는 생각들은 다 인문학의 핏줄들이다. 이런 질문에 답 없이 사는 것도 지복至福이다.

덜 헐벗기 위해

덜 외롭기 위해, 짐승으로부터 벗어나기 위해 읽는다. '읽는'다는 말은 잉는다로 발음되면서 '입는다' 혹은 '익는다'는 의미를 자극하기도 한다. 저자의 생각을 내 생각에 덧씌우는 것 내지는 남의 생각을 통해 나를 익혀가는 것이 책읽기의 한 습속인지도 모르겠다. 독서라는 말 속에는 **어떤** 책을 **어떻게** 읽을 것인가의 질문이 들어 있다. 나는 프로그램에 의해 책을 읽어보지 못했다. 그때그때 혹은 손에 잡히는 대로 읽어

왔다. 덜 외롭기 위해서가 아니라 덜 헐벗기 위해 읽었다는 말이 옳다. 많이 읽어야 하지만 너무 많이 읽을 일은 아니다.

잘 읽었습니다

교만과 편견 그리고 게으름은 내가 편애하는 덕목이다. 때로 이 덕목이 책읽기의 준거 역할을 할 때도 있다. 객관적 척도를 말하기 어려운 시집의 경우는 편견과 편식이 유리할 때가 있다. 다른 이들도 마찬가지가 아닐까 한다. 그래서 놓치는 책들도 많다. 안 읽어도 아무 상관이 없는 책! 업계 논리로 보면 서글픈 현상이다. 그 책이 다른 독자에게는 바로 내 책일 것이기 때문이다. 내 책을 받은 분들에게서 '잘 읽었습니다'라는 인사를 돌려받을 때가 있는데, 거개는 내 책을 읽지 않았다는 느낌을 받는다. 유난히 크게 울리는 '잘 읽었습니다'는 정확히 당신 책 읽지 않았다는 사실을 공식화 하는 순간이다. 누구에게 책을 주는 것도 겁나지만 책을 받는 일도 겁난다. 오로지 내 돈 내고 샀을 때만이 맛있게 읽게 된다는 뜻인가? 읽는 일이 품앗이가 될 때도 있지만, 잘 읽었다는 것은 언제나 자기와의 대면일 뿐이다.

소식주의자처럼

한갓진 시간이 올 때 서점에 가서 오락가락한다. 수많은 책들의 골목길. 시끌벅적한 주장들. 나는 책멀미를 견디지 못하고 나온다. 책시장을 지나온 것만으로도 책들을 다 겪은 듯하다. 책방을 나와서 사람들의 물결 속을 걸을 때 오는 생각이 있다. 이 책들을 다(는 아니어도 많이) 읽어야 한다는 강박 혹은 세상의 책더미 속에 내 책 한 권을 보태야 한다는 조급증이 나를 오염시켰다고 나는 믿는다. 이제 나는 답할 때가 되었다. 세상의 모든 책들과 그 저자들을 행해 혹은 내 책과 접선되지 않은 독자들을 향해서 말이다. 모든 진실은 당파적이라는 라캉의 말이 아니더라도 진실은 내것일 수밖에 없고, 내 안에서만 진실의 얼굴을 쳐드는 삶이 있다. 소식주의자처럼 조금씩 읽고 조금씩만 소화하자. 내가 읽고 싶은 것만으로 소박한 상을 차리고 느긋하게 맛보면서 즐기자. 정보거식증에서 벗어나자. 헤밍웨이는 평생 모든 단어를 생전 처음 보듯이 살아왔다고 했다. 조주선사와 어느 중의 대화도 참고 중이다. 중이 말했다, 하루 얼마나 읽습니까? 조주가 말했다, 하루에 낱말 하나 읽는다. Zhaozhou said, In one day I read one word.

5월에 읽은 두 박스의 책

대학로에서 홍상수의 〈하하하〉를 읽었다. 비로소 홍상수가 도착한 정점이었다. 자고 일어나니 칸에서 '주목할 만한 시선' 부문의 대상을 받았다. 내가 본 영화는 그런 세상의 평판과는 상관없다. 이창동의 〈시〉도 읽었다. 〈시〉를 찍기 위해 윤정희는 여직 늙으면서 건재했던 모양이다. 문제는 두 영화 모두 생의 부하를 견디는 증상으로 시를 건들고 있다. 불통과 불화 또는 날것의 욕망이 풍기는 비린내가 다 시였던 셈. 시는 망하고 시적 증상만 보여주는 두 편의 영화를 나는 겉장 없는 한 권의 책으로 읽는다. 초여름의 입구에서 핫핫핫.

문체보다 소중한 것

나는 문체가 있는 또는 문체감 있는 글을 선호한다. 소설이나 평론은 물론이고 일반적인 에세이도 마찬가지다. 저자가 자신의 문체를 완성하는 것이 누군가에게는 필생의 과업이다. 문체를 통해 저자가 버무려놓은 독특한 맛을 음미하는 것은 독자의 행복이기도 하다. 문체미가 돋보이는 글이 싫어지려고 한다. 문장에서 필자의 체취를 느끼는 게 좋았는데 이젠 그게 부담스럽다. 문체가 느껴지지 않는 문체가 좋아진다. 문체가 분식으로 느껴졌기 때문일까. 있는 그대로 써라. 어려운 얘기다. 그것도 문체거늘. 심심한 문장, 수수한 문장, 침을 튀기지 않는 문장이 좋은가. 수사학 없이 편하게 말해도 알아듣는다. 표정과 손짓을 복잡하게 하지 않는 게 더 좋다. 문광훈 교수의 긴 에세이 〈삶이라는 수수께끼〉를 읽고 에세이 밖으로 나오니 아파트 담장에 찔레와 장미가 피었다. 문체보다 소중한 게 있다. 그게 뭘까, 문장에서. 이제 나는 문체미넘치는 글을 선호하거나 연연하지 않을 것이다.

이크, 봄이로군
– 김유정의 수필을 읽으며

나의 공식적인 학위논문은 김유정의 소설연구다. 시를 쓰는 내가 소설을 논문의 주제로 선택한 것은 일종의 알리바이였다. 소설을 얕잡아본 것도 이유가 된다. 윌리엄 포크너는 자신을 '실패한 시인'이라고 부르며 시와 단편소설쓰기에 실패하면서 장편을 쓰게 되었다고 둘러댔다. 그건 그 사람의 문제이기도 하거니와, 이 자리의 주제가 아닌지라 지나가자. 요는 김유정의 수필에 대해서 떠들어달라는 청탁을 받으면서 나는 온몸이 착잡해졌다. 30대 후반기에 논문작성을 위해 김유정의 소설을 읽으면서, 정확히는 그의 수필을 읽으면서 밤 깊은 시간에 봉두난발의 머리카락을 쥐어뜯던 혼란스러운 시간이 급 돌아왔기 때문이다. 나는 그 시간을 리뷰하고 싶지 않다. 그의 소설이 아니라 그의 수필을 읽는 일은 힘들다. 논문을 마치고 나는 자발적으로 두 가지의 과제를 기획했다. 하나는 김유정 전집을 꾸미는 일이고, 또 하나는 평전작업이었다. 전집은 다른 출판사에서 이미 나왔기에 접었고, 전기는 김영기, 전상국 두 분의 것이 출판된 상태였지만, 나는 나대로 그 작업을 하리라 마음

먹었다. 오늘 이 시간까지 그저 그런 삶에 떠밀리면서 나의 숙제는 실천되지 않고 있지만 여전히 나는 그 일에 미련을 두고 있다. 한 작가에 대한 다큐멘터리는 너무 흥미롭다.

김유정의 소설에 대해서는 대충 안다고 치고, 대신 그의 수필을 읽어본 독자들은 별로 없을 것이다. 소설가의 비소설을 읽는 일이 흔하지 않기 때문이다. 나 역시 특히 김유정의 에세이는 권하고 싶지 않다. 아니, 권할 생각이 없다. 그의 에세이를 적시고 있는 키워드는 비참이다, 캄캄한. 더 이상 어쩔 수 없는 비참의 극점이다. 이걸 읽고 어쩌라구. 작가가 견딘 고통을 맛보라고? 이 글을 쓰기 위해 다시 옛날 책들을 열었을 때 나는 느닷없이 25년 전으로 끌려가고 말았다. 노원구 상계동 주공아파트 좁은 아파트에서 만났던 김유정의 생애, 그 날것과 만나지던 순간이 생생하지만 더 이상 나는 그리워할 수가 없다. 서른 이전의 청춘이 견뎌내기에는 너무 버겁고 복잡한 삶이 김유정의 짧은 생을 덮었다. 그의 본병本病은 폐결핵이다. 결국 그것으로 좌초했지만 그는 끝까지 자신의 병과 투쟁하면서 자신의 육성을 기록했고 그것이 그의 수필이다. 그의 수필은 소설에 담기지 않은 소설의 이면이자 첨삭이 없는 개인적인 수기다.

김유정의 수필에는 실레마을에 대한 관찰, 농민들의 삶, 병상일지와 같은 내용들이 기록되어 있다. 풀어서 강조하자면, 대개의 그의 소설 배경인 농촌의 생태계를 정확하게 판단하고 있음에 놀라게 된다. '들병이 철학'이라는 부제가 붙은, 다소 긴 에세이 〈조선의 집시〉를 읽어 보시라. 일단 읽어 보시라. 이 수필 한 편을 읽고 나면 그의 소설에 대한 어떤 학문적 분석도 비평도 머쓱해진다. 세세하게 떠들고 싶지는 않지만, 그의 수필 독후에 내게 가장 크게 울리는 대목이 있다. 그것은 징징대지 않는 것이다. 수필 전체를 통해 그가 보여주는 정서적 태도는 궁상을 떨지 않는 것인데, 이것은 그가 자신의 힘든 인생을 통어하는 성숙한 시선이다. 그렇지 않고서야 어찌 저 〈만무방〉 같은 발군의 소설이 나왔겠는가. 작가는 자녀에게 무엇을 가르치겠냐는 앙케트에 '울지 않도록 가르치겠다'고 응수했다. 삶은 그에게 울음 자체였다는 뜻이다. 그는 울지 않았다. 소설과 수필 어느 대목에서도 궁상을 떨지 않았다. 징징대고 싶을 때마다 김유정을 떠올리면 정신이 서늘해진다. 시건 소설이건 징징대면 망한다는 각성.

나는 지금, 김유정의 수필에 대해서 떠들면서, 이리저리 에두르고 있다. 할 말이 없어서 중언부언하는 꼴이다. 이러는 내가 나는 옳고 좋다. 앞에서 얼핏 말했지만 문학은 읽으면 그만이다. 수필의 한 대목을 약간만 인용하겠다. '아무것도 보고 싶지가 않다. 나는 홀로 어둠 속에 이러케 들어앉아 아무것도 안 보리라. 이를 악물고 한평생의 햇빛과 굳게 작별한다.' 〈네가 봄이런가〉에서 가져왔다. 병석에서 봄을 기다리는 작가의 역설적 심회가 굳게 표기되고 있다. 김유정 하면 생각나는 구절이 바로 이곳, '한평생의 햇빛과 굳게 작별'하는 대목이다. 설명이나 분석이 필요없다. 공감도 감동도 군더더기가 되고 만다. 김유정의 수필읽기를 권하지 않겠다고 했던 의견을 이 지점에서 수정하고 싶어진다. 자신의 삶보다 위대한 소설을 쓴 소설가의 속마음의 풍경이 궁금한 분들에게 일독을 권한다.

김유정의 기일은 3월 29일이다. 봄이군. 올해는 춘천에 가야겠다. 술상에 오른 달래를 씹으며, '이크 봄이로군' 하며 놀랐던 김유정선생을 만나러 나서야 겠다. 그가 병상에서 그토록 앙망했던 봄, 봄. 실레마을을 걷다보면, 생강나무 사이에서 조선옷 입은 선생과 마주치겠지. 선생은 한 손에 병든 폐가 아니라 싱싱한 폐 서너 개쯤 들고 있을 것이고 다른 손에는 대낮인데도 등불을 들고 있을지도 모른다. 나는 절하겠지. 선생

은 말하겠지. 니들이 어신 때에 문학하느라 고생이 많다. 나는 선생의
수필을 이렇게 살아보고 싶을 뿐이다.

매혹

2월 23일. 그러니까 오늘은 소설가 이효석이 태어난 날이다. 1907년의 일이고 그는 1942년에 타계했다. 향년 35세. 길지 않은 수명이다. 서른 다섯에 나는 뭘 했던가 돌아보게 된다. 뭘 한 게 없다. 가산선생을 기리 는 축제에서 뭣도 모르고 휘뚜루마뚜루 그때마다 다양한 역할을 했던 것을 쑥스러워 하며 자판을 꾹꾹 누른다. 〈메밀꽃 필 무렵〉을 쓰지 않았 다면 이효석은 문학사의 낭인이 되었을지도 모른다는 생각을 가끔 한 다. 그만큼 이 단편의 문학적 가격은 높다고 생각한다. 황석영은 ≪한국 명단편 101≫을 편집했다. 염상섭 이후 한국소설의 성취들을 골라낸 선집이다. 나는 그를 믿는다. 그가 대하소설 ≪장길산≫이 아니라 훌륭 한 단편 〈삼포 가는 길〉을 썼기 때문이다. 황씨의 손에 의해 선정된 작가와 작품 목록을 보면서 한국문학의 부피에 뿌듯함을 느낀 것은 나 만은 아닐 것이다. 100년 동안 축적된 한국소설의 적층을 일별하는 즐 거움은 큰 것이다. 한국문학을 수놓은 다채로운 빛깔의 작품 가운데 딱 101편을 골라내는 작업의 기준은 오로지 소설가 황석영의 관점이다.

나는 그 기준에 이의가 없다. 그 어떤 문학평론가보다 소설가 황석영은 정확하리라 보기 때문이다. 자신이 소설의 선정자이면서 자신의 소설 〈몰개월의 새〉를 포함시킨 불공정에도 완전 공감한다.

101명의 작가명단을 보면서 나는 무슨 합격자 명단을 확인하듯 가슴 두근댔다. 누가 포함되었는가. 아니 누가 제외되었는가를 확인하고 있었는지도 모르겠다. 101명이라는 숫자가 가요 톱 텐과는 다르겠지만(이런 게 사라진 지도 오래지만) 이런 선정의 선정성은 대중에게 일말의 압력을 행사한다. 문학은 걸음내기가 아니다. 등위를 구별하는 분야가 아니다. 작가 명단 속에서 이효석이 배제되었음을 확인하고 살짝 놀랐다. 이거 뭐야. 뭐긴 뭐겠어. 이효석은 102번째라는 것이겠지. 나는 선정자의 기준에 불만도 이의도 없다. 반복하지만, 그건 황석영의 판단이기 때문이고 그것을 존중한다는 뜻이다. 그렇기는 하되 나라면 이효석을 101번 안에 밀어 넣었을 것이다. 왜? 그냥 그렇게 하게 될 것이다. 대신 황석영이 선정한 작가들 중 대략 20%는 교체될 수도 있다. 감독에 따라 대표선수의 명단이 달라지는 것과 비슷한 이치겠다. 문학은 합의의 영역은 아닌 것. 오히려 합의하지 못하는 어떤 공백이 문학이다. 백 사람이 다 지지했다고 해서 작품의 작품성이 확인되는 것은 아니다. 차제에 생각한다. 소설 분과 말고 시분과는 지난 100년 동안 소설보다 훨씬 높은 수준의 시집들이 출판되었다고 자부한다. 좋은 시, 뛰어난 시, 문제시, 명시들이 꽤 쌓였다고 본다. 그래서 자문한다. 딱 한 권 간직하고 싶은 매혹적인 시집은 어떤 것인가? 한국시문학이 응답할 차례다. 딱 한 권이라는 말은 함정이지만 매혹은 양보되어서는 안 될 것이다. 소설가는 모르겠지만 시인의 꿈은 '매혹'을 비켜갈 수 없다. 황석영의 간택에서 배제된 이효석을 핑계 삼고 떠들어봤다.

시인의 수명

소방관의 평균 수명이 58.8세라고 한다. 불구덩이火焰 속을 통과하는 직업이라는 점에서 느낌의 직접성이 불꽃처럼 화끈거린다. 직업과 수명의 상관성에 연민이 스친다. 한국 남자 평균 수명이 77세라는 점을 감안하면 더 그러하다. 소방관들이 남겨 놓은 여생을 다른 직종의 남자들이 살아준다는 뜻도 되겠다. 한국의 소설가 평균 수명은 64세라고 하니 소방관보다 좀 길다. 소설가들이 긴 글을 쓰는데 바쳐지는 에너지가 과도하다는 의미로 해석되기도 한다. 소설가가 아닌 만큼 소설가의 직업적 고뇌를 헤아리기는 어렵다. 어쩌면 소설가의 수명에 연매출이 매개 변수가 되는 것은 아닌지 추론해 본다. 우좌간에 소설이라는 상품은 팔려야 한다는 상업적 운명을 띠고 있기 때문이다. 시인들의 경우는 소설가에 비해 수명이 더 길 것 같은데 그렇지 않아서 조금 놀랍다. 62세란다. 무려 2년이나 적다. 짧은 시행을 만지다가 목숨도 그렇게 닮아버린 것인가. 소방관이 불난 집 속으로 뛰어들 때, 시인 역시 언어라는 난공불락의 화염 속으로 투신하는 것은 아닐까? 시인의 수명은 시인의 숙명이라?

이런, 된장

1

글을 써야 하는데 몸이 만들어지지 않는다. 몸이 허물어지니 생각이 오려고 하지 않는다. 잠깐 왔던 생각도 기미만 보여주고 몸통을 드러내지 않는다. 짜증과 무력을 달래며 자판을 타악기처럼 두드린다. 재난이 따로 있는 게 아니다. 이게 나의 재난이다. 이런 염병할 시부랄 빌어먹을. 저 말은 요나스 요나손의 ≪창문 넘어 도망친 100세 노인≫에 나오는 문장이다. 화장실에서 똥을 싸고 나온 청년이 자신의 돈가방이 사라진 것을 알아차리는 순간에 내지르는 비명이다. 이 절망은 그러나 그래도 귀엽지 않은가. 돈다발은 아니지만 그 비스무레한 무엇이 내게서 천천히 한꺼번에 집단으로 도주했다는 실감! 무정한 세월이여. 빌어먹을, 시부랄, 염병할, 이런 된장!

2

문학의 사회적 역할에 대해 써보라는 것. 갑자기 머릿속이 암전된다.

그래서 어쩌란 말인가. 독자들은 문학을 잊었는데 시인들만 시쓰기에 여념이 없는 시대가 도래했다. 시쓰기 바빠 사회문제 같은 것은 생각할 겨를이 없다. 문학의 사회적 상상력 운운은 그러니까 너무 가난한 사유다. 문제는 간단치 않지만 어쨌거나 한국문학은 반성이라는 집을 나온 지 오래 되었다. 문학이 어디엔가 관여한다고 믿었던 시절이 있었다. 우리 세대에게 지난 세기 80년대가 그때이기도 하다. 그땐 그랬다. 매사가 그렇듯이 한 곳에 힘을 너무 빼면 그 힘을 복원하기 힘들다. 그 시절은 떠내려갔다. 문학에게 자신을 추스를 힘조차 남아 있는지 의문이 간다. 지금은 문학이 스스로를 부양해야 할 때다. 그것이 문학의 재난이다. 그러니, 문학이 문학 외부를 걱정할 겨를이 남아 있겠는가 싶다. 며칠 전, 말레이시아 여객기가 우크라이나 상공에서 격추되었다는 뉴스를 들었다. 탑승객 전원 사망! 이것을 바라보는 우리의 시선은 무엇일까? 우리 일이 아니라 덤덤하다? 국제정치의 역학관계 속에서 사태를 이해하고 분석해야 할 것인가? 비슷한 시기에 이스라엘의 팔레스타인 공격은 또 어떤가? 공중에서 사라진 말레이시아 여객기는 또 어떻게 되었는가? 세상사는 재난이고, 산다는 것은 재난 속을 통과하는 일이 된다. 매일 가슴에 노란 리본을 달고 살아야 한다. 무엇을 어떻게 걱정해야 옳은가? 이럴 때 철학이 좀 필요하다. 세상은 옳고 그름의 세계가 아니고, 맞고 안 맞고의 세계도 아니다. 함과 하지 않음의 세계도 아니다. 그보다는 옳은 척과 그른 척의 세계이자 맞은 척, 안 맞은 척, 하는 척, 하지 않는 척의 세계가 아닐까? 잘은 모르지만. 덧대자면, 양심적인 척, 진정성이 있는 척, 진보인 척, 보수인 척 하면서 '지나가는' 곳이 우리의 여기다. 국회의원인 척, 장관인 척, 도의원인 척 하면서 살아간다. 척은 가장이고, 가장은 각자가 선택한 가면이다. 가면무도회의 사회학적 약속은 타인의 가면을 벗기지 않는 것이다. 가면 뒤의 맨얼굴이 없다는 것을 우리는 잘 알고 있다. 한국처럼 특히 진보와 보수가 서로의 그것을 붙잡고 통정하는 사회는 그 자체가 재앙이자 재난이다. 진보인 척, 보수인 척 하는 동안 민낯으로 탈주하고 있는 저 진실의 맨살.

3

골목에 '재즈'라는 간판을 붙인 카페가 생겼다. 커피를 시켜놓고 재즈가 나오지 않아서 물었더니 그런 건 취급하지 않는다고 주인은 퉁명스럽 게 대답했다. 그럼, 간판이 왜 재즈냐고 되물었더니 그의 대답이 진국이 었다. '우리집 간판이 재즈였나요? 나도 몰랐네요.' 이건 사기가 아니라 진실의 다른 몸이다. 문학의 미래는 언제나 '방금' 우리 앞을 지나갔다. 문학 편에서 무엇인가를 숙고하는 일 자체가 허사라고 본다. 그러니 문학이 무엇을 할 수 있다는 입장은 소박한 것이 아니라 제도화된 위선 이다. 제도는 판박이 사고를 우리에게 제공한다. 제도가 인간을 기만하 는 것이 아니라 인간이 제도를 업고 스스로를 속인다. 지금, 우리에게 문학은 그런 것이다. 나는 이 지점에 한 표를 던진다. 이것이 재난이라 면 나의 문학적 재난이다. 이럴 수도 없고 저럴 수도 없는 정신적 마가 리가 나의 위치라는 것. 같이 살 수도 없지만 살지 않을 수도 없는 여자 와 같은 존재가 지금 나의 문학인 것. 그래서 하게 되는 말. 과거의 어떤 시절에는 문인들이 시국을 개탄하는 일이 자연스러웠는데 이제는 개탄 해도 어색하고 개탄하지 않아도 어색하다. 한때는 문인들의 언어가 사 회의 어떤 부면을 대표했다. 문학인의 침묵은 비겁으로 치부되기도 했 던 것. 지금도 그럴까? 단언컨대라고 타자했다가 문장의 눈치를 살핀 다. 단언컨대의 뒷말을 채우려니 망설여진다. 지금은 개탄하고 어쩌고 하는 시대가 아닌 것이다. 문인의 목소리를 눌러버리는 더 크고, 더 정 확하고 더 효율적인 목소리들이 생겨났다. 지하철 스크린 도어에 붙어서 시민들의 냉대에 시달리고 있는 시의 형편을 보신다면 문학은 지금 누구를 걱정하고 말고 할 처지가 아니다. 유나 잘하세요. 지금 나는 임금님이 벌거벗었다고 공공연히 외치는 안데르센 동화의 순진한 소년이다. 나는 이렇게 말하면서 우리 모두 옷 속에서 벌거벗고 있다는 요점을 놓치며 또라이의 지위를 얻는 순간이다. 문학은 오래 전에 그리고 언제나 방금 눈앞에서 장렬하게 전사한다는 것을 나는 믿는다. 매일 순직하는 문학에게 다른 안부를 묻지 말자.

4

말인데, 그래서 문학이 사회에 간섭해야 된다는 생각은 하나의 줄기찬 시대착오적 강박이다. 앞뒤가 맞지 않는 말이 되겠지만 문학은 자기 일에 몰입함으로써 그것으로 어떤 사회적 부면에 기여해야 한다. 그것이 무엇인지는 나도 모르겠다. 특히, 시인이라는 존재가 존재하는 방식은 '있는지 없는지 모르는' 방식으로 존재하기를 바란다. 존재하지 않는 방식의 존재야말로 시인들이 사회에 관여하는 방식이 아닐까? 이 글을 쓰면서 끙끙대는 시간에 그 '세월호 침몰'의 배후가 7월의 남부지방 매실 밭에서 죽음으로 발견되었다는 뉴스를 접한다. 귀신도 곡할 스토리텔링이다. 이건 또 뭐냐. 참으로 대한민국적이다. 하여간 어쨌거나, 공소시효 없음. 딱, 딱, 딱. 이젠 누구에게 불쌍한 세월을 뒤집어씌워야 하나. 그러니, 그래서, 그러나 나는 또 쓰게 된다. 글쓰기 행위에 어떤 미래도 걸수 없다는 확신은 나로 하여금 여전히 희망 없는 타자를 하게 만든다. 그게 나의 희망이다. 새벽에 일어나 창문의 커튼을 젖히고, 이제 막 밝아 오는 대지를 느끼듯이 나는 쓸 뿐이다. 다시 말하지만, 문학이라는 문자 행위에 무엇을 걸 수는 없지만, 문자가 아니고는 나를, 나의 절망적 사유를 의탁할 수 있는 대안이 바이 없다. 이유 불문하고 쓴다. 마치, 지금이 문학의 호시절인 것처럼 쓸 뿐이다. 저 복잡한 사회가 아니라 나 자신에게 좀 기여하고 싶다. 내가 기대는 숭고한 문학에 관한 진리가 밝혀지는 순간이다. 다른 것은 나 같은 허무맹랑에게 묻지 마시라.

편견의 황홀

시란 무엇인가?

흥미로운 질문이다. 이 질문에 대한 탐구가 시다. 시인들의 개별적 시는 대문자 시에 관한 각자의 각주다. 시는 정의되지 않는다. 다만 이런저런 형태로 전시될 뿐이다. 여러 정의가 없는 것은 아니나 그것은 그것일 뿐이다. 시인들은 나름으로 시를 정의하고 있는데 그 개념들은 서로 유사한 듯하지만 유사한 만큼 서로 다르다. 그 정의들의 총합이 시의 정의가 되는 것도 아니다. 그러니 시는, 정의를 거부한다.

요즘에 황동규 선생의 ≪시가 태어나는 자리≫(문학동네, 2001)를 이곳 저곳 펼쳐서 다시 읽고 있다. 황선생의 시는 어디서 태어나는가가 궁금했다는 뜻일까? 이 책은 황동규 선생의 자작시 해설집 비스름하다. 시인들은 시의 등 뒤에서 자기 시를 설명하는 일을 좋아하지 않는다. 품은 들지만 소득이 보장되지 않는 일이기 때문이다. 황 선생이 이런 작업을 했다는 사실은 놀랍다.

이 글을 읽어나가다 보면 시가 만져지고 느껴지고 씹힌다. 읽는 작업만으로도 즐거운 황홀을 감득할 수 있다. 시에 대한 개론적 합의가 실종된 요즘 시대에 독자는 '살아있는 고전'을 접할 수 있다. 원래 고전은 뒷방 늙은이처럼 반쯤 죽어 있어야 하는데 이 책은 씽씽하다. 시를 쓰려고 하는 사람들에게도 이 책은 만만찮은 놀래킴을 암시한다. 이 글을 좋아할 수도 있지만 미워할 수도 있다. 그것은 중요하지 않다. 제대로 좋아하고 제대로 미워하는 방법만이 사랑스럽지 않던가. 이 책은 시를 읽거나 쓴다는 작업의 교양적 근거를 던져준다. 무엇보다 이 책에는 시인 황동규의 시적 역동이 생생하다.

"이 책은 세상에 따로 유례를 찾기 힘든 책이리라. 시를 곁들인 자서전도 아니고 그렇다고 엄격한 자작시 해설도 아니다. 한 개인의 정신세계 자술서도 아니다. 나는 그저 이 나라의 험준한 변환기를 살아가며 쉬지 않고 시를 써온 한 인간의 '시 세계 염탐기'라고 부르고 싶다. 염탐은 드러내어 변화를 일으키기 위한 장(場)이다. 해방은 변함에 있는 것이고 이 책이 손을 들어 가리키고 있는 곳은 적으나 크나 해방을 향한 것이다."(황동규, '서문'에서)

혹자는 말할 것이다. 저 사람 입만 열면 황 선생 들먹인다고. 그런 분들에게는 좀 미안하다. 다른 품목을 개비하지 못하고 있는 나의 게으름에 대해 변명하고 싶지 않다. 나는 황선생의 시가 기교에 춤추고, 아이디어에 의지하고, 반짝 재주에 기대지 않아서 좋다. 한눈 팔고 딴짓하지 않아서 좋다. 이것저것 하다가 말아먹고 귀농한 농부가 아니라 한 번도 시인의 밭을 떠난 적이 없다는 점은 우리 문단 현황으로 보자면 생각보다 귀한 덕목이다. 주변을 돌아보시라!

여전히 현역 시인이라는 점도 그렇다. 반짝인다고 다 금이 아니듯이, 엎드려 긁어댄다고 현역은 아니다. 황선생의 시는 '열정'과 '고뇌'가 있고 이것을 견뎌내는 언어의 긴장이 있다. 여행시 혹은 극서정시라고 명명되기도 하는 (무엇으로 개념되든!) 선생의 시는 등단으로부터 지금에 이르기까지 해방과 변화를 인증해 왔다는 점에서 독자적이지 않고 독보적이다. 단칼에 쳐버리는 직관의 시와 광기의 시들 앞에서 황선생의 시가 우뚝한 것은 무엇보다 인간의 얼굴을 하고 있기 때문이리라. 득도한 듯이 일필휘지하지 않는 선생의 문학적 겸양과 자존을 나는 믿는다.

≪시가 태어나는 자리≫를 읽다보면, 그가, 그 분이 시에 얼마나 골몰했는지를 알게 된다. 그것은 직업적 충실이기도 하거니와 그보다는 사유하는 종의 하나인 인간으로서 얼마나 지극했는가를 구경하게 된다. 나는 황선생의 시가 최고의 자리에 있다고 본다. 최고는 하나뿐이다. 근데 예술의 지평에서 절대는 성립할 수 없다. 각자의 영역이 절대의 지평 위에 있다고 보기 때문이다. 내가 말하는 '최고'는 우리가 시를 읽는 이유, 시를 쓰는 이유, 시가 있을 만한 이유들을 황동규 선생만큼 헌신해서 보여준 시인이 희귀하다는 점을 강조하는 것이다.

2부 남춘천

똥폼

밀짚모자를 쓴 스님들을 볼 때마다, 차茶가 그러하듯이, 그 물건이 그네들의 전유물 같다. 바람따라 구름따라 떠도는 운수납자들의 상징 기표. 그 흉내를 내고자 밀짚모자를 써보지만, 가출자들에게서 풍기는 걸림 없는 기표의 멋은 우러나지 않는다. 멋이라고 했지만, 그게 멋일 수는 없겠고, 생활에 묶인 자들의 소박한 열망이 밀짚모자의 함축을 멋으로 왜곡한 꼴같잖은 망념이다. 몇 해 전에 초등학교 교사인 옛친구(옛친구는 '옛'이 단정하듯, 옛날로 돌아갈 수 있다는 조건하에서만 친구다)를 만나러 가는 길에 그냥 가기 멋쩍어서 길에서 밀짚을 하나 사 썼는데 그때만 써보고 벽에 걸어놓고 말았다. 밀짚이 내게 어울리지 않는 이유는 현실을 벗어나려는 열망이 대략 25%는 비어 있기 때문이라는 자가 판단. 그냥 못 박혀 살지. 객기 서린 똥폼을 잡지 말자.

꼬인 삶

우디 알렌의 다큐멘타리를 관람하기 위해 투자했던 주말. 이 다큐가
나를 유혹한 포인트는 두 가지. 하나는 재즈였고, 다른 것은 다큐라는
형식. 우디 알렌의 영화에 대해서 잘 모르지만, 〈오밤중의 빠리〉는 인상
깊었다. 거기도 재즈가 나오지 않던가. 우디 알렌 자신이 클라리넷 연주
자라는 것. 우디 알렌은 1935년생. 시인 고은보다는 두 살 아래고, 시인
신경림과는 동갑내기다. 내 어머니 평창 이씨보다는 한 살 연하다. 뉴욕
출생이라는 것. 다큐는 우디 알렌과 그 주변 인물들의 인터뷰와 우디의
영화들로 구성되었다. 우디의 말과 지인들의 말을 합성해보는 것이 흥
미의 초점. 글쓰기를 좋아했던 소년이 코미디 대본 작가로 나서면서
자연스럽게 배우와 감독의 길로 접어드는 과정을 보여준다. 그와 살았
던 전처들의 인터뷰도 나온다. 지금 살고 있는 한국계 입양아 순이 부분
은 소략하게 처리되었다. 나의 관심은 다큐라는 형식. 마치 그것이 허구
와 달리 사실을 사실에 입각해서 사실만 드러낸다고 보는 착각. 나는
그렇게 생각하지 않게 되었다. 즉 다큐라는 완전한 허구. 다큐야말로

매력적인 허구가 아닐까 싶다. 특히, 인물과 관련된 다큐는 나의 직접적인 관심거리. 우디의 다큐는 인물을 정면으로 다루고 있다는 점에서 나의 구미에 딱 맞았다.

이 다큐멘터리의 마지막은 우디의 말로 맺어지는데….
"모든 것이 성공적이었다고 생각되는데, 뭔가 꼬인 것 같다"는 것이 우디의 멘트. 나는 생각한다. 저 말의 심층적 의미는 무엇일까? 성공한 감독의 삶의 뒷면. 다시 생각하는데, 인생에 있어, 성공이라는 말처럼 싱거운 울림을 가지는 말은 없다. 내가 완성하고 싶은 장르도 한 편의 다큐멘터리인지도 모르겠다. 실종된 시인에 관한 혹은 존재하지 않았던 시인에 관한 실증적 일대기. 그건 내가 궁금해 했던 당신의 이야기이자 당신이 그토록 알고파 했던, 어디가 꼬였는지 몰랐던 내 삶의 전면적인 내러티브가 될 것이다.

2월

2월이 왔다. 열두 달 가운데 존재감이 제일 박약한 달. 날수도 28일밖에 되지 않는다는 점에서 결핍감 또한 크다. 훅 불면 날아갈 듯한 게 2월이다. 해외 용병생활을 접고 국내로 돌아온 투수 김병현이 인터뷰에서 어떤 볼을 던지겠냐고 물었을 때 한 대답이 꽂힌다. "자이로볼. 내 의지대로 가는 공이 아닌 날마다 다른 공이다. 농담이다." 자이로볼은 강한 역회전으로 타자 앞에서 솟아오르거나 가라앉는 궤적을 그리는, 이론상으로만 존재하는 구종이다. 현대야구에서 스크루볼, 너클볼과 함께 3대 마구魔球로 꼽힌다. 아직 던지는 투수가 없다는 것.

형식적으로야 1월이 한 해의 시작이지만, 그것은 얼떨결에 지나간다. 해가 바뀌었다는 현실적인 느낌은 3월부터라고 생각한다. 1월은 결심하는 달이고, 3월은 결행하는 달이다. 하지만 결심은 무너지기 위한 의례가 아닌가. 3월이야말로, 실행 못할 계획들은 젖혀두고, 포기할 것은 포기하고 예년처럼, 그러나 좀 더 다른 구질을 선택하게 하는 달이다.

생활이라고 말하는, 좀 덧없는 말로는 인생이라고 하는 저 터널 속으로 들어가게 만드는. 아무도 피해갈 수 없는, 피할수록 더 삶 다워지는 그런 하루하루.

김병현 식으로 말하자면, 누구나 이론상으로만 존재하는 자이로볼을 던지고 싶지만, 평범한 직구와 슬라이더 위주의 삶을 살아간다. 그것을 일상이라 하던가. 낯선 상황 앞에서는 어쩔 수 없이 체인지업을 구사해야 하지만, 그런 특별함이 일상은 아니다. 일상은 파티복을 입기 전까지의 순간이고, 그 옷을 벗어놓은 다음 상황들이다. 날마다 다른 공을 던지는데, 날마다 같은 코스로 되돌아오는 공.

2월, 이 아침에는 아직 덜 핀 수선화 한 분을 사고 싶다. 출발을 미루고 있는 나를 위해서 혹은 범상한 직구를 날리고 있는 당신을 위해서.

나를 걸친 말들

일곱 번째 시집을 낸 지 열흘 남짓. 수사적으로 말하자면, 아직은 산후
우울증에서 놓여나지 못하고 있는 시점입니다. 산후우울증은, 여성의
관점에서 보자면, 철없는 과장일 겁니다. 6년의 터울을 거치면서 나타
난 시집은 이렇다 할 작전 없이 타석에 올라선 타자의 심정으로 쓰여진
시들입니다. 나를 향해 밀려오는 공을 그때그때의 타격 감각으로 밀어
낸 시들. 이번 시집이 특히 그렇다고 생각합니다. 가을에 시집을 내고
싶다는 열망은 어디서 기원했는지 모르겠으나, 가을에 내 언어들을 위
로하고 싶었을 겁니다. 인연이 되어 가을출판은 이루어졌습니다. 시를
쓸 때와 시를 정리할 때와 교정을 볼 때와 자서를 쓸 때의 순간들은
다 달랐습니다. 이 순간의 갈피에서 움직이는 마음들을 나는 즐겼습니
다. 즐긴다는 말에는 그 정서들의 맨살과 마음을 부볐다는 뜻이 담겨
있습니다. 이번 시집을 통해, 나의 언어들은 어떤 순간에 시적 부력을
얻는가를 생각했습니다. 말이라는 게 극대이거나 극소여서 의미의 전량
을 담지 못합니다. 극대는 여백이 많아 의미의 결락이 생기고, 극미는

꼭 필요한 것도 다 담아내지 못해서 아쉽습니다. 언어에 분사된 시인 혹은 시인의 분신의 마음은 어차피, 어쩔 수 없이 흔적입니다. 그것을 그것이라 전시할 수 없으므로, 그것을 대신하는 말을 불러 모으는 것입니다. 외로움이라는 말이 외로움의 어떤 내용도 증거하지 못하는 이치와 같습니다. 이것이 언어의 운명입니다. 그런 줄 알면서 언어에 붙어 사는 것이 또한 시인의 운명입니다. 언어는 시인의 유일무이한 사유의 근거입니다. 이번 시집에는 '내가 없다'는 생각이 두루 떠돌고 있습니다. 이 생각은 불교에서 워낙 정교하게 다듬어놓기도 했지만, 정신분석학 쪽의 논리에 기대어 보아도 나라고 하는 실상이 일개 착각임을 알게 됩니다. 거울에 맺힌 이미지를 보고 우리는 나를 확인합니다. 그것은 슬프게도 내가 아니라 가짜 나라는 점입니다. 나는 이 점에 착안해서 시를 얻은 것이 아니라, 이런 분위기를 통해서 몇 편의 시를 얻었습니다. 내가 본래 그런 것처럼, 라캉이든 라깡이든 텍스트를 '꼼꼼이'가 아니라 건성으로 읽음으로써 나의 시적 감수성을 그쪽 논리에 저당잡히고 싶지 않았습니다. 나는 나의 시가 이번 시집을 통해 한국시가 뜯어먹지 않고 남겨놓은 어떤 지점을 핥으면서 지나갔다고 생각합니다. 나의 자위이자 작위입니다. 누군가 섹스를 남의 몸을 빌어 하는 자위행위라고 말했습니다. 한 줌, 나의 독자가 있다면, 그들의 '애정 어린 독서'와 외로운 지지는 내게 와서 아련한 자위가 될 것입니다. 시고 나발이고 다 헛소리인 줄 알면서 잠시 나를 걸친 말들에게 윙크!

남춘천

밤의 남춘천을 지나왔다. 춘천이 아니고 남춘천이다. 남춘천이 있으니까, 북춘천이 있어야 할 것이다. 오늘 낮에 내가 빠져나온 구멍은 남원주다. 고속도로가 지나가는 지명에다 방향을 얹어놓고 지역을 분할한다. 서원주, 북원주, 남원주가 그런 예다. 동원주는 없다. 공간이 분할되면 정서도 분할된다. 남쪽이 주는 온도와 북쪽이 주는 무게는 다르다. 북은 어둡지만 유현한 느낌을 준다. 오늘 밤의 서울춘천고속도로는 현악기가 빠진 오케스트라 같았다. 무슨 말인가? 모르겠다. 그렇다면 그런 줄 알고 읽어치우시게나. 어떤 음계에도 속하지 않는 저음이 가슴 허공을 울리고 갔다. 영원히 살 것 같은 마음이지만 오늘만 살게 되어 있는 삶의 모순. 모든 삶은 기간제다. 남춘천을 지나면서 삶의 애틋함을 보았다. 빈손으로 그것을 한번 쓱 만져보면서 밤의 남춘천을 건너왔다. 아득한, 저 삶의 숨소리.

어떤 심사평

48%와 52%의 다른 꿈들이 섞여서 인파를 만드는 거리, 교보문고가 건너다보이는 종로의 한 빌딩에서 심사가 진행되었다. 소한과 대한이 합산된 듯한 포근한 날씨는 시인이 태어나기에 괜찮은 날이었다. 심사자는 대상 작품을 읽고 또 읽었다. 심사는 실사實査이자 목측目測 그 이상이 아니다. 시집 한 권 독서할 분량의 시간이 지나고, 목측의 윤곽이 드러났다. 두 사람의 시가 오차범위 안에서 경합하게 되었다. 두 분 다 조금씩 새롭고 조금씩 그저그런 모습을 보여준다는 점에서 심사자들의 정신을 교란시켰다. 당선이라는 딱지를 붙이는 순간 당선작으로 번쩍일 수 있는 광채도 준비되어 있었고, 당장 문인주소록에 이름을 올려도 무방해 보였다. 전자는 약간 어눌해서 좋았고, 후자는 대체로 날렵해서 좋았다. 전자는 사물을 제것으로 관찰하고 깡 있게 표현할 수 있는 성대를 가졌다. 그런데, 두 가지 이유로 그는 캐스팅에서 밀렸다. 하나는 운이 없었다는 것이고, 다른 하나는 투고작들의 수준이 고르지 못했다는 점이다. 두 번째 이유는 다음 기회를 주기 위한 심사자의 구실이기도

하다. 당선으로 결정된 후자는 전자에게 결여된 두 가지를 아슬아슬하게 갖추고 있었다. 그의 시는 투고작 전체를 관통하는 집요하고 낯선 감각의 흐름이 있었고, 새롭기보다는 새로우려고 자기를 밀고 가는 자존심이 눈에 들었다. 뽑고 보니 잘 뽑은 것 같은 심사자의 자기만족을 당선자는 자기 것으로 가져가기를 바란다. 모두가 어그부츠를 신을 때는 제일 좋은 것으로 신던가 아니면 조금 다른 것으로 신고자 하는 것이 시의 본능이다. 당선자의 시를 만지작거리면서 중얼거린 독백이다. 당선자는 좋겠다. 그에게는 시적 밑천인 싱싱한 사유의 잠음이 풍부해보였기 때문이다. 축하한다는 말을 하기에 앞서 자기의 시를 장르화하지 않는 시인이 되기를 빌면서, 한 사람을 문단이라는 정글로 밀어넣는 데 동의했다.

노래의 재발견

내 입에서, 그 노래가 흘러나오다니. 나도 좀 놀라면서 그냥 노래를 따라가 봤다. 많이 흘러간 노래였다. 난들, 그 노래 안 부르고 컸겠는가. 1950년 전후에 태어나서, 대충 성장한 촌놈들에게 이 노래는 구구로 살갑게 파고든다. 이 노래가 왜 문득 입에 쩍 붙었는지 궁금하다.

몇 년 전, 학교에서 농성(그 농성은 끝났지만 나는 여전히 나를 향해 농성 중)을 할 때, 보험 삼아 동참하여 시간을 보내던 날에 노래는 내게로 왔다. 내가 밥 먹는 대학은 내가 부임한 이래 하루도 편한 날이 없었다. 흔들리는 배 위에서는 선장도 선원도 다 멀미를 한다. 학교 앞 식당 주인도 어지러울 게다.

농성장에서는 누군가를 증오해야 되는데 나의 증오에는 동력이 없었다. 증오의 시늉만 하면서 시간을 때우는데, 옆에 앉은 분이 아무도 시키지 않은 회고록 같은 노래를 부르기 시작했다. 노래는 한 인간의 개인사를 휘돌고 나서 우리들 옆에 안개처럼 낮게 깔렸다. 그의 몸을 통과한 노래를 듣고 나는 그 노래를 재발견했다. 하나의 선율이 한 인간의 생을 재구성하는 광경이었다. 희귀하도다.

오늘 아침, 여주를 지나는데 생각도 못한 그 노래가 내 입을 적셨다. 노래가 입에도 붙고 몸에도 붙는 것 같아서 고음 부분에서는 자동차 지붕이 들썩이도록 볼륨을 올려보기도 했다. 노래가 끝나자 몸에는 나도 모르는 그러나 나에게 익숙한 어떤 정서가 침전되고 있었다. 잊고 지냈지만 하나도 잊혀지지 않은 추억들. 미처 추억으로 편입되지 못한 기억들. 노래 하나가 몸에 붙는데도 30년이 걸리는구나.

남원주에 도착해서, 이윤기의 소설 《노래의 날개》에 수록된 단편 〈전설과 진실〉을 대강 훑어보았다. 죽은 시인 박정만을 회고하는 소설이다. 앞부분을 보면 박정만은 '나쁜 인간'이었다. 가령, 이윤기가 가르쳐준 노래를 남들 앞에서는 자기가 이윤기에게 가르쳐줬다고 말하면서 버젓이 자기 노래인 양 불렀다는 것이다. 저작권에 관해서는 박정만이 그러면 안 되는 거다. 그 나쁜 인간을 타박하면서 또 그를 뜨겁게 옹호하는 방식이 그 단편이다.

나 모르는 세월 동안, 내 속에서 익었던 노래.

늙은 타이피스트

가을이 왔다. 생각보다 항상 가을은 일찍 찾아온다. 폭염 속에서 이미 가을은 출발하고 있었던 것. 열나게 부채질을 해대는 그 바람결 사이에서 이미 가을은 잉태되었던 것. 어쩌면 금년 가을은 쥘부채를 잡고 있던 나의 손아귀에서 시작되었을 것이다. 시를 쓰겠다고 메모는 해두고 착수하지 못하고 망설이면서 시간에 떠밀려간다. 내가 시를 쓰는 것은 누구에게 읽히려는 욕심보다 내가 읽으려는 욕망이 더 크다. 시를 쓰는 욕망치고는 소박하기 이를 데 없고, 부질없기 또한 짝이 없다. 나는 시를 쓰면서 나보다 더 나 같은 독자를 꿈꾼다. 이 쓰잘데기 없는 꿈이 시를 쓰는 나를 어이없게 만든다.

누군가는 전화 걸어서 근황을 채근한다. 시를 만지고 있을 때라도 시 쓰고 있다고 대답하지 못한다. 시인들 대개가 그럴 것이다. 다른 말로 둘러대고 만다. 이 질문과 답변 속에 시의 본질과 생리가 숨어 있는 것일까? 시 쓰고 있어, 라고 말하면, 정말 '시 쓰고 있는 꼴'이 된다.

소설가는 소설 쓴다고 대답하지만, 시인은 시를 쓰고 있는 순간에도 시 쓴다고 말하지 못한다. 아니 발설하면 어긋나는 본능적인 어색함이 시라는 장르에는 포함되어 있다. 노동이면서도 노동으로 분류되지 못하는 시쓰기는 언제나 나를 당황스럽게 한다.

시집을 내고 누군가에게 책을 줄 때 쑥스럽다. 사인 없이 그냥 줬을 때 사인을 해달라고 책을 돌려받을 때는 더 그렇다. 사람들은 왜 사인에 집착할까. 나는 매번 책을 내면 사인 없이 책을 주고 싶다는 작심을 하지만 대체로 실패하고 만다. 유명작가들처럼 긴 줄을 세워놓고 사인회를 해본 적도 없으니, 사인에 얽힌 기억은 없다. 선배문인들의 육필사인을 발견할 때는 그이의 정신적 문신을 만난 듯한 즐거움이 있다. 필체에서 시각적으로 함축된 작가의 속마음이 느껴지기 때문이다. 이제 그런 즐거움은 없다. 요즘은 워드로 글을 쓰기에 작가들만의 체취가 묻어나는 필체를 대하기 어렵다. 더러 받게 되는 동업자들의 책에서 그의 사인을 보면서 실망한다. 자신의 시와는 어울리지 않아도 너무 어울리지 않는 조악한 필체를 보면 속았다는 생각을 하게 된다. 문체가 한 사람을 현시하는 것이라면, 필체 역시 그 인간의 체취여야 한다. 나의 사인도 누군가에게 그런 후일담을 남길 것이다. 나는 그런 징후를 남겨두고 싶지 않다. 정말이지 저자의 날림 사인은 나를 화나게 한다. 그래도, 아니 그래서 온몸으로 살다 간 김소월 같은 시인의 육필을 구경하고 싶은 나의 허영은 여전히 철없는 나의 근원이다.

초판에 머문 나의 시집.
새벽 두 시, 갑자기 자동차가 끊어지는 중앙고속도로.
아직도 다 읽지 못한 제프 다이어의 《지속의 순간들》.

순전히 근력 부족으로 일어서기 힘들어하시는 팔순 후반의 아버지. 요양원 침상에서 누구에게랄 것도 없이 '시팔놈들'이라고 내뱉고 호쾌하게 웃으시는 장모님.

죽은 시인들은 나를 슬프게 한다. 시인이 아니더라도 죽었다는 사실만으로도 당신들은 모든 슬픔의 원천이다. 어떻게 죽을 수 있단 말인가. 천수를 누린 죽음도 슬프지만 어떤 이룸에도 도달하지 못한 채 갑자기 사라진 죽음은 언제나 슬프다. 그 소멸감이 나를 슬프게 하고, 또 슬프게 할 것이어서 나는 언제나 슬픔의 악보 위에서 흔들릴 것이다.

마일스 데이비스의 〈Time After Time〉을 듣고 있으면 슬프다. 어디서 그렇게 많은 슬픔이 잠복하고 있었더란 말인가. 약음기를 낀 트럼펫을 타고 흐르는 억제된 선율을 듣고 있으면 소리 죽여 울고 싶어진다. 왜? 그런 질문은 허망하다. 늦은 밤에는 저 음악을 듣지 않으려고 한다. 한 잔만 더 하는 심정으로 마일스 데이비스를 듣게 되는 이유를 나는 모른다. 나도 모르는 심연에 의해 끌려가는 순간은 나를 더없이 막연하게 만든다.

문학평론가 김윤식은 최근의 한 인터뷰에서, 자신의 문체가 고백체로 바뀐 사실을 인정하면서 '죽을 때가 됐잖소'라고 말했다. 죽을 때가 됐다는 것을 알아차리고, 감히 저렇게 선언해버릴 수 있는 담백함은 나를 서글프게 한다. 내 아버지도 그렇게 말한다. '다 됐어!' 인류의 위대함은 포기하지 않는 것이 아니라 포기할 줄 아는 것이리라. 삶의 어떤 욕망을 도려낼 줄 안다는 것은 용기일까, 자제력일까. 자제가 아니라 자제당한다는 말이 더 맞기도 할 것이다. '다 됐다'는 삶의 자각! 이것도 완성이지 싶다.

이 글을 작성하고 있는 내가 나를 돌아본다.

청탁받은 글도 아니고, 에세이집에 포함시킬 것도 아니면서, 책상 앞에서 늙은 피아니스트처럼 자판을 두들기고 있는 나는 한참 우습고녀! 솔직하게는 이런 내가 나는 좋다. 시는 망했지만, 여전히 시에 자신을 거는 축도 있고, 시는 읽히지도 팔리지도 않지만, 여전히 시와 시적인 것은 남아서 인간들을 축축하게 도와줄 것이다. 시는 시라고 일컫는 것만 시는 아니다. 시가 아닌 것이 시이기도 하다. 좋은 시는 언제나 시론과 시학의 밖에 존재한다. 외존! 시를 쓰겠다고 나선 시인이면서, 너무 시적인 것만 밝히는 내가 안됐다. 아니 그런가. 슬픔이여, 내 삶의 근육 같은 슬픔이여, 오늘밤 다 내게 오시라.

세상에! 나를 은근슬쩍 긁어대는 것들이 이토록 많다니.
알 수 없는 삶의 깊이, 깊고 깊어라.
모든 부면의 깊이는 또 얼마나 나를 절망하게 하고 아프고 슬프게 하였던가.
나에게, 심오에 값하는 모든 깊이는 기피와 다르지 않다.
넘을 수도 없고(이 넘사벽이라니!), 돌아갈 수도 없는 그것들을 나는 슬쩍 피해간다.
나의 이런 도망질은 나를 서글프게 하는 무의식이다.

나를 슬프게 하는 것들.
당신은 나의 불가피한 번민이다. 사랑이다. 온몸이다.
시여, 라는 말은 생략한다.

삶을 다시 쓴다

1

슬라보예 지젝의 책을 읽을 때마다, 그때마다, 나는 좌파가 되고 만다. 그것은 동유럽 괴물 철학자의 고뇌와 수염과 침이 범벅이 된 어떤 진정성의 이론적 사무침이다. 까놓고, 공산주의자라고 말하는 그에게서 우리는 무엇을 수용해야 하는가. 여름날 한국을 방문한 그의 강연을 듣고 강연장을 빠져나올 때 초저녁 여름의 기온은 후덥지근했지만 견딜 만한 사색의 체온이 되어 주었다. 물론 나는 공산주의자일 리가 없다. 지젝의 책 ≪지젝이 만난 레닌≫을 읽다보면, 불현듯, 우리의 삶이 제대로 굴러가고 있는가 하는 의문에 사로잡히게 된다. 그리고 괜히 대문을 열어보고 싶은 유혹을 느낀다. 문 밖에 '어떤 혁명'이 와 있을지도 모른다는 생각. 그때마다 나는 지젝의 사도가 아니라, 내 삶을 유지하고 관리하는 정신으로 좌파적 사유에 기대게 된다. 그것은 하나의 영감이다. 이제 분명히 해둘 것은, 우리의 삶을 '그렇고 그런' 것으로 몰고 가는 사유는 다 우파적 사유다. 타성과 관습에 올라타고 있는 삶이 그렇다는 말. 그래서 문학은 언제나 좌파적이다. 삿대질이 아닌 문학이 있었던가. 그런 문학이 있다면, 오늘날 평생교육 프로그램의 강좌 리스트를 구성하는 시창작의 운명을 거론할 수 있다. 아쉬운 자기 부인이지만, 어쩔 수 없이, 그것은 거의 문학이 아니다. '그냥 문학이라고 하고' 정도라면 말이 될라나. '가루커피 맛있게 타기' '수채화 더 잘 그리기'와 같은 강좌들 틈에 속한 손놀림에 지나지 않는다. 문학이 심심파적과 유한적 대상물이 될 때 문학은 문학이 아니다. 유기견으로 전락한 한국남성들의 모습과 별반 다를 게 없는 시의 모습. 소설과 아버지가 다른 시는 자존심을 먹고 산다. 어떻게 설명해도 시는 일인칭의 문학이다. 그래서 모든 시는 '나는'으로 시작해서 '나는'으로 끝난다. 그렇지 않은 시는 물론 나는 신용하지 않는다.

2

그럼에도 불구하고, 여전히 문 밖에서 우리를 부르는 목소리가 있다. 혁명의 목소리다. "좌파여 봉기하라!"고 외치는 쉰 목소리다. 당신의 고리타분한 삶에 칼을 들이대라는 외침이 있다면, 그것은 다정한 시의 목소리를 가장한 자기혁명의 뜨거움이 도착했다는 뜻이다. 그 모든 그럼에도 불구하고를 젖혀두고, 시를 쓰는 것은 루드비히 반 베토벤과 볼프강 아마데우스 모차르트와 슈베르트가 각자, 각각으로 받아들였던 슬픔이 있듯이, 인간 모두가 밟고 지나가야 하는 심오한 삶을 언어를 통해 주체화하겠다는 말이 된다. 어떤 영화도, 어떤 소설도, 어떤 음악도 아는 체 해주지 않았던 나'만'의 삶을 손수 거두겠다는 생각이 시라는 유령과 만나게 한다. 어떤 심리학 서적에도 기록되지 않고, 정신분석학도 거들떠보지 못한 사정이 누구에게나 있지 않겠는가. 시를 쓴다는 저간의 사정은 이와 맞물린다고 나는 본다. (여기까지 쓰고 버려진 글이다. 글에

너무 힘이 들어가서, 끝까지 감당할 수 없었을 것이다. 아마 더 이상 쓰여지지 않을 것이다. 이런 생각을 했다는 흔적으로 남겨 둔다.)

꿈같은 꿈

머거. 엄마의 목소리는 단호하다. 개다리소반에 얹힌 멀건 장국에서 식은 김이 오른다. 정신 있나 없나. 어린 애들 데리고 날 저물 때까지 쏘다니고 지랄하면 되겠나, 엉. 하라는 공부는 안 하고. 내년에 중학생이야 중학생.

엄마의 잔소리에도 불구하고 나는 엄마의 호출 때문에 그리고 무엇보다 너무 일찍 내린 가을 어둠으로 인해 물거품이 된 작전이 더없이 마음 아팠다. 오늘의 공격 목표는 개울 건너 넓은 사기막들이었다. 나는 상급 부대가 없는 단위 부대의 소대장이기에 언제나 작전의 고뇌를 혼자 수행한다. 그때마다 나는 강감찬이나 이순신 장군이 감당해 온 묵직한 고민을 이해한다. 개울 건너를 건너다보면서, 적들의 위치와 적의 수, 저들이 펼칠 수 있는 작전 개요를 점치면서, 기필코 저들을 점령하겠다는 의지를 불태웠다. 늘 하는 작전이지만, 그때마다 전쟁은 버겁다. 상위부대가 없기에 인력이나 물자 부족에 시달리는 것이 큰 애로점이다.

특히 오늘 싸워야 할 적은 같은 학년이자 같은 반인 꺽다리가 이끌고 있는 부대다. 그 새끼는 시험 때만 되면, 내 시험지를 아주 제것처럼 넘겨다본다. 보여주지 않으면, 성깔을 부리고, 해코지를 한다. 오늘 같은 날은 평소에 눌렸던 감정도 풀 겸 우리 팀의 숙원이기도 한 적들을 확실하게 조져야 한다. 그래서 나는 작전을 좀 더 원활하게 진행하기 위해 분대장 두 놈을 교체하는 인사개편을 단행했다.

한 놈은 4학년 개똥인데, 걔는 나의 휘하지만 책임감이 절대 부족하다. 전투 중에 집에 가서 애기 봐야 한다고 부대를 이탈하는 놈에게 무슨 책임을 줄 수 있겠는가. 다른 녀석은 부대원과 자주 갈등을 빚는다. 그의 휘하는 한 명인데, 그 아이의 완력과 담력이 더 세기 때문에 빚어지는 다툼이다. 명령을 금과옥조로 삼아야 하는 우리 같은 조직에서 하극상은 엄단해야 하지만, 눈 뜨면 마주치는 동네 조무래기들인지라 모른 척 해 왔는데, 더는 두고 볼 수 없어서, 지도력을 발휘하는 차원에서 분대장을 전격 교체해 버렸다.

오늘의 싸움은 회심의 일전이었다. 오늘따라 전쟁을 위한 집합에도 문제가 있었다. 전쟁의 하부 조직을 이끌어야 할 병사들이 제 시간에 모여 주지 않았다. 숙제하느라고, 엄마 심부름하느라고, 아빠 담배 심부름 하느라고, 심지어 하필 오늘 설사병에 걸려서 등등. 겨우겨우 진용을 갖추고, 날 저물기 전에 작전을 종료하기 위해 서두르고 있는데, 적진에서 전갈이 왔다. 그쪽도 우리와 사정이 유사한데, 다른 것은 아랫동네에서 용병을 몇 기용키로 했는데 그 아이들이 학교에서 나머지공부에 걸려서 작전에 참가가 어려워지자, 급히 다른 용병을 모집하느라 더 지체가 되었던 것.

나는 세 명의 분대장과 작전을 숙의했다. 오늘 작전을 꼭 성공시켜야 할 필연의 이유가 있다. 이제 겨울이 오면 추워서 이 놀이도 못하게 될 것이고, 무엇보다 내년이면, 나는 시내 중학교로 유학을 하게 된다. 중학생 체면에 조무래기들을 이끌고 다시 이 전투를 할 수는 없다. 아울러, 그동안 나를 따르며 풍찬노숙을 마다않은 어린 친구들에게 인생에서 자주 오지 않는 승리의 포만감도 안겨주고 싶은 꿈도 있었다. 매사에 쪽팔리는 때가 있다는 것을 나도 이미 눈치 채고 있었기 때문이다. 그래서 오늘을 별러 왔던 것. 그때, 산 아래에서 엄마의 목소리가 올라왔다. 하긴, 엄마 목소리보다 앞서 1분대장 찔찔이 엄마의 날선 목소리가 한 발 앞이었을 것이다. 이 놈의 새끼 빨리 안 내려오나.

그리하여 그날 이후 개울 건너 저 넓은 들은 미답의 영토로 남게 되었다. 엄마는 뭐라고 자꾸 중얼거렸으나, 나는 그 순간 일생일대의 절망을 안게 되었다. 자식의 웅지를 이해할 리 없는 나의 엄마. 기껏해야 동네 조무래기들을 모으고 편을 나누어서 했던 병정놀이지만, 그때 그 놀이가 나에게는 세계 자체였다. 3학년짜리 병사였던 휘하가 광산촌으로 떠나는 아버지를 따라 전학 갈 때 느꼈던 쓰림. 여전사가 되겠다고 자원했던 4학년짜리 여자애의 입단을 두고 설왕설래 끝에 집으로 돌려보냈던 일. 전투 중에 뱀에 물린 재식이를 업고 뛰던 일. 나의 전투는 건너편 조그만 언덕배기 혹은 묵밭을 차지하는 것에 불과하지만, 그것은 어린 날 나의 꿈 전체를 영토화한 것이다.

고향에 가면, 내가 점령하지 못하고(점령당하지 않은 채 버려진) 남겨 놓은 손바닥만한 묵밭을 건너다보게 된다. 거기 한 소년이 우두커니 서서 저물고 있다. 꿈은 이루어지지 않는다.

세 여자 이야기

한 여자는 청주에서 고등학교를 졸업했고, 다른 한 여자는 부산에서 고등학교를 졸업했고, 또 다른 한 여자는 서울에서 고등학교를 졸업했다. 각자의 고졸한 삶을 싸고도는 생활, 생활의 가치, 생활의 이데올로기. 누구에게나 한계가 있듯이. 한 여자는 1964년생, 딸 하나, 다른 한 여자는 1963년생이고 딸 하나 아들 하나. 또 다른 한 여자는 1962년생이고 아들 하나. 그렇게들 살아간다.

한 여자는 종로 3가에서 서점을 운영하고, 다른 한 여자는 서대문에서 옷가게를 하고 또 다른 한 여자는 광화문에서 제과점을 운영한다. 다들 자기 가게는 아니다. 3가는 몸매가 가냘프고 좌편향적이고, 서대문은 그저그런형이고, 광화문은 밝고 우편향적이다.

한 여자가 한겨레신문을 읽을 때, 다른 한 여자는 조선일보를 구독할 수도 있고, 또 다른 한 여자는 상품권에 끌려 조선에서 동아로 갈아탈지도 모른다. 한 여자는 집회에서 촛불을 들고 있지 않을까. 다른 한 여자는 파프리카를 씹고 있을까. 또 다른 한 여자는 혁신도시 원주 쯤에 부동산을 구입할 수도 있을 것이다.

.

한 여자는 주말의 서울광장 집회를 꿈꾸고 있지 않을까. 다른 한 여자는 목사님과 심방 일정을 잡고 있지 않을까. 또 다른 한 여자는 사랑의 단계를 수정하고 있지 않을까. 오늘도 한 여자는 3가에서 다른 한 여자는 서대문에서 또 다른 한 여자는 광화문에서 오로지 자신의 존재적 한계를 깨지 않으려 (아니, 마구 그것을 격파하려는 안타까움) 생의 수위를 조절하고 있지 않을까.

'어세오세요.'
'감사합니다.'
'안녕히 가세요.'

그러니 어쨌단 말인가
(((세상에! 어쩔 수 있는 것은 아무 것도 없으니

두 여자 이야기

한 여자는 50대 초반, 다른 여자는 40대 후반. 초반과 후반이라는 말의 역광이 의미의 착란을 일으키기도 한다. 한 여자는 40대 초반에 다른 여자는 30대 초반에 이 도시에 들어왔다. 둘 다 이방인이다. 한 여자는 혈액형이 O형이고, 다른 여자는 A형이다. 혈액형의 통계와 세속적 해석이 전해주는 대로 한 여자는 다소 다혈성이고, 다른 여자는 다소 허혈성이다

한 여자와 다른 여자가 만날 수 있었던 것은 마구 팽창하는 이 도시의 건널목에서 신호등을 기다리며 이방인 특유의 호기심으로 서로를 직관했기 때문이다. 삶의 신호 같은 것. 자기 안에 있는 또 다른 '자기'를 건너다 본 것일까.

한 여자는 조그만 가게를 운영하며 소일하고, 다른 여자는 전업주부로 살아간다. 인생은 누구에게나 전업이다. 한 여자가 남프랑스나 북유럽에 가서 두세 달 체류하는 몽상을 즐기는 동안 (그럴 수 있다는 일과

전혀 무관하게) 다른 여자는 춘천에 가서 호수를 구경하거나 롯데시네마에서 영화를 본다.

한 여자가 표준적인 사유방식에 동의하고 있다면 다른 여자는 과잉된 감수성에 자발적으로 걸려든다. 한 여자는 한 달에 한두 차례 백화점에 가서 옷을 구매한다. 다른 여자는 이 도시의 조그만 옷가게에서 옷을 고른다. 옷을 고르는 동안 그녀는 세상을 횡단한다. 이 옷, 저 옷, 그리고 나의 옷. 입어보지 못한 옷.

한 여자는 기성의 이미지를 잘 입어낸다. 다른 여자는 없는 이미지를 만들어내는 재주를 가졌다. 두 여자가 걸어가면 기묘한 의상의 트러블이 만들어진다. 그것은 현실과 환상이 서로 다투는 모습이지만 보기에 즐거울 수도 있다.

한 여자는 남편과 자주 갈치조림을 먹으러 간다. 다른 여자는 또래들과 스파게티를 먹거나 채식을 즐긴다. 한 여자는 밝고 건강한 표준적인 음악 취향을 가졌다. 다른 여자는 자극과 독성이 흐르는 하드록 계통을 즐긴다. 즐긴다는 말 속에는 어쩔 수 없이 그런 소음의 결을 통과하고 싶은 열망이 잠복하고 있다는 뜻. 그러고 싶어 그러는 게 아니라, 그럴 수밖에 없어 그러는 것.

두 여자가 만나서 얘기할 때 상투적인 혈액 반응이 서로 다르게 나타나기도 한다. 한 여자가 소심한 척 한다면, 다른 여자는 개방적이고 활달한 어투를 선택한다. 한 여자는 밤 늦은 시간에 무언가를 쓴다. 자기를 쓰는가? 그것은 시가 아니다. 다른 여자는 문자행위의 날조성을 강하게 믿고 있는 모양이다. 두 여자의 친연성은 각자의 속살림을 들여다보지 않으려는 내공에 있다. 무관심과 다른 무관심….

한 여자가 느닷없이 남편의 술버릇을 고백한다. 다른 여자도 맞장구를 치며 적당한 응대를 하며 반가워한다.

한 여자: 신발을 바꿔 신고 와요.^

다른 여자: 우리는 벽을 화장실 문이라고 우겨요.^^

두 여자는 그제서야 서로를 인증하고 안심한다. 각자의 남편들이 순간적으로 두 여자의 살림을 지켜준다.

두 여자가 노천카페에 앉아 커피를 마시는 풍경. 카메라가 뒷걸음치며 멀리서 두 여자를 잡았다면 두 여자는 이 도시에서 한 몸처럼 한 호흡처럼 보이지 않았을까. 두 여자는 각자 다른 장소에서 눈물을 흘리기도 하지 않을까. 여자 둘이 표나게 합의하지 못한 그 무엇Something. 그것은 두 여자에게 서로 잊을 수 없는 아픈 사랑스런 흔적으로 남아서 금년 가을처럼 흔들리리라.

한 여자 이야기

우선 이 여자의 나이. 여자의 나이가 몇 살이어야 하는가. 물론 여자 자신도 모른다. 모르게 가버린 나이. 현재 1남 1녀가 슬하에 있다. 한 놈은 대학생 한 년은 재수 중. 놈은 남편이 데리고 온 전처 소생이고, 년은 여자가 달고 들어온 아이다.

여자는 엇갈린 삶을 살고 있다. 엇갈린 삶이 어디 있겠는가. 엇갈리지 않은 삶이 어디 있겠는가. 엇갈리는 게 엇갈리지 않는 것이다. 이것이 여자가 안고 있는 원죄다. 여자의 전 남편은 2.5류 화가. 지금은 대폿집 수준의 카페를 운영하며 살고 있고, 물론 그림도 포기한 지 오래다. 여자는 전 남편을 추억해 본 적이 없다.

전 남편이 여자에게 남겨 준 것은 상처와 환멸이 아니라 자라지 않는 기대와 환영이다. 현재의 남편이 여자에게 공급해 주는 것은 과잉과 잉여이지만 여자는 그것을 그것으로만 치부하고 있다. 여자의 소망은 슬하에 개기고 있는 두 군더더기가 어서 독립해 주는 것이다. 자식이라는 이유로 부모라는 이유로 서로 얽혀서 부대끼는 일이야말로 인연의 과장법이라고 여자는 믿는다.

여자의 소망은 무無Nothinge다. 여자가 해석하는 무는 자신이 상대에게 줄 수 있는 게 없다는 뜻. 여자가 이해하는 무는 자신이 상대에게서 원하는 게 없다는 뜻. 그 이상도 그 이하도 아니다. 여자는 현재의 남편을 위하고 배려하지만 사랑하지는 않는다. 측은지심과 같은 동물적 연대감을 수행할 뿐이다. 남편이 제공하는 잉여는 그것이 감정이든 물질이든 잉여일 뿐이고, 여자에게는 소용되지 않는 과잉이다. 여자는 문명이 제공하는 문화를 소비하지 않는다. 티비, 영화, 음악 같은 것을 크게 신용하지 않는 편이다. 인터넷은 물론. 그것들이 일으키는 자기 안의 소음이 두렵기 때문이다.

여자가 즐기는 것 두 가지.
하나는 자전거를 타고 이 도시의 천변을 주유하는 일. (자전거를 세우고 이 도시의 방벽처럼 서 있는 산의 선을 '물끄러미' 응시하는 것. 그 순간 여자는 스스로를 용납하면서 맑아진다.) 다른 하나는 새벽시장에 나가 재래시장을 구경하는 일. 두 가지의 취미가 여자를 충족시킬 수 있는 것은 두 가지 모두 편집되지 않았기 때문. 복제되지 않았다는 뜻도 된다.

남편의 제안으로 이 도시의 빌딩에서 칵테일을 마시기도 한다. 그때마다 이 도시에서 수행되는 삶의 풍경들이 복제와 가장이라는 생각에 여자는 시달린다. 여자는 사이보그가 되어 있다는 사실을 부인하지 않는다. 여자는 자신도 눈치 채지 못하고 있는 나이. 그 나이 위에 알몸으로 올라앉아 있다. 여자는 이때마다 자기의 경계 같은 것을 받아들이고 있다. 아무도 만나보지 못한 여자, 그 여자 지금 이 도시의 빨간 신호등이 켜진 건널목을 무단횡단하고 있다.

저기, 저 여자.

할 말도 없고

오랫동안 만나지 않아도, 익히 아는 듯한 사이가 있다. 옛친구들도 그 부류의 하나다. 어리거나 젊은날 공유했던 추억만으로 한 인간의 성향을 다 안다고 판단해 버리기 쉽다. 마치 바뀌지 않고 그대로 있는 골목길을 갈 때의 심정이 그렇다. 오랜만에 그 친구를 만났다. 어려서 문학을 같이했던 인연으로 이런저런 자리에서 만나지기도 하지만, 다른 학교를 다니고, 다른 고장에서 살고, 다른 책을 읽고, 다른 인간관계를 가지면서 우리는 참 많이 달라졌다. 그러면서도 우리는 서로를 알고 있다고 오해한다. 그와 나는 어떤 단체에서 개최하는 문인행사에 참가해서 수년 만에 악수를 나누었고, 같은 방을 사용하면서 1박 2일을 지냈다. 뒤풀이 뒤에 그와 나는 헤어졌던 부부처럼 방에 누워서 온기가 없는 얘기들을 나누었다. 그 중에 나의 관심은 그가 시를 쓰고 있는가에 대한 것이었지만, 나는 끝내 묻지 않았다. 그도 시인인지라 자기 사업에 대한 애증이 없을 수 없지만, 이 나이에 그런 것을 안부라고 묻는 것은 쑥스럽고 겸연쩍다. 쓰든 말든! 아니다. 쓰니 어쩌고, 안 쓰니 어쩌란 말인

가. 나는 아직도 이 부근에 있는 걸 보면, 문청기질이 극복되지 않고 있는 모양이다. 까까머리 시절에 그가 내게 문학을 전염시킨 장본인이라면 믿을까? 그는 회복되고 나만 투병 중. 그는 나름으로 문학에 대한 정확히는 시에 대한 시선과 열정이 성성했던 친구다. 그는 자기가 사는 지역에서 동인을 구성하고 동인회를 이끌어왔다. 나는 나도 모르게 동인 근황을 물었다. 이젠 잘 모이지도 않아. 다들 늙었고, 만나도 할 말도 없고! 그날 밤, 우리는 그렇게 잠들었다. 끝내 손을 잡지 않고 돌아누워 잠드는 부부처럼. 나는 그의 가슴에서 시가 마르는 소리를 들었다고 말하려는 게 아니다. 그를 통해 나를 들여다보고 있을 뿐.

편지

선생님,

시를 붙들고 계시다는 말씀, 시인이 아니더라도 누구에게나 일용할 시가 있다고 봅니다.

쓰는 시가 있고, 읽는 시가 있고, 살아내는 시가 있을 겁니다. 문자로 또는 문자 밖에서 상연되는 시 혹은 시적 상황은 우리네 삶을 밀고 가는 힘이기도 할 겁니다. 조기축구회원들의 활기를 보면, 그들이 다 박지성을 꿈꾸는 게 아니라, 박지성을 확실히 포기하는 순간에 자기를 얻었다고 봅니다. 드디어 축구라는 운동을 자기 것으로 끌어안는 순간이 아닐까요. 시도 이와 멀지 않다고 봅니다.

선생님은 이미, 시를 잘 쓰시고 있습니다. 모든 시는 자기 시여야 하고, 자기 삶이어야 하고, 자기 다리를 긁어야 한다는 게 제 생각인데, 선생님의 시작업은 당신 삶의 중심을 흘러가고 있다고 봅니다. 세상에 시가 많고, 시인도 많고, 그래서 시인마다 시의 정의가 있다고 보면, 저는 저의 정의조차 못가지고 있는 형편이고, 제것은 협소하고, 비루하기도 합니다. 지나는 걸음에, 시는 삶의 매순간을 뚫고 나가는 언어의 몸짓이라는 말씀을 남겨 둡니다.

삶의 후반부를 살고 계시는 선생님에게 더 이상 시를 자구수정의 대상으로 치부하지 마시고, 선생님의 연륜이 시를, 오, 그 불쌍한 시를, 시가 선생님의 삶의 구석구석을 탐착하듯이 내남없이 핥아주기를 바랍니다.

길었습니다.
쓸데없는 말, 쓸데없이 들어주시면 고맙겠습니다.
총총, 이만.

바라던 바

고향은 좋은 곳이여. '대체로'라는 한정 속에서만 그러하겠지. 나 역시 고향을 자주 떠난다. 이 말은 자주 고향에 간다는 말이다. 고향을 떠날 때마다 나는 내가 더 이상 강릉사람이 아니라는 생각으로 우, 우울하다. 30년쯤 살았던 도시가 언제부턴가, 아무렇지 않은 말투와 표정으로 나를 뱉어낸다. 고향을 뺀 나머지 30년은 서울, 원주에서 빌빌대며 살았다. 그런데, 원주사람은 더욱 아니다. 서울사람은 더더욱 아니다('아니다'라는 부정어는 '그렇다'는 긍정과 왜 저리 뜨거운 살을 대고 있는가). 굳이 계산해 봤더니 본인은 외계인이었다. 몸에 붙여 말하면 외방인, 경계인, 디아스포라에 속했던 것. 아유, 아웃사이더.

한번 고향은 영원한 고향이 아니다. 해병대도 아니고. 고향을 떠나올 때마다 우울증이 도진다. 우울증이 철학의 시작이라는 말을 믿는다. 고향에 살지 못하는 것이 슬픈 것이 아니라 고향에 대한 향수가 더 남아 있지 않다는 것이 우울증의 근원이다. 환영도 욕망도 끝이었던가.

고향에서 감염된 우울을 달래기 위해 들르게 되는 장소가 경포해수욕장 위 사근진이다. 경포 해변과 잇대어진 밋밋한 바다다. 커피 타임 정도 서성이면 다는 아니지만 고향을 떠날 여력(탄력) 같은 게 충전된다. 약발 떨어지기 전에 토껴야 한다는 것이 수칙이다. 잊지 말자.

생각건대, 고향이라는 장면은 돌아가는 곳이 아니라 떠나는 장소다. 늘 고향에 가지만 한 번도 고향에 도착하지 못했다는 말은 말장난이 아니다. 고향은 고향 비스름한 외국이거나 기억을 재생하기 위한 세트에 불과하다.
—그대 다시는 고향에 돌아가지 못하리(바라던 바).

상상력

얼마 전, 강원도 삼척 가곡이라는 동네에 산불이 나서 축구장 24개의 면적이 잿더미가 되었다는 뉴스를 읽었다. 산불의 원인, 즉 산불의 진실은 밝혀지지 않았다. 삼척에는 강원문화재단 창작기금을 수혜한 소설가가 집필 중에 있다. 건필하길 바란다. 그런데 삼척 산불은 방화이고, 불을 놓은 것은 예의 그 소설가라고 이유 없이 나는 단정한다. 간단히 말해 소설이 잘 풀리지 않자 홧김에 확 그리고 탐미적으로 풀자면 소설가 자신의 건조한 상상력에 화끈한 불기를 끼었고 싶은 참기 곤란한 욕망이 산의 육체에 일회용 라이터를 갖다 댔다고 상상한다. 그랬으면 좋겠다. 제발 좀 그래라. 며칠 기다려봤는데 '내가 질렀다'는 문자와 소주병 잡고 있는 그림은 오지 않았다. 그러니 소설을 못 쓰지. 상상력上上ㅠ.

홍상수

물론, 나만 그를 편애하는 것은 아니고, 나만 그를 존중하는 것도 아니다. 돌아보니, 〈강원도의 힘〉을 보면서, 나는 그의 영화에 입문하게 되었다. 그의 영화는, 영화에 관한 나의 편견을 견고하게 다져주는 계기도 되었다. 눈이 먼 치명적인 사랑처럼. 처음에는 지식인들의 내면을 찌질하게 외면화하는 방식에 흥분했지만, 그의 영화가 여러 편 개봉되고, 홍상수 자신의 작가적 내면이 어떤 동어반복을 노출하면서부터, 그의 영화는 내게 돌이킬 수 없는 부동의 문학 텍스트로 작용했다. 문학이 무엇이라고, 정의하지 않겠다. 영화가 무엇이라고도 말하지도 않겠다. 언어가 그렇듯이, 대개의 그 정의라는 것들이 또는 개론적 확정들이 실물에 닿지 못하고 겉도는 외로운 질주라는 것을 나는 잘 안다. 홍상수 영화 가운데, 어느 것이 결정본인지 더 기다려봐야겠다. 〈북촌방향〉은 홍의 세계를 최종적으로 수렴하는 매력이 있다. 우연과 반복, 반복과 우연, 그리고 차이. 이야기라고 할 수도 없는 부스러기들이 저절로 굴러가면서, 우충좌돌하는 계기성들은 그야말로, 삶의 맹목성을 악착같이 보여준다. 삶이 완성된 대본을 따라가는 것이 아니라면, 그때그때 눈앞에 펼쳐지는 영상은 쪽대본이 된다. 홍상수 영화문법을 그의 영화 제목에서 고른다면 〈잘 알지도 못하면서〉에 대한 현실적 구성이다. 놀라워라, 홍상수식 '잘 알지도 못하면서'는 김수영의 시론 〈시여, 침을 뱉어라〉에 비벼 곁들여도 궁합이 잘 맞는다니.

여기서 중요한 것은 시의 예술성이 무의식적이라는 것이다. 시인은 자기가 시인이라는 것을 모른다. 자기가 시의 기교에 정통하고 있다는 것을 모른다. 그리고 그것은 시의 기교라는 것이 그것을 의식할 때는 진정한 기교가 못되기 때문에 그렇게 되는 것이다. 시인이 자기의 시인성을 깨닫지 못하는 것은, 거울이 아닌 자기의 육안으로 자기의 전신을 바라볼 수 없는 거나 마찬가지이다. 그가 보는 것은 타자들이고, 소재이고, 현실이고, 신문이다. 그것이 그의 의식이다. 현대시에 있어서는 이 의식이 더욱 더 정예화精銳化—때에 따라서는 신경질적으로까지—되어 있다. 이러한 의식이 없거나 혹은 지극히 우발적이거나 수면 중에 있는 시인이 우리들 주변에는 허다하게 있지만 이런 사람들을 나는 현대적인 시인이라고 부를 수는 없다. 시여 침을 뱉어라!

삶에 관한 정답지가 없다는 것이야말로, 홍상수 영화를 질기게 붙들고 놓아주지 않는 히스테리컬한 장면이다. 영화가 소설에게 하는 말이 있을 것이다. 너는 이런 거 못하지? 아마 홍상수 영화 말고 또 그런 예가 있는지 잘 모르겠다. 언어에 담을 수 없는 무의식의 결들, 살들, 피들, 침들. 무의식이 뭐지? 그러게. 그런 걸 아는 사람도 있기는 있더군. 오늘은 이렇게 명명한다. 무의식은, 에, 또, 뜨겁고, 절절하고, 쪽팔리고, 선망하는 것들의 오롯한 피난처. 무의식이 드러나면, 의식은 도망가고,

의식이 나타나면, 무의식은 숨어준다. 그러니, 의식과 무의식의 관계는, 대충, 본처와 애첩의 관계와 유사한가. 그들이 자리를 같이하지 못한다는 것이야말로, 정신분석학의 대전제다.

'그렇지만'이라고 해야 할지, '그래서'라고 해야 할지, 나는 여전히 홍상수의 〈다른 나라에서〉의 개봉을 기다리고 있다. 홍상수의 새로운 '무엇'이 아니라 이미 잘 안다고 믿는 '그것'을 재확인하기 위하여.

가을엔

가을엔 편지를 써도 좋겠다, 필경사처럼. 아니 편지를 받아도 좋겠다, 상복을 입은 여인처럼. 아니다, 편지를 쓰지도 않고, 받지 않아도 좋겠다, 무연고 묘지처럼. 가을은 빈 병처럼 나를 텅 비워도 좋고, 하늘처럼 뜻 없이 청명해도 좋겠다. 한 잔의 술, 한 개비의 담배, 일인분의 그대, 한정판 바람 몇 줄기, 걷지 않았던 길을 걸어도 좋겠다. 가을엔 탱고를 들어도 좋겠다, 피아졸라의 초상 앞에서. 망각, 오블리비언. 잊을 것이 있다는 것은 좋다. 비울 수 있기 때문이다. 몸통을 이리저리 흔들 수 있기 때문이다. 사랑한다, 사랑하지 않는다. 바람이 분다, 바람이 불지 않는다. 해장국을 먹고 나오는 식당 앞에 차렷 자세로 피어 있던 9월 국화. 나는 그대 이름을 과꽃으로 착각하고 싶었거니. 가을엔 우체국에 가도 좋겠다, 택배아저씨처럼. 어딘가에, 나의 짐을 박스채로 보낼 수 있다는 것. 그것만으로도, 가을엔, 우체국에 가는 시늉을 해도 좋겠다.

3부 시 읽는 밤

초밤

일주일이 다 끝났다는 뜻인가. 주말이 왔다. 주말과의 직면이군. 보따리
를 싸고, 시동을 걸고, 주차장을 빠져나오면서, 한 주일 동안의 사랑스
런 이승을 회고한다. 나는 무엇에 기대어 살았던가. 쓸쓸하고 허전하리
라. 그것은 삶이 온통 의미가 아니라 무의미로 짜여진 피륙이라는 점에
서 나는 그렇다. 내가 수임했던 배역. 몇 시간의 수업. 나도 잘 모르던
말들. 모르기 때문에 조금 더 강조되던 억양. 고속도로에 올라서면서,
아, 이 순간, 모든 것의 배후가 되는 어둠이 막, 마구 시작되는 것이었던
것이다. 먼저 뿌려진 어둠이 다소 싱겁다는 듯이, '이거 너무 일찍 온
거 아냐' 하며 계면쩍어하는 얼굴 위로 뒤미처 따라온 어둠이 살짝 부딪
치는 풍경들. 성근 어둠발 사이로, 건조한 물기 같은 것이 스민다. 이럴
때가 좋다. 이런 밤은 생각만큼 만나지지 않는다. 내가 피해가거나 밤이
나를 피해가기 때문이다. 90분 정도의 거리에서 5분 정도는 나의 귀로
의 서론에 속한다. 속도가 몸에 붙지 않고, 음악도 귀에 들지 않고, 저녁
빛도 눈에 잘 묻어오지 않는다. 이럴 때는 담배를 한 대 피워물어야

한다. 피우는 것이 아니라 물 수밖에 없는, 한 입 그득함. 오른쪽에 있는 여주아울렛의 불야성이 도로 쪽으로 넘쳐났다. 어둠을 조금 먹어 가긴 했으나, 그 또한 밉지 않다. 그때, 내게 온 말이 '초밤'이었다. 황동규 시인의 〈어느 초밤 화성시 궁평동〉이 진원이었다. 내게는 그렇다. 이 말이 황선생의 발명은 아니지만, 오묘하게 제자리를 찾은 예로 기억된다는 점에서 문학사적인 말이다. 정지용의 시에도 '초밤'은 있다. 요는 그 밤에는 '초밤'이라는 말밖에 내가 겪은 시간대에 제목을 붙이기 어려웠음이다. 초저녁이 포함하지 않는 낌을 초밤은 가지고 있다. 시는 이런 것이 아닐까. 초밤이라는 그 말에 나는 급흥분한다. 시간과 공간이 말 그대로의 시절인연을 만난 것이다. 그 초밤. 시는 기다리는 자에게 도착한 언어라고 생각하며 산다. 개폼이나 수사나 방법이 아닌 진정이나 진실도 아닌, 한 개체로서 견디게 하는 것. 지금 내게 와 있는 이 초밤의 언어들. 그것만이 나의 시이기를 바란다. 잘 쓴 시는 많지만, 내게 와서 나를 건드리는 시가 적다는 것은 순전히 시에 대한 나의 편견과 교만의 비좁은 상식 때문이다. 안타까운 일이지만, 그런 나를 나는 미워하지 않는다. 필경사 바틀비의 말처럼 '그렇게 하지 않는 편을 택하'고 싶다는 말. 그런데, 돌아보면, 나는 늘 '그렇게 잘 하는' 편에 서 있었던 것이 아닌가. 에라이, 초밤이 미끌어져서 초밥이 되었군.

죽어 무엇하리

박용래의 〈자화상 3〉이 가끔 생각난다. 딴 것보다 시를 지니고 태어난 시인의 육성이 들려오기 때문이다. 소한, 대한 지나가고 입춘이 코앞이지만, 이 시만 생각하면 가출하고 싶어진다. 집을 나서는 것. 문만 슬쩍 열었다 닫아보자. 이 시의 앞 두 도막에서 기가 죽는다. 살아서 무엇하리는 알겠는데 죽어 무엇하리에 이르면 두 손 든다. 삶도 죽음도 무화의 순간 속으로 증발한다. 여전히, 죽어 무엇하리는 화두로 다가온다.

유언 중에 '괜히 왔다 간다'는 중광의 것은 단연 압권이다. 이 가뿐한 희언의 무게. 딱 한 줄의 시다. 하이쿠도 여기에 비한다면 족탈불급이다. 법정은 '이제 시간과 공간을 버린다'는 문장을 남겼다. 다듬어진 문사의 냄새가 짙다. 많은 에세이를 썼던 문체의 흔적이다. 우물쭈물하다 내 이럴 줄 알았지. 버나드 쇼의 묘비명이다. 번역상의 문제가 있다고 하지만 한국어 울림은 딱이다.

나쓰메 소세키는 죽기 전에 '지금 죽으면 곤란한데'라고 했다. 이 문장 읽으면서 웃었다. 쿡 하고 터져나오는 웃음이다. 일본에서는 작가가 죽으면 그의 유고를 출판하는 관행이 있다고 한다. 아마, 소세키는 미완의 원고를 걱정했던 모양이다. 박용래의 시구보다 와 닿는 힘이 세다. 인간 적이고 절박하다. 여기까지 썼는데 스마트폰 데이터가 거의 되어 간다. 아직 쓸 말이 남았는데, 지금 이러면 곤란한데….

마종기 새로 읽기

마종기 시인의 기사를 읽었다. 50년 만에 명륜동 옛집 툇마루에 앉은 사진이 눈길을 끌었다. 아버지 마해송을 추억하고, 아버지처럼 가난하게 살기 싫어 미국으로 갔던 일, 힘든 외국생활을 견디기 위해 시에 의지했던 자신의 체험을 고백하는 기사였다. 웬만한 독자라면 알 만한 정보들이다. 내게 그것은 새삼스럽지 않았다. 내게 새삼스러운 것은 내가 간직하고 있는 청년기의 ≪평균율≫이다. 황동규, 김영태, 마종기 세 시인의 3인시집인 이 책은 나와 비슷한 시기에 20대를 보낸 문청들에게는 대개 나름의 각별함이 있을 터이다. 이 3인 외에 정현종, 오규원이 보태지면 내 문학청춘의 지도가 그려지는 셈. 마종기 시인의 사진을 보면서, 그가 걸어온 문학이 느껴져서 새삼 살가워진다. 나도 마종기의 시들을 읽던 시절로부터 한 걸음도 달아나지 못한 듯하다. 〈연가 9〉는 시집에 실렸을 때는 전부 한자어가 괄호 없이 사용되었는데, 아래에 인용한 시는 한자를 벗고 있다. 글쎄. 馬鍾基와 마종기는 같은 것일까? 한자어에서 한글로 전환되면서 상실되는 것은 없을 것인가? 나는 한자주의자는 아니다. 그렇다고 한글주의자도 아니다. 굳이나 한자어를 쓸 필요가 없다는 정도의 한글주의자라면 한글주의자다. 얘기가 좀 샛길로 빠지는 것 같지만, 우리말 대부분이 한자어로 이루어졌기에, 한자를 써야 뜻을 잘 알 수 있다는 주장들에 대해서는 동의하지 않는 쪽이다. 그런데, 마종기의 시를 한자가 섞인 원전(?)으로 읽었기에 한글로 쓰여진 시가 내게는 낯설다. 뭐, 이런 얘기를 하자는 게 아니라 오랜만에 마종기 시인이 자신의 옛집 툇마루에 걸터앉아 상념에 젖듯이, 나는 또 그 풍경을 보면서 지나간 문청시절을 불러본다.

나는 1968년 700부 한정판으로 찍은 ≪평균율≫ 복사본을 가지고 있다. 복사본이면 어떤가. 인터넷에서 복사한 시를 놓고 한자어로 변환하는 작업을 하는 도중에, 초판본과 다른 데가 많음을 발견하게 되었다. 시의 도입부 '전송하면서/나는 살고 싶네.'가 초판본 표기인데 인터넷에서는 '나는'이 사라졌다. 이것 말고도 몇 곳에서 본래의 시와 결정적으로 다른 대목을 만나게 되었다. 혹시 시인이 수정을 한 것인지도 모르기에 숙제로 남겨 둔다. 그보다는 시를 인터넷으로 옮긴 사람의 오류가 더 클 것으로 추측한다. 초판본 시로 고정시켜 놓고, 한자어도 바꾸니 시가 달라 보인다. 그래도 그때, 그 시절의 시 분위기는 오지 않는다. 원본이 주는 아우라가 제거되었기 때문이기도 하거니와 나는 더 이상 문청시절의 열기와 순정을 지니지 못하고 있다. 나는 마종기의 시들을 다시 읽는다. 청춘을 다시 읽는다. 처음부터 다시!

<近思錄> 근처

책상 맡을 떠돌던 잡지를 펼쳤다. 우대식 시인의 자선시 몇 편. 그의 시를 읽으면 어떤 기쁨이 밀려온다. 그것은 생각을 밀고 나아가는 힘이고, 그 끝에 이르려는 언어적 몸짓일 것이다. 나는 그가 시를 오해하지 않는다는 점에서 그 점을 믿는다. 어떤 시는 오해에 근거해 작성되고, 편리하게 읽혀진다. 시이니까 용서되고, 시는 원래 그런 것이니까로 납득된다. 우시인의 시를 많이 읽지는 못했지만, 내가 읽은 몇 편을 통해 뜨겁고 묵직한 자발성을 수신한다. 내 시집 ≪본의 아니게≫를 보냈을 때, 그는 잘 받았다는 문자를 보내왔다. 나도 칭찬에 약한가. 아니면, 그를 문학적 우군으로 여겼던 것일까. 이번에 특히 그의 <近思錄에 관해>를 읽고, '시 잘 읽었습니다. 여기 한 잔 더 주세요'라는 말이 절로 나온다고 문자했다. '近思해 보고 싶'다는 열망은 모든 시인의 소원이 아니던가. 그 불가능한 희망이 시인의 에너지다. 우 시인이 원주 출신이라는 것도 내게는 자별하다. 문학에 관한한 이 지역은 대타자도 주인도 없다. 무주공산이다. 마종하, 우대식이 내게 각인되는 것은 그들이 원주인이라는(아니더라도 다른 핑계가 있었겠지만) 것일 게다. 주인이 떠난 빈 집에서, 벽에 적힌 낙서를 볼 때처럼, 나는 나만의 자욱한 어떤 허공을 접수하고 있다.

혜화역 4번 출구

'혜화역 4번 출구'라는 시를 쓰려고 했다. 의심스러우면 내 핸드폰을 뒤져보면 날짜까지 정확히 열람할 수 있다. 정말이다.^*^ 이럴 때 내가 심히 우습도다. 이 대목에서 웃지 않는 독자는 우울증에 걸릴 확률이 좀 높다. 혜화역 4번 출구로 나오면 영화관이 있다. 거기서 홍상수를 몇 편 본 적이 있다. 그 인상들을 시로 만들고 싶었는데, 시마詩魔는 오지 않고 시도詩盜도 오지 않았다. 하긴 요즘 시마는 자연산이 아니고 민간인들이 양식한 것이기에 약발이 없다.

우연히, 〈혜화역 4번 출구〉를 읽게 된다. 이런! 저런! 목하 이상국의 시가 그것이네요. 자동차 시동을 걸어놓고 차 밖에서 선 자세로 읽었다. 시의 독자가 시인일 때 시는 생존 확률이 생각보다 낮다. 시인들은 시를 쓰는 족속들이지만, 그네들이 말하는 시는 천차와 만별 속에 놓인다. 소설가들이 일정한 객관성을 담보하는 반면에 시인들의 시는 각자의 사정에 맞는 헛소리거나 잠꼬대이다. 헛소리와 잠꼬대는 보편성을 넘어

선다. 이해도 넘어선다. 시는 그래서 언제나 시가 된다. 내 시가 시인독자들에게 충격주지 못한다는 것을 나는 알고 있다. 마치 그네들의 시가 나를 충격하지 못하는 막후와 다를 게 없다. '아, 네, 잘 읽었습니다'를 싸고도는 그 상견례식 독후감은 '시 별 것 없던데요'와 같은 심급의 무덤덤의 교환이다.

이상국 시인의 〈혜화역 4번 출구〉는 반가운 시였다. 잘 모르는 이상국 혹은 그렇기 때문에 잘 알 것 같은 이상국의 배후가 시에 잘 배었다. 본디 나는 이런 개인사적 에피소드가 담긴 시들을 신용하지 않는 편이다. 그런고로 이 시도 슬쩍 읽고 지나가면서 '잘, 읽었습니다' 정도였을 것인데, 이 시는 나를 붙잡는다. 내 생각이지만, 이 시야말로 시인 이상국의 여러 배후가 잘 담겨 있다. 아니다. 자신을 잘 담으려고 고심한 시라고 보는 게 더 적절하겠다. 농부의 아들이 시골에서 낳고 기른 귀한 딸을 서울에 유학시키기 위해 원룸을 얻어주고 거기서 하루 자고 나오면서 자발적으로 숙박비를 내는 아버지의 이력이 그것이다. 문장이 길면서 일그러진 듯한데, 그럼 또 어떤가. 나의 주목은 이 시의 '아버지'다. '그래도 어떤 날은 서울에 눈이 온다고 문자 메시지가 온다/ 그러면 그거 다 애비가 만들어 보낸 거니 그리 알라고 한다/모든 아버지는 촌스럽다'. 속초에 있는 아버지가 만든 눈이 혜화동에 흩날리는 상상은 훈훈하다. 나는 이 반질거리지 않는, 썰렁한 '아버지'의 유머가 시를 살리고 있다고 본다. '모든 아버지는 촌스럽다'에 걸려서 넘어졌다. 내 관점으로 보자면, 아버지는 수컷에 지나지 않는다. 수컷은 촌스럽거나 외롭거나 철없거나…^*^ 그리하여, 강원시문학의 좌장 덕분에 나는 '혜화역'을 쓰지 않아도 되었던 것. 감사할 일이다.

한계령

한계령은 험하다. 넘기가 힘들다. 대관령 아흔아홉 구비의 옛길에 길든 나 같은 축에게도 한계령은 난해한 여정이다. 오래 전에 멋모르고 넘었던 단풍 든 나의 한계령도 있다. 제몸 속에서 서로 다른 마음을 꺼내고 그것을 섞으며 한 시절을 살던 나무들의 풍경은 지워지지 않는 흔적이다. 이 시의 주체는 자신이 견디고 있는 사랑의 흔적과 그 흔적의 부재를 '집도 절도' 없다고 털어놓는다. '집도 절도 없'는 가출의 상태가 사랑과 관계를 맺을 때 말로 지을 수 없는 황량과 아득함이 밀려온다. 방금 이별한 것 같기도 하고, 한 십 년 전에 헤어진 것 같기도 한 상실감이 시간의 경계를 지우면서 젖어든다. 나는 이홍섭의 시 〈한계령〉 두 번 다시 읽지 않으려고 한 번만 못 본 척, 겨우 읽고 여기에 두고 간다. 따뜻하게 살자, 왜들 자꾸 헤어지나. 그냥 살지.

그라는 미니시리즈

그는 아침에 일어나면, 오늘의 운세부터 살핀다. 외출할 때는 일찍 출발할 것. 몸은 힘들어도 마음은 즐거울 듯. 시간에 쫓기고 실속은 별로. 재미없는 만남 가질 듯. 운세를 벗어날 수 없다. 운세를 보는 순간 운세가 그의 하루를 장악하기 때문이다. 사람에게 운세 이상의 운세는 없다고 그는 믿고 산다.

그는 오늘의 날씨도 한참씩 들여다본다. 그에게 날씨는 하나의 정서이자 세계를 개관하는 네비게이션 쯤 된다. 그가 사는 곳이 아닌 지역의 날씨가 궁금하다. 가령, 목포, 대구, 마닐라, 상하이, 모스크바 등등. 워싱턴 맑음, 로마 맑음, 런던 흐리고 비, 홍콩 소나기. 그리고 그는 홍콩을 적시는 소나기 소리를 상상한다. 가보지 않는 거리가 선명하게 떠오르는 쾌감. 가보지 않은 거리는 대체 어떻게 상상되는가.

그는 토요일은 외출하지 않는다. 사람은 누구나 외롭다는 일반론에 동의하기 위해서가 아니라 외로울 수 있는 권리를 감미롭게 확보하고 즐기기 위해서다. 전화도 받지 않는다. 메일 수신도 하지 않는다. 티비도 보지 않는다. 자기와 빈둥거린다. 그가 하는 대표적인 일은 음악듣기다. 그가 듣는 음악은 대충 바람소리, 빗소리, 새소리, 각종 생활의 잡음, 동네 아이들 지저귀는 소리 등이다. 이 소리들은 인공적으로 작곡되지 않았다는 점에서 음악 그 자체이고, 늘 새롭게 편곡된다는 점에서도 처음 연주되는 음악이다. 즉흥이다. 세상적 음악의 기원을 쇄신한다는 점에서 문자 그대로 즉흥 음악이다.

그는 종교가 없다. 어떤 이데아가 절대화된 공간에서 그는 숨 쉴 수 없다. 코뮤니스트는 아니지만 그 동네에서 종교를 마약으로 보는 견해에 나름 공감한다. 마약론을 인정하는 것은 인간은 무엇엔가는 홀망해서 살게 되어 있기 때문이다. 관념이든 관능이든 그것을 넘어서서 우리를 초대하는 정신이든 간에 인간의 마음을 머물게 하는 요소는 다 마약적이다. 사랑이 마약이듯이 종교는 마약적이다. 그것의 복용과 착용 없이는 자신의 위치를 찾을 수 없는 것, 그게 종교라고 본다. 미신으로 분류되어 웃음거리가 되었으나, 옛날 여인들이 장독대 위에 깨끗한 물 한 사발 올려놓고 손을 모으던 그 신앙만이 그에게는 용인된다. 적어도 그 순간에 정화수에 어리는 것은 인간의 모습이 아니라 한순간의 응집이기 때문이다. 어디에나 있고 어디에도 없는 천지신명. 인간을 쓸데없이 유혹하지 않고 계급적으로 분류하지 않는 샤머니즘이 그의 친환경적 종교다.

그는 아프리카를 돌아다니며 커피장사를 했던 시인 아르튀르 랭보를 좋아한다. 자신의 생을 어디선가는 자발적으로 멈출 줄 아는 용단 때문이다. 체 게바라도 좋아한다. 그를 좋아한다는 의미는 그들이 몸으로 체화하고 세상을 밀고 갔던 정신적 뚝심이다. 시인 김명기가 쓴 시 〈북평 장날 만난 체 게바라〉는 그의 눈길을 잡는다. 체 게바라가 오지도 않고 가지도 않은 부처 같다. 도처에 나투신 부처의 '도처'는 어딘가. 그건 그대 몸속이다. 체 게바라는 어디 최씨냐고 묻는 이에게 쿠바 최씨라고 했더니 우리 종씨가 거기도 있다고 좋아하던 사람. 그는 체 못지않게 체의 족보를 따지는 사람까지 좋아한다.

그는 느닷없이 오은의 시 〈미니시리즈〉를 읽는다.

그는 느닷없다를 덧없다보다 윗길에 놓는다. 두 말을 합성하면 느덧없이가 된다. 모든 소리가 의미를 앞질러 환기하는데 '느덧없다'는 아쉽게도 사운드가 미달이다. 가령, 하염없다와 같은 말은 그 뜻을 새기기도 전에 이미 의미가 먼저 기표에서 벗어나 청자의 정서를 물들이지 않던가. 그는 내가 아니다. 잠시 그를 관망하고 회고한다.

그게 그렇게 어려울까?

– 박세현의 시

박세현의 독자들은 마음을 잘 열지 않는다. 그것은 필자 자신이 마음을 닫고 있기 때문이다. 시인이 가고 있는 지점은 묘한 지점이다. 웃는가 하면 웃지 않고, 우는가 하면 울지 않는 경계가 독자들을 소외시킨다. 이런 태도는 독자를 낮춰보고 싶은 교만이 작동하고 있다는 뜻이다. 드러내는 듯 하면서 감추고, 감추는 듯 하면서 드러내는 방법은 시적인 기술을 넘어서는 교만심이다. 이런 태도는 시인을 좀 더 나은 시의 세계로부터 시인의 시를 배제하는 흠이 되고 있다. 냉소! 그것은 여직 그가 자신의 시와 더불어 통과하지 못하고 있는 대목이다. 겸손한 척, 절제하는 척 하면서도 시인 스스로 늘 같은 지점에 걸려서 넘어지고 있다. 그가 인정하고 긍정하는 대상은 대체 무엇인가? 따뜻하게 걸려 넘어지는 이념은 무엇인가? 세계를 부정함으로써 스스로도 설 자리를 잃어버리는 안타까움은 시인이 달래야 할 운명이다. 박세현이 인정해야 할 것은 바로 그를 둘러싼 이웃과 세계에 대한 인정뿐이다. 그게 그렇게 어려울까?

시라는 우상

― 강세환의 시

시인이 시를 쓰는 일은 바리스타가 커피를 추출하는 일과 다르지 않다. 바리스타는 그러나 장사가 되지 않으면 업무를 접지만 시인은 그러지 않는다. 오로지 쓴다. 오늘날 대중들은 시를 잊고 사는데 시인들은 잔업까지 하면서 시를 쓴다. 이 비대칭적인 현상을 설명하는 길은 두 가지. 하나는 시를 통해서만 자아를 달랠 수 있다고 믿으며 분열적 주체로 나아가는 길이고, 다른 하나는 시를 우상으로 영접하며 부지불식적으로 시의 회생을 신념하는 길이다. 내가 보기에 강세환은 시를 자기 삶의 우상으로 받아들이는 후자의 길 위에 있다. 자주 참조되는 선배 시인이나 선사들의 삶이 그의 시에서는 그러므로 하나의 기표가 된다. 면벽의 입구이고 막힌 출구이다. 그것은 반복될 수 없는 세계에 대한 환상이자 다소 허무한 짝사랑이다. 거기에, 그 모든 환상에 기대고 있는 동안이 그가 개념하는 시다.

낮고 차고 맑은
－장시우의 시

장시우의 단독 콘서트가 볼만 하다. 마음을 북치고 장구 치며 옮겨 간 걸음새가 시의 기원이고 선곡의 기준이다. 시인의 발바닥은 환하고 즐거웠겠다. 샤우팅과 파열음이 거세된 중저음의 육성과 느린 비트가 비벼진 발성법은 발라드풍으로 울려온다. 쓴 맛과 단 맛도 양보된, 중배전으로 볶은 커피 맛의 질감이다. 해질 무렵에 듣는 음원처럼 쓸데없이 독자를 괴롭히지 않아서 좋다. 열망에 기울지 않고 상처에 물들지 않으면서, 언어의 선율이 '풋잠' 같은 빛을 전시하는 것은 자신의 허공을 또박또박 딛은 시 쓴 사람의 걸음 덕분이었을 게다. 낮고, 차고, 맑은 음유吟遊 앞에서 걸음을 멈춘다.

영혼의 거주지역

―박용재의 시

시인 박용재가 돌아왔다. 시집 ≪강릉≫이 그의 손에 들려 있다. '강릉'은 그의 시집이자 그가 거주할 집이다. 강원도 강릉시 바깥에서 영혼의 거주지역인 시내詩內로 회귀하는 겹의 회귀이다. 그에게 고향과 시는 돌아와 도란도란 마주앉아야 할 삶의 공간이었다. 뜬금없이 시집 껍데기 글을 부탁하는 전화에서 그는 영동지방의 표준발음으로 말했다. '옛날 같으면 내 나이도 고려장감이야, 형!' 내가 먼저 웃고 그도 키득댔다. 고려장의 사정권을 벗어났다는 안도감 속에서 본능적으로 우리는 고향을 공감했으리라. 안목, 등명 낙가사, 사기막, 대관령, 주문진, 경포대를 시인은 차분하게 들떠서 호명했다. 이번 시집은 강릉지역에 대한 전면적 포옹이자 헌신이다. 이제 그는 강릉의 '산과 바다가 서로 안고 업어주며 한세상의 따뜻함'이 되는 삶의 온도에 감동할 준비를 마쳤다. 문득 그가 서울의 복잡계로부터 탈속한 듯 읽힌다. 다소 이르거나 거친 해탈이다. 너저분한 마스크들을 벗어던진다는 의미로 읽히기 때문이다. 그의 시는 허구와 허욕, 포장과 손재주를 물리치고 자신과 고향, 상처와

126

희망을 실물 사이즈로 무대화하기 위해 직선적인 정서의 리듬을 존중한다. 벌거벗은 형상으로 자기역사의 투명한 박물관을 세우고 있는 박용재는 항상 '힘겨운 구근들의 치열한 반란'처럼 씩씩하다. '니 인생/그만큼 외로웠으면 됐다'는 고향의 음성은 완료형이지만 외로워도 상관없다는 완강스런 의지로 자꾸 되울려온다. 박용재의 밝은 유턴을 환영한다. 무엇이 문제인가?

잘 가라, 미소

— 김정남의 소설

김정남의 소설집 ≪잘 가라, 미소≫를 읽었네. ≪숨결≫에 이어지는 그의 두 번째 소설집. 내게는 남다른 감회를 주는 소설이었음. 1980년대 끝자락과 1990년대 앞자락에 걸쳐서 대학물을 먹은 세대들의 자기찬가적인 소설이었던 것. 찬가라는 말에는 자부심이 묻어 있으나, 이 소설집에는 어디에도 자부심은 없었네. 징징거리는 소리뿐. 그 징징댐은 소설의 주체들이 내는 소리지만 아직도 그 시대를 통과하지 못하고 거기에 걸려 있는 주체들의 신음이었던 것. 얍삽을 얍삽하게 익히지 못한 미숙아들의 자기묘사였던 것이 아닌가.

지금 마흔쯤 되는 나이들을 돌아보시라. 그들에게 세상은 무엇이겠는가, 바야흐로. 적어도 이 세대들에게 이데올로기는 추잡하고 권태로운 꼰대들의 독백에 불과한 것. 그런데 내가 읽은 김정남의 소설들은 대개 그 문법에 젖어 있었던 것. 현실에 막혀서 한 걸음도 나아가지 못하게 하는 또 다른 현실. 그들에게 현실은 관념도 추상도 아니다. 먹고 살아야 하는, 바닥을 기게 만드는 누추함일 뿐이다. 속은 기분 아닐까? 누구에게? 에, 또 그것은 1980년대를 누벼온 변혁운동의 주체들 혹은 그 시대적 흥분에게? 아니, 그게 아니고, 자기 자신에게 속았다는 것이 옳지 않겠는가. 자기 속에 막을 이루고 있던 일말의 판타지. 이제 그 환상의 커튼이 찢어진 것. 그래서 현실은 현실로만 다가오는 것. 간밤의 취기는 사라지고, 끈적이는 숙취만 남은 것. 누구는 보상금과 위로를 다 받고, 한 시대와의 계산을 마쳤는데, 그대의 소설은 아직 내전 중이군. 시대의 뒷방에서 자신의 내면을 다져왔던 변방의 청춘들의 심정은 여자의 향수냄새만 맡고도 비싼 잠자리값을 지불하고 있는 셈. 그것도, 장기 고리로. 억울하지 않을까?

김정남은 소설이라는 프레임을 통해 자기 세대의 위치를 확인하는 것. 개념도 족보도 없는 소설가들 사이에서 일말의 자기 진정성을 해명하는 작업은 귀 기울일 만하다. 한 시대의 뒷담화가 아니라, 뒷담화를 하도록 과거를 정리해 주지 않는 징후들을 이 소설은 까발렸던 것. 누군가는 김정남 소설의 주체들을 구출해야 할 것이다. 어떻게? 모르지, 나는. 김정남, 속되게 말해 발르는 거야. 1990년대 비평용어들 있잖아, 탈주. 자기연민과 기만으로부터의 도망. 그대가 장편소설을 쓴다면 그게 탈주의 활주로가 되리라.

반응의 동시성

좋은 번역의 기준으로 '반응의 동시성'이 꼽힌다. 의미가 머뭇거리지 않고 독자에게 직진한다는 뜻이겠다. 대박이야, 이런 말습관이 외국어권에는 없겠지만, 외화의 자막에는 나타날 수 있다. '놀랍다'는 개념의 외국어가 지시하지 못하는 의미의 즉물성을 '대박'이라는 세속적 표현은 포함하고 있다. 영화를 보는 사람은 이런 일상적인 언어를 통해 생생한 이해에 도달한다.

시는 반응의 동시성이 아니라 비동시성을 추구한다. 그 또한 시의 노림수가 된다. 자본주의의 속성과 결혼하기 힘든 시의 경외성이기도 하다. 시인들은 여러 차원에서 시의 비동시성을 포기할 것을 요구받고 있다. 시도 독자의 감성을 동시적으로 자극하도록 요구받는다. '자기 홍어 먹을 줄 알아?'라고 물어야 할 경우가 있듯이, '자기 시 읽을 줄 알아?'라고 물어야 하는 경우도 이제 우리 시대의 시적 환경이다. 물론, 그림이라고 단언하는 경우는 대개, 시의 외피와 상관없이 더 이상 시라고 부를 수 없는 경우를 상상하기 십상이다. 어떻게 아느냐고? 이 바닥 장사 오래 하다 보면 알아진다. 반대로 보편성을 넘어 언어의 성이 아니라, 자신의 토굴로 피란한 시들도 있다. 이런 시들은 독자의 머리 꼭대기에 주소지를 가지고 있기에 독자들은 시를 찾을 수 없다. 문학은 알런지 모르지만, 왕왕, 독자는 알지 못하는 요령부득의 시들이 그들이다. 도서 관용 시.

조용필의 노래가 있고 서태지의 노래가 있다. 조용필이 구축한 노래의 개념을 서태지는 단박에 격파한다. 그것이 예술의 운명이자 활력이기도 하다. 조용필의 노래에 감응하던 대중들이 서태지 음악을 접하고 처음에는 놀랐을 것이나, 이젠 그게 그것이 되었다. 노래와 더불어 동시적으로 반응할 수 있을 만큼 관습화되었다. 비동시성이 동시성으로 전환되는 데 걸리는 시간은 얼마나 될까?

그런데, 요즘 한국시의 근황을 살필 때, 조용필과 서태지를 들먹이는 식으로는 설명될 수 없는 크레바스가 만들어지고 있다. 나는 지금 무엇을 근심하는가. 사랑을 하기 위해서는 대상이 있어야 한다. 한국시의 대상이 사라졌다고 한다면 호들갑인가? 이 글을 만지고 있는데, 비 온다. 일말의 가을비. 누구 마음대로 비 내리나. 글을 더 이상 써야 할 이유가 사라진다. 이것이 반응의 동시성인가? 재미 삼아, 반응의 동시성과 비동시성을 생각하며, 몇 가지 다이얼로그를 묶어 놓는다.

K: 어머, 또 시집 내셨네요. 작년에도 내지 않으셨나? 표지 곱다.
　　이번 시집의 줄거리는 뭔데요?
H: 시집이군요. 축하합니다. 좌우간, **시는 쑥쓰럽더라.** 사는 게 다 그렇긴

하지만.

F: 잘, 읽을게요. 참, 친구 오빠도 시집 냈어요. 제목이 뭐더라. 선생님 거 하고 비슷한데.

생각났어요. 맞다, '오빠 한번 믿어봐'

E: 친구 아버지는 퇴직하시더니 시를 자꾸 쓰시더라구요. **시는 시간 많은 분들이 쓰는 건가 봐요.**

B:))침묵((

J: 이렇게 내자면 경비도 만만찮겠다. **시만 쓰며 살면 얼마나 좋을까.**

R: 아직도 시 쓰시는군요. 선생님 시는 쉬워서 좋아요.

시라는 나그네

비 온다. 비 온다. 비 온다. 아침부터 오는 비는 다소간 클래식하다. 클래식 음악의 형식을 취하고 있다. 피아노 협주곡 같은, 그러나, 피아노는 빠진 그런 형식으로 차분하게 혹은 쏟아 붓는. 갑자기, 내 손에서 시가 다 떠나간 듯하다. 이 손이 시를 만지던 손인가 하는 의구심이 들었다. 시를 작성하는 순간만 시인이라는 말은 부분적으로 옳다. 시를 쓰지 않을 때의 시인이라는 관사는 불 꺼진 집이거나 사람 없는 빈 집의 비유에 해당한다는 점에서, 나는 앞의 정의를 일부 지지한다. 그게 나의 지론이기도 하기 때문이다. 시를 쓰고 발표하고 시집을 출판하는 문단적 행위들이 꼭 시인을 구성하는 요소는 아니라고 본다. 이 정의는 내 생각의 수준에서 고쳐질 필요가 있다. 그보다는 자기 안에 시인을 잉태하고 키우면서 조마조마한 마음으로 사는 인류가 시인이다. 그는 시한 편 없이도 늘 시인이다. 시 100편 쓰고도 시와 인연 없는 사람 많다. 시와 시인이 서로를 오해하는 사이. 단지, 헤어질 때를 놓쳤다는 사실만이 그들의 진실이다. 평생 시 한 줄의 근처에도 가보지 못했지만, 통음

하고 새벽을 걸어가는 걸음만으로 시인을 이룬 인류도 있을 것이다. 양적으로는 쓸 만큼 썼는데, 쓰고 싶은 시는 한 편도 쓰지 못했다는 자괴가 물씬한 아침이다. 쓰고 싶은 그 시가 어떤 모습인지 아직 알지 못하기 때문이다. 그런 형식으로 시가 나를 지탱한다. '그' 시가 어디선가 지금, 나를 향해 출발했다는 풍문을 들었다. 어쩔 수 없이 그냥 기다린다. 그게 나의 시다. 시라는 나그네가 지나갈 때 손 한번 잡아보기 위해.

4부 한 벌의 옷

이거, 어쩌면 좋아

뜻밖의 전화를 받는다. 한때 문학수업이라는 형식으로 만났던 인연이다. 수업이 종료된 후, 각자 안거가 끝난 납자같이 흩어져서 풍문을 헤집으며 살아갔던 것인데, 오늘 통화했다. 뜻'밖'에서 걸려온 전화의 요지는 '감사'였다. 그녀는 원주도서관에서 진행 중인 내 강좌 '한국문학의 이해'의 출석자였다. 강좌 소감을 꼬집어 말하지 못하고 단지 고맙다는 말만 연발했다. 준 거 없이 주고, 받은 거 없이 받은 사이! 입에서 입으로 먹잇감을 전달하는 바다제비처럼 그녀와 나는 수업을 통해 일종의 상징적 소통에 참여하고 있었다는 뜻인가. 물증 없는 교환의 형식을 교감적 커뮤니케이션이라 하던가. 창작수업이 끝난 후, 그 수업이 덫이 되어 방황하던 시간을 보내고, 다시 조우한 강좌가 40대의 그녀를 출렁이게 만들었던 셈. 원주에 문예창작이라는 영업을 펼쳤던 원죄가 아직도 이렇게 싱싱하게 웃자라고 있다는 사실. 과거는 멈춘 게 아니라 멈춘 채 꾸역꾸역 자라는 기억의 생태계다.

손댈 수 없는 그날들.

나는 도대체 이 분 혹은 이 분들에게 무슨 짓을 하고 있는 것인가. 나는 그녀의 감사를 엉거주춤 접수한다. 오랫동안 자기 안에 영접된 문학을 어떻게 해야 할지 몰라서 전전긍긍의 나날을 보냈다는 그녀. 이거, 어쩌면 좋아. 삼킬 수도 뱉을 수도 깨물 수도 빨아먹을 수도 없어서 우물거렸던 시라는 물건. 자신의 순결을 포장이삿짐처럼 달랑 들고 튄 시의 덜미를 잡지 못해 안달했는데 이제 범인의 단서를 잡아서 고맙다고 말하는 그녀. 어안이 벙벙했지만, 시 앞에서 이거, 어쩌면 좋아, 라며 난감했던 순간을 솔직하게 전해 준 그녀의 말이 내게는 따가운 안부이다. 어떤 소식이 그녀에게 도착했는지 모르지만, 떨리고, 끌리고, 설레는 바 없다면, 시는 써서 무엇하고 읽어 무엇하리. 중국집 회전 테이블이 멈추면 그제서야 팔을 뻗어 앞에 다가온 요리를 한 점 집어 맛을 보듯이, 시도 오는 때가 있다.

그 어찌할 수 없는 생의 생짜 순간. 우리는 시에게 포획될 뿐이다.
사랑처럼, 행복처럼, 시는 부산물적 상태다.
이거, 어쩌면 좋아,
그 쩔쩔맴이 나의, 당신의 굶주렸던 시다.

지금, 내게 시는 무엇인가

2012년 가을학기 시창작 수업의 첫머리입니다. 이 주제는, 이 수업을 들으셨던 분들에게는 낯이 익은 명제일 것입니다. 그래서 다소는 진부하고, 자극성이 약해진 문장이기도 할 겁니다. 아무리 좋은 소리도 반복되면 기성화되는 것이니까요. 그러면서도, 이 말을 새로운 것인 양 되풀이하는 것은, 시를 쓴다는 작업은 또는 그 행위는 바로 이 문장을 가운데 두고 움직이는 것이라 믿기 때문입니다. 이 주제에서 방점이 찍힌 곳은, '지금'과 '내게'가 됩니다. 다시 말해, 시는 어제가 아니라 지금의 문제이고, 우리의 문제가 아니라 나의 문제라는 점을 강조하고 싶었던 것입니다. 각자 이 문제를 궁리하는 것이 시쓰기의 출발이고 도달점이라 생각합니다. 이것은 시에 대한 중뿔난 발상은 아닐 것이라 믿습니다.

[여담] 가을에 시집을 출판하고 싶었던 열망을 성취시켜 준 책이다. 아직 한 돌이 되지 않은 저 책이 담고 있는 일말의 직면성(直面性)을 나는 사랑한다. 이 책이 바쳐져야 할 대상은 비바람 불던 무실동의 밤일 수도 있고, 에프엠 라디오 진행자들이기도 하다. 음악은 언제나 다른 곳을 건드린다. 시도 그런가? 나의 시집은 선물용은 아니라고 누가 말해줬다. ≪사경을 헤매다≫나 ≪본의 아니게≫가 그 예다. 그건 그렇다. 나는 누구에게도 선물일 수 없는 종류라는 뜻.

시쓰기의 입구에 이런 생각할 거리를 던져두는 데는, 당근, 제 나름의 관찰이 있습니다. 한국문학은 나름 단단하게 정리되었고, 그것은 문단 차원에서도 그렇고, 시인의 차원에서도 그렇게 읽힙니다. 한국시인들의 상상력의 총합이나 그것의 평균으로 보나 다 나름의 문학적 메뉴어리를 가지고 움직입니다. 독자는 한국시를 독서하면서, 이런 사실들을 눈치 채고 더러는 수용하기도 할 겁니다. 그러나 그것은 나의 것이 아니라 '그들'의 것입니다. 그들이 규정하는 시의 표출이라는 말. 그들의 시를 수용하고 긍정할 수는 있어도 시를 쓰려고 하는 이들에게 기성 시인들의 발상이 곧 내 것이 되는 것은 아니고, 그럴 필요도 없다는 뜻. '나가수'라는 노래자랑 프로그램에서 다른 가수의 노래를 '너무' 잘 부르는 가수들을 볼 때마다 감동스럽지만, 감격스럽지는 않습니다.

편곡이라는 자기 의상을 입었음에도 불구하고, 원곡을 극복하지 못한다는 게 제 소감인데, 우리의 참고점은, 원곡이 어쩔 수 없이 보유하고 있는 원전성의 돌올입니다. 노래를 처음 녹음했던 가수의 '불가피성'이 노래에 녹아 있다는 것. 그것이 '그때-그의 노래'가 아니었을까요? 이 수업을 반복해서, 듣는다는 것은, 자칫, 자신에게서 출발했던 초심을 굳어버린 초심으로 만들 수도 있습니다. 초심은 사라지기 쉽고 애초의 싱싱한 출렁거림을 놓쳐버리기 쉽습니다. 이 시간에는, 바로 지금의 마음을 확인하자는 것입니다. 내가 왜 이 자리에 앉았는가? 나는 왜 시를 욕망하는가? 그 질문들만으로 이 자리는 복잡하고 뜨거울 겁니다. 한 번 더 대충 강조하다면, 그 숱한 시인들의 명단이 아니라, 내 몸에서 지금-상연되고 있는 시적 욕망의 시놉시스를 건드리자는 것입니다. 그것만으로도 시는 낯선 남자처럼, 숙녀처럼 여러분을 방문할 겁니다. 조용히, 남모르게 문을 밀 겁니다. 여러분들의 무의식은! 시가 아니어도, 분명해질 겁니다.

어쩔 수 없이,
또, 맞닥뜨린 가을.

개강 파티

느닷없이, 또, 개강되는구나 혹은 개강당하는구나. 고만 살아야지 하는 노인의 거짓말처럼 이 수업은 가는 오줌줄기처럼 끊어질 듯 흘러갑니다. 어째, 지 알고 내 아는 내막만 들키는 것 같습니다. 부처님은 열반하시기 전에 다음과 같은 말씀을 제자들에게 남겼습니다.

제자들이여! 자신을 의지처로 하고
자신에게 귀의할 것이며
타인을 귀의처로 하지 말라.
또, 진리를 의지처로 하고
진리에 귀의할 것이며
다른 것에 귀의하지 말라.

―≪대열반경≫ 2장 26절

오로지, 자신과 진리에 귀의하라는 여래의 마지막 당부 말씀을 어떻게 소화할 것인가. 이 수업을 열면서, 여래의 생각이 다가왔습니다. 오해를 피하기 위해서, 미리 말씀드리는데, 나는, 지금 종교적 도그마에 대해 떠들려고 하는 것은 아닙니다. 저는 불자이지만, 산신각이나 미륵불을 숭상하는 불자라기보다 세상을 고苦로 파악한 인간 싯다르타의 본원적 사유와 그가 발견한 연기론에 감히, 공명하는 쪽입니다. 도올에 의지한 다면, 연기론은 삶과 죽음이 동시적으로 일어난다는 것이고, 그것의 결론은 무아無我라는 것입니다. 나, 즉 아트만atman 따위는 없다는 것. '내가 간다'고 했을 때, 내가 있고, 가는 내가 따로 있지 않다는 것. 꽃이 핀다고 했을 때, 이 문장은 어불성설. 이유는, 꽃은 피어 있는 상태인데, 그것이 다시 핀다는 말은 틀렸다는 말입니다. 술부 속에는 이미 주부가 포함되어 있잖아요. '내가 간다'고 했을 때, 나는 '가'고 있는 동작 속에서만 내가 있다는 뜻입니다. 거울이 대상을 정확하게 반영하고 있지 않듯이, 언어는 세계를 그대로 반영하고 있지 않다는 것. 언어는 가건물과 같습니다. 언어 없이는 시를 쓸 수가 없습니다. 당연한 말씀이지만 언어라는 것 자체가 이렇게 허술하다면 시는 무엇이겠습니까? 견적이 큰 이런 얘기를 꺼내는 것은 '또' 시작하는 시수업을 좀 살살 달래면서 가보자는 뜻입니다. 우리는 시수업을 하기 위해 모였지만, 이제는, 시는 기술이냐, 정신이냐 혹은 언어냐 언어를 초월하려는 무엇이냐에 대해서 생각해 볼 때가 되었습니다. 또, 시를 쓴다는 것, 시인이라는 존재 등에 대해서도 각자의 안목에서 개념을 재설정해 볼 필요가 있습니다. 시인은 시를 쓰고, 발표하고 시집을 내는 등의 일을 통해 시인으로 인정받습니다. 등단 절차와 같은 메커니즘의 도움을 받기도 합니다만 어떻게 말해도, 시는 인식의 문제이며, 무엇을 어떻게 쓰느냐의 문제로 귀착됩니다. 즉, 내용과 형식의 결합입니다. 이것을 이원론이라고 하겠지요. 나는 이것보다 우선하는 것은 늘 그렇게 떠들어왔듯이, '무엇이 시인가'

라는 자기-질문에 대한 자기-응답이 시라고 믿습니다. 시 한 줄 써도 살고, 쓰지 않아도 살고, 심지어 잘 못써도 살아가는데 아무런 지장이 없습니다. '없다는 것', 이 대목을 통해 나는 시를 반성해야 한다고 봅니다. 써도 그만, 쓰지 않아도 그만인 시를 쓰고 있는 나는 누구인가? 나는 왜 이 작업에 몰두하고 있는가? 왜, 때만 되면 시창작 수업에 등록을 하는가? 이 질문은 고문하는 것도 아니고, 타박은 더욱 아닙니다. 이 질문의 진정한 수신자는 지금 이 글을 작성하고 있는 발신자이기도 합니다. 바로 그렇게 증상처럼 시수업을 신청하고 시라는 물건을 만들어 보려고 하는 '동안' 여러분은 하나의 '주체'로 태어나는 것입니다. 잘 쓰고, 잘 못 쓰는 것은 이 자리에서 큰 의미가 없습니다. 그럼 큰 의미는 무엇인가? 내 생각으로는, 시를 생각하는 동안, 그 생각에 어울리는 시어를 찾고, 그 시어를 연결하여 생각의 맥락, 즉 문장을 만들고, 문장을 이어가면서 한 편의 시를 구축하는 동안, 여러분은 결과가 아니라 과정 속에서 낯선 경험을 하리라 봅니다. 써-치우는 것이 아니라, 쓰는 동안, 그 순간과의 만남 속에서만 여러분은 여러분 자신이 될 겁니다. 물론, 그 주체는 두 번 다시 만날 수 없는 '아트만'일 겁니다. 한 편의 시를 탈고 하는 순간, 나도 탈脫, 시로부터 벗어나서 어디론가 사라지고 없습니다. 더 이상 시 속에 표기된 대명사 '나'는 나가 아닌 것이지요. 시를 쓰면서, 여러분이 행복했으면 좋겠습니다. 행복이라는 말이 서양어 번역어 같아서, 뭣하기는 하지만, 제가 쓰는 행복은, 시를 쓰면서, 다양한 감정적 격랑을 조율하면서 시가 아닌 다른 경험으로는 만날 수 없는 순간과의 만남을 뜻합니다. 사실, 시가 망했느니, 덜 망했느니 하는 소리는 헛소리일 겁니다. 내 말은, 망했든, 아니 망했든, 그렇게 떠들어대는 당신과는 상관 무라는 뜻입니다. 언어라는 게, 엉터리이기는 하지만 언어 없이는 살 수가 없습니다. 언어라는 환상 속에서 삶을 영위하는 겁니다. 부처님 마지막 당부를, 시인들은 언어를 의지처로 하고, 언어에게 귀의한다로 바꿔야 합니다. 언어 속에 귀의하여, 언어의 사도가 되는 것이 아니라, 언어와 투쟁하는 존재, 그것이 시인의 운명일 겁니다. 여러분에게 내가 하고 싶은 당부는 '그것을 그것이라 믿지 않는 것'입니다. 언어라는 기표(표기)이든, 의미이든 둘 다 말입니다. 사랑이라고 쓰지만, 거기에 사랑은 없기 때문이고, 잠시 사랑이라는 언어의 울타리 속에, 사랑이라는 의미가 있다는 합의가 존재할 뿐입니다. 이번 학기 강의계획은 시에 관한 근본적인 질문들을 나열해 놓았습니다. 세상에 정답은 없습니다. 어떤 것도 정답은 아닌 것이고, 정답의 위치에 잠시 있을 뿐입니다. 제행무쌍! 그래서 우리는 정답게 떠들어대면서 이런저런 생각들을 꺼내놓자는 겁니다. 시에 기대어 삶에 기대어 한철 살아보십시다. 미국 대사의 워드처럼, '같이 갑시다요'. 요즘, 아무도 제게 청탁을 하지 않습니다. 가수로 치면 무대가 사라진 겁니다. 뒷방인 것이지요. 쓸쓸하지만 이 한가로움은 샨티shanti 샨티의 나날입니다. 이해를 초월한 평화! 언어 속에서 살던 내가 이제는 언어 밖으로 나온 듯한(내쳐진 듯함도 옳고) 고요함을 나는 샨티라는 단어로 적어보았습니다. 시건방진 말이지만 좀 시건방지면 어떻습니까? 내가 시수업 첫 시간을 빌어서 여러분에게 당부(믿지는 않으시겠지만)하고 싶은 말씀이 있다면, 늘 자기가 선 자리에서 자기를 응시하자는 것입니다. 그것 자체로 시詩이자, 선禪이자, 수행修行입니다. 시를 잘 쓰려고 하는 욕망은, 그럴 듯한 욕망이지만, 시를 잘 쓴다는 욕망은 그냥 지저분한 욕망일 뿐입니다. 당신 자신을 향해, 일필휘지로 휘갈길 것. 그게 아닌 분은 일박이일로 휘갈기면 될 것입니다. 박진영이 가수지망생들에게 가르칠 수 있는 부분과 가르칠 수 없는 부분이 있다고 했는데, 장사익도 본인이 터득해야 된다고 했습니다. 터득이라는 말이 좋습니다. 터득은, 무언가가 터져나가는 힘입니다. 여러분들은 각자, 자신의 체험의 갈피 사이에서 함부로 터득한 순간들이 있습니다. 그게 여러분의 시가 되어야 합니다. 시가 머 별 겁니까! 별 거 없습니다. 그래서 시는 별 것이겠지요. 일말의 두근 거림, 한 자락의 궁금증, 한 편의 불가해, 밑 없는 결핍, 시인이라는 관사를 떠받치고 있는 어쩔 수 없는 정신의 어질머리, 자괴, 열망, 난잡성, 극좌감, 다 그런 거지 뭐 할 때마다 생의 시계를 쳐다보게 됩니다. 여기가 어디야? 꿈이냐 생시냐. 2015년 일장춘몽의 현실적 무대는 원주시 일각의 한순간이 될 것입니다.

시는 어디쯤 오고 있느뇨

사랑은 비극이어라

그대는 내가 아니다

추억은 다르게 적힌다

　　　　　—이소라, 〈바람이 분다〉

경험과 교훈

잭 런던. 하루키가 좋아하는 작가 중 한 명입니다. 그 잭 런던이 러일 전쟁 중 종군기자로 한반도 북부의 벽촌에 머문 적이 있답니다. 하루는 마을의 관리가 찾아와 마을사람들 모두가 선생님의 존안을 뵙고 싶어 한다는 말을 전했답니다. 당시 미국과 유럽에서 문명이 급속히 높아지긴 했으나, 조선의 외딴 시골마을까지 이름이 알려졌을 줄은 몰랐기 때문에 런던은 놀라워했답니다. 광장에는 사람들이 빽빽이 들어차 있었답니다. 런던은 대단한 인기라고 생각했답니다. 그런데 그가 연단에 올라서자, 관리는 '죄송합니다만, 잠시 틀니를 빼서 보여주실 수 있을까요.'라고 했답니다. 사람들이 보고 싶어했던 것은 작가 잭 런던이 아니라 잭 런던의 틀니였습니다. 사람들은 그때까지 틀니라는 것을 본 적이 없었던 것입니다. 덕분에 그는 삼십 분 동안이나 열렬한 박수를 받으며 연단 위에서 틀니를 꼈다 뺐다 하는 처지가 되었답니다. 그때 런던은 이런 생각을 했답니다. '인간이 제아무리 사력을 다해 뭔가를 추구해도 그 분야에서 사람들에게 인정받기는 좀처럼 힘들다.' 어떤 상황에서 특수한 교훈을 이끌어내는 런던의 능력에 하루키는 주목했습니다(무라카미 하루키, ≪잡문집≫, 390~391).

시창작수업을 통해 저는 어떤 교훈에 도달했는가를 돌아봅니다. 여러분도 나름 어떤 교훈을 요약하고 있으리라 생각합니다. 잭 런던이라면, 어떤 말을 했을까, 궁금해집니다. 저는 **시는 가르쳐지는 물건이 아니라고 생각합니다**. 아시다시피, 시창작은 말 그대로 시를 쓰는 문학적 행위를 가리킵니다. 이 수업은 바로 그것을 정면으로 응시하는 실기수업이기도 합니다. 여러분도 잘 아는 사실입니다. 여러분이 안다고 생각하는 이 대목은 두 가지의 해명이 필요합니다. 하나는 여러분이 동경하는 시의 모습입니다. 그것에 이르고자 하는 시적 원형을 말하는 것입니다. 시를 생각할 때 여러분 뇌리에 가장 먼저 오는 시가 그것일 겁니다. 제게는 가령, 윤동주의 〈서시〉가 시의 원형에 해당합니다. 여러분도 각자 호명해보십시오. 다른 하나는 문학은 독자적인 세계가 아니라 기생적인 텍스트라는 점입니다. 철학은 그 자체로 철학이고, 독자적인 논리를 가지고 있습니다. 그렇지만 문학은 그런 학문이 아닙니다. 여기서 말하는 문학은 시나 소설을 가리킵니다. 그것은 지리멸렬하거나 오묘하거나 복잡하고 너절한 삶을 다루고 있습니다. 철학이나 경제학이나 정치학이나 심리학은 이런 사람살이의 모습을 하나의 체계로 조직한 것입니다. 시를 쓰려는 사람은 어쩔 수 없이 앞에 예시한 문학 이외의 분야를 참고하게 됩니다. 시 쓰는 사람이 시집만 읽는다는 것이 위험한 것은 시집 속에 시가 없기 때문일 겁니다. 기생 텍스트는 시나 소설의 특징적인 면을 두고 하는 말입니다. 문학 종사자들이 인접 업계의 책을 두루 읽어야 하는 이유가 여기서 발견됩니다. 동어반복이지만, 한 편의 시를 쓰기 위해서, 책상 앞에 앉아 있는 집중보다는 동네를 산보하는 것이 더 현명한 일일 겁니다. 시인들 가운데 건달들이 많지만, 그들을 탓할 수 없는 것이, 그들은 세상의 골목길을 주유하면서 체험과 견문을 축적하는 족속들이기 때문입니다. 제 말씀이 길어졌지만, 요약하면, 시는 우리의 다양한 체험 속에 널려 있다는 점입니다. 체험이 없다면 시는 없습니다.

시에 대한 존중감

'다시 시는 무엇인가?' 이 질문은, '시는 내게 무엇인가?'로 재질문되어야 합니다. 여러분에게 시는 무엇입니까? 시와 여러분의 관계를 통해서 시를 쓰고자 하는 여러분의 열망 혹은 진정성이 드러날 것입니다. 물론 시 없이는 난 못살아, 라고 하는 **치명적인 주체**들은 여기서 제외하겠습니다. 그런 사람이 없다고는 할 수 없겠고. 문예창작과 4년 동안 시 수업만 골라 들어서 졸업을 하지 못했다는 시인의 일화도 있습니다. 이 정도면, 시에 대한 열망이 극점에 다다랐다고 해야 될 겁니다. 이런 극단적 열정은 많지 않을 것입니다. 이 자리에서 제가 거들고 싶은 말씀은 시를 쓰려는 사람은(독자도 마찬가지) 시에 대한 존중감이 있어야 합니다. 써도 그만 안 써도 그만, 읽어도 그만, 읽지 않아도 그만인 경우, 시는 더 이상 숭배의 대상이 아닐 겁니다. 시를 쓸 때의 행복감, 읽을 때의 행복감, 좋은 시에 대한 동경, 질투심 같은 것도 시에 대한 개인적 존중심이 없고는 만날 수 없는 감정일 겁니다. 청탁 없이도 시를 쓰는 사람이 시인입니다. 그는 이미 시와의 약정 관계에 놓여 있다고 봅니다.≪야간비행≫의 저자 생텍쥐페리 선생의 말씀 한 마디. 배를 잘 만들기 위해서는 배를 만드는 손기술이 아니라 바다에 대한 동경을 먼저 가르쳐야 한다는 것. 시가 그런 것 아니겠습니까! 시에 대한 존중심이 없이 시를 읽거나 쓴다는 것은 본인과 주위에 상상 이상의 해악의 흔적을 남길 것입니다.

시는 손맛이자 그 너머

시를 어떻게 쓰느냐고 묻는다면, 그 대답은 많을 것입니다. 세상에 존재하는 시인의 수만큼 많을 것입니다. 시창작반 수업은 궁극적으로 이 질문을 가운데 두고 있습니다. 어떻게 하면 시를 잘 쓸 수 있을까? 소설은 왼쪽에서 오른쪽으로 쓰는 것이라고 어떤 소설가가 말했답니다. 결론부터 당겨 말하자면, 이 수업은 시 쓰는 작법을 완성시켜 줄 수 없다는 것. 1개월 완성 코스나 속성 과정이 없다는 것. 아예, 시창작반이라는 회상 자체가 기만적이라고 말해야 되겠습니다. 쉽게 말해서, 이 수업을 들어도 시는 여전히 막막할 것이라는 점입니다. 우리네 삶이라는 게 살아도 살아도 망망바다인 것과 같습니다. 고금동서에 시는 천재들의 장르로 인식되어 왔습니다. 지금은 천재들이 흔해졌으니 말이지, 과거에는 천재가 아니고는 뮤즈를 꿈꿀 수 없다는 절망감이 팽배했던 세기가 있었습니다. 천재의 개념 자체가 낭만주의의 산물이라면, 시의 천재는 노력의 산물이 아니라 영감의 수혜자입니다. 영감은, 바깥에서 시적 메시지가 안으로 찾아오는 것입니다. 여러분도 느닷없이 시가 찾아오는 경험을 하신 적이 있을 겁니다. 그게 영감입니다. 영감은 거저 주어지는 것이 아니고, 시를 향한 열정이 활발했을 때만 왕림하는 무엇입니다. **시는 쓰면서 쓰여지는 것이라고** 적습니다. 유심히 살펴보면, 명망 있는 시인들의 이름으로 만들어진 '시창작법'은 눈에 띄지 않습니다. 그들은 시가 기법이라는 이름으로 정식화할 수 있는 영역이 아님을 알고 있었다는 뜻일 겁니다. 그때그때 다른 모습으로 현현하는 시에게 맞춤형의 의상이 있을 수 없다는 뜻! 그러나, 손기술은 있습니다. 시를 만드는 솜씨라는 것. 근데, 그것은 저도 딱히 모르기에 전달할 도리가 없습니다. 시쓰기에도 손맛이 있다는 뜻입니다. 더러 여러분의 시를 보면서, 시는 있는데, 손맛이 느껴지지 않는 경우가 있습니다. 아쉬운 대목입니다. 솜씨 없음이여! 오, 한 편의 시는 이미 그대의 스승이었구나.

정신적 자존감

그림은 물감을 사야 하고, 음악은 악기를 사야 연주를 시작할 수 있지만 시는 그렇지 않습니다. 연필과 종이만으로 막바로 시작할 수 있습니다. 그림이나 음악은 교습이 필요하지만 시는 홀로 할 수 있는 분야입니다. 개인적 역량에 따라 다르겠지만, 그림과 음악과 시가 발전하는 속도는 같지 않을 것입니다. 가령, 색소폰으로 〈대니 보이〉를 연주하는 데는 얼마나 걸릴까요? 그것도 동창회 같은 데서 불어도 좋을 수준과 업소에서 불 수 있는 역량은 차이가 있을 겁니다. 그림과 음악을 시와 직접 비교하기는 어렵습니다. 서로 대등한 예술이 아니기 때문입니다. 그림은 본질적으로 물질에 의존하는 분야라면, 시는 정신에 의존하는 분야입니다. 시 한 편 없이도 시인으로 사는 삶은 있습니다. 그것은 시적인 포즈가 아니라 정신적 자존심의 유무라고 봅니다. 자존심도 훈련되어야할 개인적 습성이 아닐까, 합니다. 시와는 전혀 관계없는 삶을 살면서, 단 한 순간도 시적인 고뇌 없이, 시를 쓰는 것은 가능한 일일까요? 가능합니다. 주변에서 그런 시인들 자주 만납니다. 불행하게도 나는 그런 시인의 시를 읽을 생각이 없습니다. 그런 시인에게서 뭔가를 배우겠다고! 나섰다면, 그리고, 이 자리가 그 자리라면, 여러분은 분명 운이 없는 순간을 맞이하고 있는 것입니다. 시적 자존심은 직업과 관계 되는 것도 아니고, 성품과 관계되는 것도 아니라고 봅니다. 향 싼 종이에 향내 나듯이, 시라는 물건을 만지면서 살면, 좋든 싫든 시적 표정을 만들게 됩니다. 시인이 특별난 존재라는 것을 강조하는 게 아니라, 직업적 품성이

라는 것과 그것은 다른 직군처럼 훈련에 의해 드러나는 표징이라는 점
을 말씀드리는 것입니다. 물 한 모금 먹고, 하늘 한번 쳐다보는 병아리
처럼, 그런 시늉으로, 하루에 시 한 줄 읽어보십시오. 시는 정말 좋은
것이고, 그 무엇에 우선하는 물건은 아닙니다. 다만, 시, '그것'만을 느끼
는 분들이 시를 써야 할 것입니다.

시는 망했으나

시는 망했습니다. 이 말을 제게서만도 여러 번 들으셨을 텐데, 그것을
시인의 자학으로 인지하는 것은 천박한 이해가 될 것입니다. 또, 시는
누가 망했다고 선언하면서, 망하는 것도 아니고, 망하라고 명령해서 망
가지는 것도 아닙니다. 제 말씀의 요지는, 요컨대, 가장 오래 되고 한없
이 늙고 낡은 시라는 노래는 그 수명이 다했다는 뜻으로 저는 이해합니
다. 그것은 한 번 더 말씀드린다면, 독서의 중심에서 벗어났다는 뜻이
아닙니다. 시의 발생론적 기원인 인간의 심성이 20세기와 판이하게 세
팅되었다는 것이 그 요지입니다. 시를 읽는 것이 교양의 중심이었던
시대가 있었으나, 이제 그것은 선택의 영역으로 밀려났습니다. 섭섭한
일이나 그것은 현실이고, 이 현실을 지지하는 것은 책을 읽지 않고도
잘 살아가는 비독서대중입니다. 시가 망했으니, 시를 다시 복구하자는
뜻은 아니고, 그럼에도 불구하고, 시밖에 쓸 줄 모르거나, 시에 의지하
지 않고는 생을 소화할 수 없는 개인들이 시를 지속해나가야 한다는
것. 독자의 경우도 마찬가지. 시를 통해서 자기 삶의 내면적 리듬을 조
율하려는 독자들이 시를 읽게 될 것입니다. **나머지는 다 아웃**. (개인적이
고 사회적인 노이즈 현상) 저 역시, 시 쓰다가 죽을 것이고, 그것밖에
딱히 내놓을 물건이 없어서 이 짓을 하는 것입니다. 요체는, 나를 위해,
나를 위로하기 위해, 나를 쓰다듬기 위해 언어를 조립하고 있다는 것.

나는 내 시의 충성스런 독자(시가 치유라는 것을 저는 지지합니다). 그
건 그렇고, 저는 말입니다, 망한 물건을 땡처리하는 게 업인가 봅니다.
저에게 속지 마시고, 각자 살길을 찾으시길 바랍니다,요.

여전히 오는 시

시는 망했는데도, 시는 여전히 제게 옵니다. 그리웠던 소식처럼. 내가 핥아야 할 상처처럼. 비처럼 음악처럼 꿈처럼 복잡하게 단순하게 무겁게 가볍게 눈처럼 귀처럼 옵니다. 저는 어쩔 수 없이 또 그것을 영접합니다. 어쩐다는 도리 없이 받아 적습니다. 시가 오면 손이 떨려서 원고지에 적을 수 없었다는 박용래는 아니지만, 밤 깊은 줄 모르고, 그 무모한 혁명에 동참합니다. 옛날 우리 동네 후미진 골목길에서 가게도 없이 길가에서 돋보기 쓰고 구두수선을 하던 노인처럼, 저는 시를 쓸 겁니다. 오는 시를 박절히 외면할 수가 없기 때문입니다. 시가 오는 순간들. 계절적으로는 봄. 실제로 저는 봄에 관한 시가 많습니다. 올해는 없지만! 시간적으로는 심야. 모두 떠나고 나만 깨어 있는 듯한 그 시간은 노트북 공간 같습니다. 쓰지 않으면 터질 것 같은(거짓말). 휴일 전날. 음악이 들려올 때. 책 읽을 때(고상한 책만 책인 것은 아니다). 무엇보다 나를 자극하는 말, 말. 가령 '파란만장' 같은 말은 어떻게 들어도 내 시 속에 들어와야 할 말이다. 어디선가 지나가는 말로 시에 구겨 넣었지만, 기회가 된다면, 시 제목으로 등극시켜서 제대로 써보고 싶은 말입니다. 파란 만장이 자기 자리를 기다리고 있는 셈. 좋은 사람 만났을 때. 비 오고 바람 부는 날. 천둥 치면 더 좋습니다. 잭 런던의 교훈 만들기를 흉내 낸다면, 당신이 깨어 있을 때 시는 오지 않고, 당신이 곤하게 잠들었을 때 시는 온다. 행복할 때 시는 숨고, 힘들 때 시는 나타난다.

누구를 위해 쓰는가

이 질문은 글을 쓰는 사람에겐 언제나 일개 알리바이다. 불문가지의 물음이다. 독자가 있기 때문이다. 어떤 소설가는 원고료가 있기 때문에 글을 쓴다고 했다. 원고료가 없기 때문에 일기를 쓰지 않는다고 덧붙였다. 재치 있는 말이다. 누구를 위해 쓰는가에 대한 작가들의 대답은 그러나 단순하지 않아 보인다. 원고료 때문에 쓰거나 쓰지 않을 수 있지만 문제는 그보다 더 복잡하다. 독자를 위해 쓴다는 답변도 복잡하기는 마찬가지다. 눈앞의 독자로부터 이상적인 독자 즉 현실 속에 존재하기 어려운 독자까지를 포함한다. 독자가 너무 구체적이면 작가는 독자한테 종속되기 쉽다. 독자의 눈치를 본다는 것이다. 대중성이 강한 작품을 쓰는 작가들은 독자를 분명하게 설정하고 쓴다고 본다. 이 작품은 이런 계층의 독자들이 읽을 것이라는 계산을 한다는 뜻이다. 자동차 제작자들이 소비자의 계층을 겨냥하고 상품을 디자인하는 것과 같다. (지금 나는 무슨 얘기를 하려는 건가. 이 쪽글의 독자는?) 나는 생각한다. 좋은 독자는 작가 자신으로 환원된다. 작가가 보기에 좋았더라. 그래서 작가는 그러므로 여지없이 해당 작품의 최고, 최선의 거의 유일무이한 독자다. 작가의 본능적인 나르시시즘이다. 수전 손택은 독자가 있기에 쓰는 것이 아니라 문학이 있어 쓴다고 했다. 산이 거기에 있어 산에 오른다고 한 알피니스트의 말과 같은 맥락이다. 소설도 그렇지만 시의 경우는 언제나 시인의 중심에 도착하고자 쓴다는 욕망을 올라타고 있다. 나는 내 시의 제작자이자 내 시의 소비자다. 나는 내 시의 가장 성실하고 충성스런 독자다. 이것은 지극한 행복이다. 이 이상의 충만은 없으리. 또한 이것은 행복한 만큼의 질량을 가진 불행이다. 시쓰기는 행복과 행복을 망가뜨리는 양면성의 협공을 자처하는 일이다. 이 의견에 동의하는 독자는 '나의 독자'다. 아님, 말고. (이 글에서 사용한 행복이라는 어휘는 비교급이 없는 최고급의 어떤 상태를 겨냥하는 말이다. 꼭 맞는 말이 골라질 때까지만 유용한 대역이다.)

스윙하면 좀 어때!

벽 한 면에 쌓아놓은 책들이 혈족 같다. 사이가 좋기도 하고, 서로 밀어내는 눈치도 있다. 시집도 몇 권, 시집에 기댄 책도 두어 권 있는 것같다. 언제부턴가, 내 관심에서 찬밥이 된 것 중 하나가 시집이다. 소위잘 썼다거나 새로움이 넘친다고 독자들로부터 환대받는 시집들이 제일먼저 젖혀졌다. 잘 쓴다는 말, 새롭다는 말처럼 진부한 찬사가 없다.그냥 그런가 한다. 솔직하게는 내 취향을 충족시켜 주는 시가 적다는표현이 맞겠다. 다른 취향을 거부하는 것은 아니다. 재즈가 록을 첨가하면서 재즈로부터 벗어났다는 비난에 봉착한 것처럼, 읽지 않아도 전혀무방한 시들이 많다는 뜻만은 아니다. 순간순간 자기 앞에 밀려와 있는삶을 밀고 가려는 안간힘이 있는 시들은 다 좋다. 다 시다. 재주도 없고,독서도 없고, 방황도 없고, 근심도 없고, 절박함도 없는 시를 폄하자는것만은 아니다. 벽에 쌓여 있는 책들을 일별하건대, 그것들은 나름대로취향과 방향을 중심으로 어울려 있다. 시는 시대로, 지적은 지적대로,재즈는 재즈대로, 나쁜 시는 나쁜 시대로. 내가 말하고자 하는 바의 요지는 서로 면식이 없던 책들이 어느 날 찰싹 같이 붙어 있다는 것이다. 저것들이 통정을 하고 있나? 멀리 치웠던 시집과 두터운 번역서가 은근히 붙어 있다. 같이 살을 맞대고 스윙하고 있다.

수요일 밤의 추억

저녁 일곱 시 전후의 어둠이 원주시청 백운아트홀 부근에 어렸다. 중년 여성이 뱉아 놓은 입김 같은 어둠. 원주시청 전후좌우에 순결이 부담스러운 미성년의 벚꽃이 가득하다. 멋모르고 지나온 거리, 다시는 돌아갈 수 없는 추억이 문득 실물감으로 다가온다. 내 순결을 빌려가서 여직 반환하지 않고 있는 시. 어슴푸레한 무실동 백운아트홀 옆 주차장에서 누가 묻는다. 혹시, 이거 당신이 버린 순결 아니세요?

백운아트홀은 필요보다 크게 지었다는 생각이다. 비어 있는 자리가 공연장의 크기가 잘못 계산되었다는 생각을 자주 자극한다. 객석 규모가 100명이면 대체로 만석일 것이다. 그 이상은 증가하지 않는다고 단언하고 싶으나 참는다. 모든 예술에 순수라는 딱지가 붙는 순간의 지방적 혹은 원주적 판본일까? 객석을 개관컨대, 제 살 깎아먹으려 모인 가족잔치로 보인다. 단촐해서 좋기는 하다. 1차의 어수선이 끝나고, 몇 사람 남아서 2차를 보내는 단촐함을 끽하는 순간이었다. 경계에 혹할 일이 아니다.

모차르트의 클라리넷 5중주 A장조, 브람스의 현악6중주 B♭ 장조 작품 18, 이월드의 금관5중주 1번, 드보로작의 2오보에, 2클라리넷, 2바순, 3호른과 첼로, 베이스를 위한 세레나데 D단조 작품 44, 차이코프스키의 현악6중주 작품 70 등이 원주시립교향악단이 기획한 제5회 실내악 연주회 연주 목록이다. 치악산이 웅장한 교향악이라면, 해발 419미터의 배부른산은 실내악적 규모다. 지휘자 없이, 앙코르 없이, 곡과 곡 사이의 브리지 같은 박수만 있는 풍경이 마음에 든다. 무엇보다 악기와 연주자가 선명해서 내가 연주자들 사이에 앉아 있는 것 같은 착각을 선물한다. 마지막 연주곡은 차이코프스키의 음악이었다. 그가 이태리를 여행하고, 그 경험을 바탕으로 만든 곡이 현악6중주다. 이 음악에는 '플로렌스의 추억'이라는 부제가 붙어 있다. 플로렌스는 이태리 피렌체의 영어식 발음이니까 차 선생이 그곳을 주유했다는 뜻이다. 그는 피렌체를 거치지 않았다고 고증된다. 음악에도 이태리적 요소보다 러시아적 선율이 담겨 있어서 의문을 만들어 놓았다. 이 곡에 내장된 '추억의 플로렌스'를 작곡자만 알고 있다는 뜻인가? 흥미로운 뒷이야기다. 몽상도 현실이다. 나는 그렇게 믿어버린다. 수요일 봄밤에, 칼국수 먹고 누린 우연한 호사에, 이름을 붙여보고 싶었다.

<감사의 말>

원주시향에 감사한다. 연주에 나서 준 젊은 단원들에게 무엇보다 감사한다. 원주시장, 연주 정보를 준 지역신문, 연주를 견딜 예술적 에너지를 준 칼국수집 주인, 공연장에 오지 않은 원주 시민들, 아는 체 하지 않아서 나 홀로 음악을 누리도록 배려해 준 분, 동행을 거절해 주신 한 줌 지인들에게 감사한다. 이 분들이 없었다면, 그날 밤 모차르트가 보낸 클라리넷이 어떻게 내게 왔겠는가.

언어에게 진 빚

어제는, 그러니까, 2012년 10월 19일은 시집 ≪본의 아니게≫가 출판된 지 딱 1주년이 되는 날이다. 시집의 돌날인 셈. 자, 자축! ≪본의 아니게≫가 쓰여지는 동안 나는 아마도 언어라는 것, 실체로서 '나'라는 주체를 의심하는 일에 심취해 있었다. 언어라는 기표의 지시 대상과 내용이 일치하는 것이 아니라 단지 일치하는 척 하는 것뿐이라는 것에 빠져 있었고, 그런 언어의 기만술을 시 쪽으로 끌어당겨보려고 애썼던 것 같다. 시가 삶의 형식이라는 것, 시는 언어의 막춤이라는 것, 시는 표현 불가능에 도전하는 것, 시는 설명의 여백, 시의 궁극은 언어의 순수한 실패를 위한 질주, 시는 매순간 삶을 밀고 나가는 언어적 몸짓이라는 판단에 이르기도 했던 시절이다.

내 뜻은 아니지만, 시집 표지의 황색 테두리는 내가 구경하고 온 수타사 단풍의 함축 같아서 좋더라. 아직도 나는 그 책이 내 책이라 생각한다. 나는 그 시집의 어떤 구절을 빠져나오고 있는 '중'이기 때문이다. ≪본의 아니게≫의 1주년은 '드보르작의 첼로 협주곡 전악장'을 들었다고 회고하게 될 것이다. 음악에 묻혀서 어딘가 멀리 갔다가 돌아온 듯하다. 돌아오다가 멈춘 듯. 그대의 몸속을 산보하고 나오다 만난 산국의 향. 너무 좋은 가을날은 더러 우리의 감각을 환각으로 이끈다. 길을 잃을 때마다 황홀해지는 어떤 심정의 후사면이 있듯이, 내 책이 나온 1년을 슬쩍 회고한다. 언어에게 진 빚이 크다.

납득할 수 없는 시의 속사정들

가을학기 동안 여러분한테 나는 충분하게 붙어살았습니다. '여러분' 앞에는 '또'가 삽입되어야 옳을 것입니다. 또는 또 몇 번이던가. 또, 또 그게 나의 존립방식이었던 셈. 그 중심을 놓치고 기울어지려는 저를 받쳐준 것이 시였던 것. 나는 시 없이는 하루도 살 수 없습니다(속지 않으실 거죠?). '뼈를 깎는 창작의 고통'만이 오로지 나를 저이게 만들어주었습니다. ㅋ(이 기호 참 이쁘다) 뼈, 아프다.^*^ (이젠, 깎을 뼈도 남아 있지 않다.)

나는 뜬금 있이, 시는 죽었다는 말을 퍼뜨립니다. 시 없이도 잘 살고, 시 있이도 잘 사는 생활. '시체들의 귀환' 같은 것이지요. 내 어법 안에서는 진부한 얘기지만, 시가 죽었다는 것의 진정은 시가 읽히지 않는 독서시장에 대한 자학이 아닙니다. 시가 뚫고 나갈 지평과 대상을 상실하고 있다는 것에 대한 폭언이 그것인 셈. 시는 카드 돌려막기 식으로, 그 위기를 땜빵하고 있다는 판단. 물론, 부론강가에서 찍어온 갈대를 사진이라고 하면 사진이 아닌 게 아닙니다. 그렇지만 그런 작업은 이미 우리가—누구나 다 해먹었던 일입니다. 갔던 길을 다시 가지 않는 것이 재즈의 원칙이랍니다. 우리는 새롭다는 착각으로 누군가를 치켜세우면서 살고 있지요. 거짓인 줄 알면서도 다른 레시피가 없기 때문에 그러는 것이겠지요.

안토니오 그람시의 말.
'오래된 것은 죽었고, 새로운 것은 아직 안 왔을 때 괴물이 나타난다'고. 그럼, 우리가 지금 시에 관한한, '괴물의 시간'을 살고 있다는 뜻? 시를 쓰려는 사람들의 배후를 부양하고 싶었던 것, 제 초라한 진심은. 시가 찾아오는 순간을 대면하게 하고 싶었다는 말씀. 그게, 시의 표정이 당신의 삶의 편린이었다는 것도 역설하고 싶었던 것.

피아노 건반에서 E플랫과 E를 함께 치는 것은 미스 터치랍니다. 일종의 불협화음. 이런 음의충돌은 재즈에서 즉흥연주에 향료를 첨가하는 것이랍니다. 블루 노트blue note가 그것인바, 말과 말의 불화, 틈, 재즈의 어떤 즉흥, 어떤 자유는 시의 지향과 다르지 않습니다.

시는 한글만 떼고, 생각만 있으면 쓸 수 있습니다. 한 줄 쓰고, 엔터 키 치면 행이 갈라지고, 한 번 더 엔터 기 누르면 홍해처럼 연이 갈라집니다. 쓰는 사람은 미처 알 수 없는 시의 깊이가 만들어지는 순간이기도 합니다. 그래서일까요? 시는 창업과 폐업이 쉽습니다. 창업과 폐업에 관한 기회비용이 거의 들지 않는다고 보는데, 이 점이 시의 매혹이자 함정일 겁니다.

말은, 어떤 말도 다 살아있는 말입니다. 욕망으로 뒤채는 말들입니다. 말을 고른다는 것은, 그 뜨거운 말을 집어든다는 것이고 말의 숨결에 자신을 일치시키려는 안간힘일 것입니다. 서양의 클래식 음악이 동시대와 호흡하지 못한다고 타박하는 책을 읽었는데, 내 수준에서도 완전 공감. 그러나 그렇다고, 그것이 막바로 클래식 음악의 무용성과 연결되는 것은 아니라고 봅니다. 우리가 교실에서 떠들었던 시에 관한 토론들은 과연, 여러분의 삶속에서 현실적으로 출렁이던 현실이었는지, 묻습니다. 선불교에서 싫어하는 것이 알음알이랍니다. 개념화되는 동안 살아있는 생각은 화석이 된다는 뜻. 클래식 음악이 그렇게 클래시컬하게 죽었다는 뜻?

어떤 재즈 뮤지션은, 누군지 모르겠네, 어느 순간부터 남의 연주를 일체 듣지 않았다고 합니다. 자신의 레시피를 만드는데, 걸림이 되기 때문이랍니다. 뭐, 해줄 말이 없네요. 종강은 수업의 임종 국면입니다. 저는 무슨 말인가를 하려고, 입을 열었다가, 내가 무슨 말을 하려고 했던가를 잊어버렸습니다. 아무렴 어떻습니까. 시다 아니다, 좋다 나쁘다라는 분별. 우리가 한 한기를 살았구나, 살아졌네, 사라졌어!

시는 에, 또… 잘 모르겠습니다. 알았다고 했던 판단들이 남세스럽고요, 지금 이 자리의 떨림 그 파열음에 언어를 갖다 얹는 일, 수줍고, 뜨겁고, 황홀하고, 시원한 그 짜릿감 또는 휘적휘적 남부시장 골목길을 걸어가면서, 불어보는 휘파람 한 소절쯤. 언어가 없었다면, 시는 없었겠지요. 재즈도, 클래식도, 판소리도, 탱고도, 고흐도, 박수근도 그게 다 매력이겠으나, 언어만한 기만은 없기에, 저는 오늘도, 그 사기술에 매달립니다.

읽는다는 것

나는 항상 읽는다. 공항, 호텔, 비행기…. 읽고 쓸 수 있는 곳이면 어디나 나의 천국이다. 지젝의 말이다. 그는 책을 읽을 때가 가장 행복하다고 말했다. 읽는 일이 즐거운 부류가 나의 동지들이다. 독서는 읽어치우는 것이 아니라, 독서를 통해서만 체험되는 무엇이 있다. 그것은 커피와 술과도 닮았다. 그것이 아니고서는 대신되는 것이 없다는 점에서. 진중권의 말처럼, 책은 읽기 위한 것만은 아니다. 만지고 쓰다듬고 애무하기에도 좋은 물건이다. 색상과 디자인과 크기와 볼륨을 즐기는 것만으로도! 더러는 라면 냄비 받침으로도 그리 어색하지 않다. 저자들이 인류를 위해 구체적으로 기여하는 측면이다.

프랑스 작가 피에르 바야르는 ≪읽지 않은 책에 대해 말하는 법≫에서 ≪율리시스≫를 한 번도 읽지 않은 사람이 제임스 조이스에 관한 최고의 논문을 썼다는 사실을 입증했다. 바야르에 의해 제기된 이 유혹적인 이론은 독서에 대한 강박증을 해방시켜 준다. 나무를 보면 숲을 보지 못한다는 의미도 된다. 실제 이 글을 작성하고 있는 나도 바야르의 책을 읽지 않은 상태다. 정말, 읽지(도) 않은 책에 대해 주절거리게 되다니!

바야르는 책을 전혀 읽지 않은 경우, 책을 대충 훑어보는 경우, 다른 사람들이 하는 책 얘기를 귀동냥한 경우를 비독서의 방식으로 제시한다. 어떤가요? 여러분도 이런 비독서의 경우를 경험했을 것이다. 바야르는 이런 경우에 대처하는 요령으로 부끄러워하지 말 것, 책을 꾸며낼 것, 자기 얘기를 할 것 등을 꼽았다.

우리는 이미 그렇게 하고 있지 않은가, 돌아본다. 읽지 않은 책에 대해서 말할 수 있다는 것은 책의 세부 사실에 연연하는 것이 아니라 책에 대한 총체적 시각을 갖추는 것이라 한다. 대충 의미는 알 수 있을 것 같지만, 막연하기는 마찬가지다. '읽어 보지 않은 책에 대해 말하는 법'의 연장선상에서 가보지 않은 곳에 대해 말하는 법, 먹어보지 않은 요리에 대해 말하는 법, 겪어보지 않은 사람에 대해 말하는 법 등등의 응용도 가능하리라. 나는 내가 모르는 사실에 대해서만 '확신에 차서' 말할 수 있는가 보다.

극장 없는 인간

4월과 5월에 걸치는 절기의 변화는 가히 시가 아니겠습니까. 문장 바깥에 있는 시. 문장에 담으려 하면 꽃 피는 4월, 연초록의 5월 따위의 관용구로 전락해 버리는 시. 잡기는 월척을 잡았는데 집에 와 보니 피라미가 된 낚시꾼의 낚시처럼.

시평을 하면서, '시가 좋다'고 말할 때, '좋다'는 말의 핵심은 무엇일까요. 마음에 닿는다, 표현이 신선하다, 착상이 좋다, 뭔지 모르지만 좋다 등등. 자신에게도 묻고, 남들에게도 객관화시켜 보아야 할 문제이지요. 좋은 시는 어떻게 말해도 좋고, 나쁜 시는 어떻게 말해도 나쁜 것이지요. 하나마나한 말이지만 진실. 시는 기왕의 의미들을 갱신시키고, 새로운 의미를 생산코자 하는 열망을 가집니다. 이것이 시의 전부는 아닌 것이지요. 시를 통해 어떤 이야기를 하려고 하면 시는 부하가 걸립니다. 이야기를 담는 바구니로는 시가 턱없이 협소하지요. 다 아는 얘기지요. 시인은 슬프다고 말하지 않고 슬픔을 보여주려는 존재라지요. 살아 움직이는 슬픔을 말이지요. 슬픔에 관해서가 아니라 슬픔 그 자체를 말이지요.

각자 시를 쓰는 방식과 세계관은 다릅니다. 시를 발견하는 방식(착상, 착어), 시를 잡아채는 솜씨, 시를 문장 속에 가두는 방식, 시를 드러나게 하는 방식 등을 묶어서 작시술 혹은 그보다 윗길 언어로는 솜씨라 하겠지요. 시는 삶속에서, 삶을 통과하면서, 삶을 통과한 뒤에 만나는 뜨거움일 것입니다. 비트겐쉬타인의 철학적 명제처럼, 말할 수 있는 것과 말할 수 없는 것이 있다면, 철학이 그렇듯이, 시도 말할 수 없는 것에 말 하려는 노고가 있어야 합니다. 언어를 의심하는 눈길. 그것이 시의 출발이자 궁극이라 저는 믿지요. 매파가 무엇인가를 속인다고 생각되면 여러분들은 매파를 온전히 믿으시겠어요? 의심하고 또 의심하겠지요. 언어는 일말의 매파지요. 그를 통해서 다른 세계로 넘어가지만, 넘어가면서 버려야 하는 불가의 뗏목 같은 것. 강조하지만, 자신이 쓰는 언어는 살얼음같기에 거기에 많이 의지하는 것은, 시를 오해하게 되지요. 시를 일기나 수기로 만들면서 주저리주저리 하게 만들지요. 무엇보다 시는 '인간극장'이 아니라 극장 없는 인간의 속일 겁니다.

나도 시인이다

나도 시인이다. 가을학기 첫 강의로 올린 주제다. 주격조사 '도'가 문장의 주체를 양보적으로 만든다. 왜 이 문장을 수업의 앞자리에 놓았을까? 소급해 생각해 보아도 최초의 의도는 복원되지 않는다. 어쩔 수 없이, 기억에서 망실된 의도의 자리를 원본인 듯이 채워 넣기로 한다. 아마도 나는 시인을 넉넉하게 규정하고 싶었는지도 모르겠다. 시인은 시를 쓰는 사람이고, 등단과 같은 절차를 통해 사회적 승인을 받고, 시집도 출판하고, 문인조직에 가입하면서 문단이라는 생태계를 형성하는 일원이 되기도 한다. 우리가 알고 있는 시인은 대개 이러하다.

여전히 문제적인 것은 '무엇이 시인가'에 대한 본질적 탐구이다. 시를 쓰고자 하는 또는 이미 시인의 반열에 있는 사람일수록 이 질문으로부터 자유롭지 않다. 시를 쓰는 문자 행위는 언제나 이 질문을 포함하고 있기 때문일 것이다. 나는 잘 모르겠다. 어떤 정의에 내 생각을 의탁해야 하는지가 아니라 나의 정의의 핵심을 자주 놓친다. 그때마다 내가 쓴 시라고 하는 문자더미는 시에 대한 나의 알리바이가 된다. 이 자리에 모인 여러분의 시도 그러하지 않겠는가, 짐작한다. 여러분의 인지 속에 각인된 시적 개념들이 여러분의 시를 만들고, 그것이 또 여러분만의 시론을 구축할 것이다. 그것의 옳고 그름이 아니라 시적 본질과의 싸움이 문제일 것이다.

시인은 시를 쓰는 사람이다. 잘 쓰는 시인도 있고, 좀 덜 진지하게 읽히는 시인도 있다. 나는 여러분들의 차원에서 '잘 쓴다'는 말이 반성되기를 바란다. 내용도 형식도 새로울 때 대개 우리는 좋은 시라고 칭한다. 별로 시비할 게 없다. 새롭다는 것은 새롭지 않은 목전의 어떤 시들이 비교의 희생양이 된다. 새롭지 않은 시도 낡고 새로워도 급히 낡아가는 데는 예외가 없다.

앞에서 주절댄 말은 이미 들은 바 있을 것이다, 나의 입을 통해서. 그렇다면, 나는 언젠가 한 말들을 잊어버리고 동어반복을 하고 있단 말인가. 그렇다고 해도 어쩌겠는가. 절이 싫으면 중이 떠나야 한다는 말은 아니고요, 막연하게 지속되는 이 수업의 오프닝으로 딴에는 새롭게 가공된 말이라는 뜻이다.

이 수업에 불시착하여 아직 이별하지 못하고 있는 분들의 그 마음이, 이미 시적 형상이 아니겠나 생각한다. 이 말은 영업적 수사는 아닙니다. 더러는 자기 성에 차는 시를 만나지 못한 분도 있을 것이고, 여전히 시적 갈증에 시달리는 분도 있을 것이다. 시가 자신의 결핍을 가려주는 분도 있을 수 있고, 그 반대일 수도 있고, 특별히 갈 데가 없어서 시수업을 버리지 못하고 있는 분이 있어도 좋겠다. 이 모든 개인적 증상을 관통하고 있는 것을 나는 시라고 부르겠다.

시가 삶의 형식이라는 말을 이 대목에서 되뇌어 보시면 좋겠다. 미열같이 폭풍같이 몸속에 일고 있는 삶의 다양한 증상들. 그것은 항상 언어에 업혀서 나오는 무엇일 것이다. '아프다는 말이 없다면 우리는 아프지 않을 것이다'라고 말한 철학자의 말도 이 대목을 비춰주고 있다.

'나도 시인이다'는 말은, 나 역시 (누구처럼) 시를 쓴다는 자기 확인 과정이 아니다. 괄호에 묶인 누구는 문학사의 본부석을 지키고 있는 좋은 시인들이어야 한다. 그들처럼 써야 한다는 강박이 아니라, 그것을 조금씩 버리고, 나중에는 아예 몽땅 버리고, '거울 앞에서 선 누이처럼' 자기의 쌩얼과 대면하는 작업을 한다는 점에서 당신은 이미 시인이다.

문학사와 베스트셀러와 싸운다기보다는 자기 안에 있는 자기와 만나는 작업이 시였으면 좋겠다. 그러는 동안 여러분은 날마다 등단하고 있고, 매일매일이 한 권의 시집으로 다가올 것이다. 그게 아니라면, 나는 시를 쓰지 않겠다. 말을 하다 보니까, 나도 모르게 산문집 《설렘》에서 떠들었던 말들을 다시 꺼내서 재활용하고 있는 기분이다. 사람은 잘 바뀌지 않는다. 가을학기 수업의 시작과 끝은 '나도 시인이다'라는 명제를 '나는 시인이다'로 주체화하는 부드럽고, 뜨겁고, 황홀하고, 더러는 아픈 시간이 되기를 바란다. 단, 다른 사람 눈치 못하게!

저녁의 메모

오늘 저녁은 10월 29일 월요일이다. 강의 하나가 휴강되면서 갑자기 시간이 많아졌다. 이런 시간을 그냥 보내는 것은 유기라고 생각해서, 도망갈 계획을 굴리고 있는데 전화가 왔다. 도망지는 강릉 경포대. 대관령을 넘는 거야. 나도 몰래. 교수작품전시회에 낼 시의 액자를 맞추러가자는 전화다. 그래서 처음 듣는 섭재마을로 묻어간다. 〈흠뻑〉과 〈약력〉 두 편의 미발표작을 내기로 했다. 책상용 달력의 뒷장에다 연필로 쓴 시는 볼 만 했다. 내 시처럼 제멋대로라는 점에서 볼거리다. 나는 만족한다. 돌아보니, 중학교 2학년부터 시화전과 문학의 밤이라는 행사에 얼굴을 내밀었던 전과를 생각한다면, 내 손으로 시화전 행사에 참여하는 것은 거의 30년 만이다. 불우이웃돕기처럼, 장학기금 마련이라는 명분이 걸린 전시라 액자마다 판매금액을 붙여야 한다. 얼마를 불러야 하나. 액자값만 받겠습니다. 비매품 딱지를 붙이는 것도 좋겠다. '팔지 않음'이라는 선언은 전시의 기획의도에 어긋난다. 잘난 체가 될 수도 있다. 천만 원쯤 매겨놓고 싶다. '이 딴 걸 100만 원이라고 써 붙여? 이 사람 참

어이없군. 시값이 터무니없다고 투덜대는 계산법을 가진 사람 앞에서 이런 소리를 들어보고 싶다. 시는, 그대에게 대체 무엇인가?

오늘 저녁은 그런 저녁이다. 도망 갈 기회를 놓치고, 방안에서 뒹군다. 브람스의 바이올린 소나타 3번을 집어넣었다. 어두운 바깥이 왠지 비가 오는 것 같다. 사실은 비가 오지 않는다. 나는 비를 기다리는 모양. 330 미리 '산 미구엘' 캔 하나를 느리게, 더 느리게 홀짝거린다. 브람스를 교체한다. 오늘 저녁 브람스는 내 방에서 제외다. (이 글 읽는 분들은 내가 음악 엄청 듣는다고 생각하겠다.) 몇 개 집다가(몇 개 밖에 없으니) 퀸 엘리자베스 콩클에서 우승한 작곡가 전민재의 CD를 집어넣는다. 오늘은 저런 난삽이 좋다. 곡 사이에 치는 박수소리가 정신을 깨운다. 이승훈 선생의 ≪라캉 거꾸로 읽기≫를 조금 읽었다. 저 책이 사랑스러운 것은 라캉에 대한 이해가 아니라, 책의 사이사이에 신경증적으로 자기를 노출하고 있는 대목들이다. ≪현대시학≫(2010.1)에 '이승훈의 해방시학 강의'를 처음 연재할 때의 마무리가 생각난다. '나는 가짜이고 나는 언어가 만든 것이잖아요? 이번 학기 강의의 주제가 이겁니다. 다음 주에 계속하죠. 오늘은 첫 시간이고 비도 오니까.'(단행본에서는 이 대목이 삭제되었다.) 사랑스럽지 않은가. 라캉을 풀어가다가 갑자기 '비도 오니까'에 져버리는 모습 말이다. 라캉은 딱딱에 있는 것이 아니라 축축한 빗소리 같은 저 습기에 근거하고 있다면 당신은 뭐라고 하겠는가.

대관령을 넘어가며

바람이 분다. 이 문장은, 적어도 내게는 대관령에서부터 발원한다. 그 전에는 폴 발레리의 시로부터 기원한다. 조금 뒤에는 천호대교를 건너면서 들었던 이소라의 것으로부터 시작된다. '사랑은 비극이어라, 그대는 내가 아니다, 추억은 다르게 적힌다'로 진행되는 이 노래. 웬만한 한국시의 사유를 초과하는 노랫말이다. 대관령의 바람은 영동과 영서의 벽을 깨뜨리는 바람이다. 순수와 비순수, 순결과 혼종의 금단을 밀어버리는 바람이기도 하다. 순수가 아니라 비순수. 비순수가 순수를 포함하는 즉 내가 내것일 수 없는 것을 껴안게 되는, 더불어 내것으로 확실하게 착각하게 되는 것. 그게 순수가 비순수 속으로 귀화한 현장이다.

대관령 곳곳에 바람주머니가 매달려 있다. 바람의 방향과 속도를 확인케 한 시각적 배려다. 팽팽하거나 축 늘어진 주머니들의 자기연출이다. 김도연은 그의 장편 ≪아흔아홉≫에서 대관령 바람주머니를 남자의 그것으로 읽었다. 하루 종일 팽팽해도 힘들지만, 그 반대여도 살맛은 줄어들 것이다. 우리의 하루도 그러하다. 낮시간의 긴장과 밤시간의 이완이 교대하면서 하루가 진행된다. 낮은 계산하는 시간이고, 밤은 코드를 뽑아놓고 요양하는 시간이다. 말이 그렇다는 뜻이지, 잘 쉬지 못하도록 프로그래밍된 것이 현대사회의 풍속이기도 하다. 24시간 편의점도 우리의 삶을 대관령의 바람주머니처럼 시각화하고 있다. 너희는 쉬지 못하리라. 그래야만 행복할 것이다. 편의가 감춘 불편을 궁금해하지 마라.

자다가도 일어날 만한 놀람은 아니더라도 조금은 '다른' 무엇에 대한 탐닉이 삶의 동력이 된다면, 그것이 무엇인지 나는 모르겠다. 물론! 각자 심오한 테크닉으로 살아간다. 심오하게, 너무나 심오하게. 저 대관령의 팽팽한 바람주머니처럼. 언제나 그렇지만, 삶을 심각하게 들여다보는 버릇은 삶을 위해 그리 권장할 덕목은 아니다. 삶은 다시 한 번 저 대관령 바람주머니의 습성을 닮았다. 팽팽하거나 늘어져 버린. 그것은 주머니의 의지는 아니다. 바람에 몸을 맡긴 삶일 뿐이다. 불어라, 바람, 바람아 불어라. 내 낡은 가죽부대가 팽팽해지도록.

생각하는 대로 살지 않으면, 사는 대로 생각하게 된다. 발레리의 생각이다. 내가 이 글을 쓰는 것은 내가 사는 대로 생각한다는 것에 밑줄을 긋기 위해서이다. 부처를 만나면 부처와 살고, 스승을 만나면 스승과 살고, 여자를 만나면 여자와 산다. 스마트폰 손에 쥐면 카톡하고, 야동 있으면 야동 본다. 이웃집 남자 보면 이웃집 남자와 놀고, 싸이 보면 말춤 춘다. 사는 대로 산다. 그게 삶의 정본이다. 정본이 있다고 가정하는 태도는 삶의 찌꺼기 같은 불편.

방향 없이 팽팽하게 발기한 사유는 일말의 측은지심이고, 속도를 잃어버린 사유 또한 건전지 없는 라디오와 같다. 대관령을 넘어갈 때마다 눈을 뚫고 들어오는 바람주머니의 형식을 내것으로 번안한다. 오늘은 내가 헛바람을 지나간다. 생각 같아서는 뚫고 간다고 쓰고 싶은데, 그것은 언어의 오기이지 의미의 진실은 아니다. 그래도, 불어라! 바람, 팽팽하게. 컷.

시는 황당한 작업

뭔가, 하기는 했는데, 한 게 없다. 남아 있는 게 없다는 뜻인가. 무위無爲
의 날들이 나를 통과했다는 말인가. 시는 '자칫' 황당한 작업일 수 있다.
엊그제, 슈베르트의 〈밤과 꿈〉을 첼로 버전으로 들었다. 슈베르트의 인
간적 키워드가 내 몸에 눌러붙었다. 내친 김에 저 음악을 색소폰으로
불어대는 걸 들어보고 싶다.

시는 두 단계로 완성된다. 첫째, 쓰기의 과정. 둘째, 읽기의 과정이 그것
이겠다. 의미의 출발이 아니라, 의미의 터미널이 중요하겠다. 시는 독자
의 품에서 다시 태어난다. 저 스무 살 시절, 대학이랍시고 다닐 때, 007
가방을 들고 다니던 교수가 있었다. 늘 궁금하던 차에(그 궁금증이야말
로 탕진되어서는 안 되는 삶의 에너지일 것이고), 누군가, 그 속에 뭐가
들었냐고, 짓궂게 물었을 때, 교수가 열어준 가방 속에는, 속옷이랑 양
말이 들어 있던 게 기억난다. 두꺼운 책이나 현금 같은 것은 없었다.
시는 그런 것이 아니었던가? 독자의 호기심, 욕망을 유지시키는 007가

방 같은 것. 행복하게 사는 것은, 내일을 기다리지 않는 삶이다. 버나드 쇼가 했을 말 같은데, 그가 한 것 같지는 않으니, 임자가 나타날 때까지 내 말로 삼기로 한다.

부채

비가 옵니다.

그날 권시인을 만나고 돌아와

며칠째 선생님의 시집을 읽습니다.

오늘은 ≪정선아리랑≫입니다.

돌아가신 김영태시인의 컷이 정말

선생님과 비슷한가 생각해보기도 합니다.

저는 태백에서 이십 년을 살고도 그들의 얘기를 차마

못 쓰는 **부채**를 안고 있습니다.

늘 건강하시길 빕니다.

그리고 추석 명절 잘 쇠십시오.

김명기 올림.

2010. 9. 17.

*이 문장들은 나의 부채를 지적하는 것 같아
 가끔 회고하려고 발신자의 허락 없이 인용해 둔다.

시 한 편의 원가

사람이 움직이는 모든 일에는 비용이 발생한다. 피아니스트가 건반을
두드릴 때도 연인들이 나누는 달콤한 키스에도 의사가 환자의 이마를
짚는 순간에도 어김없이 원가는 발생한다. 이런 이치로 볼 때 한 편의
시에도 경제적인 원가는 계산된다. 시 한 편의 원가는? 계산해보면 마
진은 희미하나 생각보다 품은 좀 든다. 한 편의 시가 되기 위해서는
예술의 다른 부문이 그렇듯이 고비용이 지불되어야 한다. 원가를 구성
하는 내역이 중요하다. 원가가 마진을 불러오듯이, 시인의 심적, 물적
투자는 시에 반영된다. 꽃 피고 바람 불던 시간들, 정선 터미널에서 버
스 출발을 기다리며 맞았던 저녁 어둠, 마을버스에서 지하철로 환승할
때 스친 노인의 눈빛, 글렌 굴드의 비사회성이 빚은 연주를 듣던 여름밤
을 제외하고도 번민의 밤, 비워낸 술병, 외로움과 같은 소모성이 시의
원가 산정에 턱없이 높은 비중을 차지한다는 것이 다른 직종과 다르다
면 조금 다르다. 볼펜 한 자루로 쇼부를 보려 했다면 오산이다. 항상,
원가를 생각하자.

한 벌의 옷

시반, 첫 수업이 지나갔다. 휙, 지나간 듯, 무엇인가? 오지 않는 것은 메시아이고, 그 형체를 관망할 사이 없이 지나간 것은 괴물이다. 첫 시간 수업이 뭐가 뭔지 모르게 지나갔다면, 그것은 괴물이 지나갔다고 해야 되겠다. 시는 세상에 존재하는 사람의 수만큼 존재한다는 생각! 각자의 시가 있다는 생각! 또, 각자에게는 매 순간의 시가 존재한다는 생각! 우리는 세상에 존재하는 각각의 각자이고, 그러므로 매순간을 겪는 나의 시가 있어야 된다는 생각! 우리가 시를 쓰려는 배경이 이러하지 않을까, 싶다.

서정주를 읽는 것은 서정주를 피하려는 것이고, 김수영을 읽는 것은 김수영을 피하려는 것이다. 이것이 우리가 시를 읽는 이유가 된다. 누군가의 시를 읽고 만족한다면, 나의 시는 쓰여질 필요가 없다. 누군가의 시가 나의 시를 집어삼키고 있기 때문이다. 누군가의 전화번호를 따는 것은, 그와 통화하려는 뜻도 있지만, 더러는 그의 전화를 피하기 위한 사정도 포함된다. 번호를 모르면, 덜컥 받아서 난감을 당하기도 한다. 박세현을 읽지 않으면, 박세현 같은 시를 써서 낭패를 볼 수도 있다는 뜻.^^

시인은 낱말 하나를 입에 넣고 오래 우물거리는 존재다. 사유하는 존재다. 자기를 향해 불어오는 미풍에도 전생애를 거는 것이 시인이다. 꽃 피는 것이 기특해서 술잔을 기울이기도 하고, 낙화가 섭섭해 울기도 하는 존재다. 그러나 이런 감수성이 긁히면, 언제나 개지랄을 떨어대는 중증 히스테리자들이 되기도 한다. 연산군과 네로 황제는 시인의 존재론적 연민과 공포감을 잘 상연한 존재들.

시는 우리가 갈구하는 단 한 벌의 옷이다. 옷장 속에 100벌의 드레스가 있어도, 입고 나갈 한 벌이 없어서 허둥댄 적이 있다면, 당신이 원했던 그 옷이 바로 당신의 증상을 달랠 수 있는 시라고 이해해야 한다. 그것은 타자의 옷으로 대신할 수 없다. 우리는 내 몸에 맞는 옷을 찾는다. 이것이 시다. 당신이 시를 찾는 정확한 이유도 여기에 있다.

≪불가능한 것의 가능성≫(궁리)은 국내 출판사로는 처음 슬로베니아 현지에서 지젝과 진행한 인터뷰집. 시가, 시도 꼭 지젝의 책 제목을 닮는다. 가능하지 않기에 언어는 몸살을 앓는 것. 정확하게는 언어가 우리 몸 안에서 '나'를 대신 앓는 것이지만. 사태가 이러하므로, 시에 관한 확신은 위험하다. 시는 이러저러 해야 된다고 선전하는 일반론은 대개 의심되어야 한다. 시는 확정된 어떤 형태가 아니라 언제나 생소함을 향해 달려가는 미확정이다. 그것만이 시의 유전자이다. 이와 같은 시의 진보성을 붙들어 앉히는 요소는 뭐니뭐니해도 시에 대한 어떤 확신이다.

그것은 맹신이기 쉽고, 시가 싫어하는 관습에 대한 투항도 그것이다.

세상에 존재하는 사물(일과 사건)에 대한 의심! 그 의심의 정체는 호기심과 모험심이 아닐까? 이마에 손을 얹고 체온을 확인하듯이, 자기의 증상에 언어의 옷을 입히는 언어짓! 그것이 당신의 진정한 시가 되기를, 나는 소망한다. 그 한 벌의 옷, 한 벌의 시. 막춤 추듯, 막시인들 어쩌랴! 그게 시도때도없이 얼굴 내미는 당신의 증상을 달래는 언어라면, 껴안지 안고 어쩌겠는가. 나는 그것이, 그것만이 시라고 **확신**한다, 지금은.

이 순간의 객설

1

그러고 보니, 3월에게 손을 흔들어야 하는 소실점에 와 있습니다. 살아야 하는 시간에, 생각한다는 것은 삶이라는 비즈니스를 서운케 하는 일입니다.

2

김수영에게서는 자유의 냄새가 물씬 나는데, 거기에는 정치적인가 하면 실존적이고, 실존적인가 하면 정치적인 올바름의 몸부림(온몸)이 있습니다. 김수영은 육이오와 사일구의 체험 속에서 자유라는 개념을 자기 것으로 세공했습니다. 그것을 시와 일련의 산문을 통해 문자 그대로 증거했다는 점을 후세는 숭배하고 있습니다. 아직, 우리는 김수영의 손아귀에 붙잡혀 있습니다. 벗어나도 갈 곳이 마땅하지 않은 채로!

3

세상에는 시도 많고, 시집도 많고, 시인도 많고 문예지도 많습니다. 시를 쓴다는 것은 이런 현상들을 따르는 것이 아니라, 이런 현상을 반동적으로 생각하는 일입니다. 다들 인문학이라 떠들어대지만, 시만큼 인문학의 최전선에 서있는 게 있을까요? (있다/없다!) 각자의 위치에서 각자의 방식으로, 각자 심오하게 통과하는 삶의 지점—언어의 사잇길이 시이기 때문이지요. 나머지는 다 헛소리. 헛소리를 경배하자.

잘 쓴 시보다 좋은 시에 대한 눈쏠림이 필요하고, 좋은 시보다는 매혹적인 시가 기다려지는 시대라는 게 내 생각. 잘 쓴 시는 많으나—많아도 너무 많으나, 좋은 시는 귀하고, 매혹에 값하는 시의 자리는 늘 공석이다. 우리가 이 자리에 있는 것, 자판을 두들기는 것은 시를 쓴다는 행위를 앞세우고 있으나, 실은, 시라는 형식을 통해 자기 삶을 거기 송두리째 밀어 넣어보고 싶은, 참을 수 없는, 비현실적인 욕망 때문입니다.

　-엄마 젖 줘
　=갖다 먹어
　(젖 한 통 다 비워도 여전히 배가 고프다)

4

틈날 때마다 정식화하는 개똥철학의 명제
—삶은 살아지는 것이지 의미되는 것은 아니다.

독자 계산

〈시기상조〉는 내가 입과 손을 푸는 다음 카페다. 일말의 생존형 카페인 셈. 수업용 쓰임새도 있으니까 생계형도 맞다. 주인 입장에서 카페 게시판을 들여다 볼 때마다 애정결핍 같은 갈증을 느낀다. 밤새 동네 어귀에 방(대자보)을 붙여놓고, 사람들의 반응이 궁금해 남몰래 골목을 서성대는 꼴이다. 하여간 어떤 글은 조회수가 많고 어떤 글은 그렇지 않다. 조회수는 독자수로 환산된다. 한 사람이 여러 번 클릭할 수도 있다. 클릭의 메커니즘은 모르겠다. 조회수를 보고 누군가 그만큼 보았다고 편리하게 생각한다.

'얼룩무늬'는 카페 주인님이 손수 쓰는 글이고, 그때그때의 생각이 출시되는 공간이다. 조회수만으로 생각할 때 얼룩무늬의 고정독자는 5명을 밑돈다. 그 정도의 독자가 조회수 알바를 한다고 예측한다. 최초의 터치 인원이 이런 분석의 근거다. 열 명 정도의 독자가 클릭하고, 그 중 몇은 개인 사정상? 더블 클릭을 할 것이다. 한 번 더 읽어야지 하는 재독의 욕망보다는 '아까 그게 뭐지' 하는 순간적 망각을 확인하기 위해 조회수는 상승할 것이다. 게다가 오클릭을 통해 조회수는 몇 더 추가된다. 어떤 클릭은 게시판 제목에 낚여서 슬쩍 들어와 볼 것이다. 속았군. 자신의 관음을 탓할 것인가, 게시판의 노출증을 탓할 것인가. 자신도 모르게 실시간으로 조회수 상승에 기여하게 된다. 이 모든 누적 조회는 주인장에게 독자수로 계산되어 허망한 포만감을 선사한다. 가련한 포만감.

생각난다. 임진왜란 당시가 아니고, 저 1980년에 시 동인지 ≪암호≫에 참가한 적이 있다. 동인명 '암호'는 이승훈 선생의 시에서 가져왔을 것이다. 동인은 강릉 주변에 서식하고 있는 문청들로 구성되었다. 농사나 짓지, 시는 무슨. 엷은 회색 바탕에 노란색 제목이 전면에 크게 찍힌 시집인데 시대적 분위기를 감안하면 표지는 조금 불온해 보인다. 관계 당국의 눈총을 받을 만 하지만 시집은 순하기 그지없다.

나는 문청 한 명을 대동하고 동인지 가판에 나섰다. 판매처는 두 곳. 강릉간호전문대학과 강릉대학교였다. 간호대는 여자들이기에 시집이 먹힐 것이라는 오판을 앞세우고 교문 앞에 책을 쌓아놓고 '그 여자들'을 기다렸다. 책을 너무 적게 가져왔다고 걱정까지 했다. 현실과 이상 사잇길에서 길 잃으면 로맨티스트가 된다. 자, 몇 권쯤 팔렸을 것인가. 한 권. 딱 한 권. 책을 산 여학생은 친구의 전직 애인. 돈 받지 않고 그냥 줌. 초당동 강릉대에서도 한 권. 책을 산 분은 시인인 여교수였던 것. 그녀도 젊었던 것. 시집 판매만행은 이렇게 마감된다. 그땐 시를 쓴다는 열망이 나의 천지신명이었다. (제기랄) 이런 탄식 없이 이 문장을 지나갈 수 없군. 시집 가판을 한 시인이 또 있을라나. 그때 동행한 청년이 훗날 ≪창작과비평≫으로 등단한 시인 강세환이다.

보고 싶어 보는 게 아니라(보고 싶어 본다) 그냥 보게 되는 조회수는 주인에게는 욕망의 구조를 확인시킨다. 다른 방문자에게도 욕망이자 압력이 된다. 조회수가 없을 땐 주인이 직접 조회수를 올릴 방도를 찾아야 한다. 자기 책을 자기가 사들이는 기법 같은.

작가란 무엇인가에 강력하게 대응하는 독자란 무엇인가? 작가와 독자 사이에 끼어드는 유통도 카페 조회과정과 유사할 것이다. 나는 지금도 강원도 외곽의 거리에서 시집 가판에 나서고 있다. 카페 문을 열 때마다 그 생각 떠오르넹. 시기상조를 클릭하는 당신은 누구신가요? 두 번 클릭하는 당신은 또 누군가요? 제발, 시간 날 때마다 클, 클릭해주세요. 읽을 필요는 없습니다. 그냥, 클릭만.

임박한 종강

≪지젝이 만난 레닌≫에는 '임박한 파국'이라는 목차가 보인다. 레닌의 말을 시창작반으로 끌고 오면, '임박한 종강'이 된다. 종강도 예정된 파국이다. 가을학기가 마무리되는 시점이다. 시작이 있었으니까, 겸손하게 끝을 맞아야 한다. 시를 토론했던 우리의 상상계는 이제, 여기서 멈추게 된다. 나는 묻게 된다. '수업의 만족도를 물어야 하는 타이밍이다. 좋았어?'라고 묻는 것은 남자들의 대사지만, 수업에 관해서 나는 그렇게 질문할 엄두가 나지 않는다. 연하의 옆집 남자를 바라보는 아내의 속성을 잘 알고 있는 소심한 남편처럼. 그래서 나는 대충 내 식으로 수업을 정리하게 된다.

시는 볼펜 한 자루로 시작한다. 초기 자본은 약소하지만, 외로움이라는 자산이 보충되지 않으면, 말짱 헛것이 된다. 외로움! 그것은 블루스처럼 삶의 본질이다. 시는 손끝으로 사유하는 장르다. 외롭고 가난하지 않은 시작은 헛것이거나 자기도로에 그친다. 외롭고 가난하다는 말을 문자 그대로 이해하는 사람이 있다면, 그는 이미 시적 사색과는 관련 없는 축이다. 목수들 모인 자리에 참석한 미장공만큼이나 번지수를 잘못 찾은 것이다. 이런 쓸쓸한 오해를 우리는 시창작이라 불러야 하는가. 모르겠네^*^

삶은 흘러간다. 강물처럼 흘러간다. 그러면 어떻고 안 그러면 어떤가. 포르노 텍스트처럼 흥건하고 요란한 체위를 전시하며 흘러가는 현실이라는 스크린. 따라 추지는 않고, 그저 바라보고만 있는 싸이의 말춤 같은 현실. 시도 흘러가고, 시인도 흘러간다. 삶이 무정형이듯이, 무가치하듯이, 무의미하듯이. 이러니 저러니는 그렇게 발설하는 당신들의 관념이자 헛소리다(초고는 과격한 말이 사용되었는데 마사지를 했음). 중요한 것은 이미 눈앞에 상연되고 있는 이 시간, 이 상황만이 현금現金인 것을. 나라고 호명하는 존재도 헛것이 아닌가. 자아 흥, 주체 흥. 나, 흥이다. 엿 먹어라다. 나는 날조된 이미지에 지나지 않는다. 그런 내가 여전히 이 자리에 앉아서, 문학이라는 수맥을 더듬으면서, 잘 모르는 것을 잘 모르는 어법으로 설명하면서, 사기쳤다. 쓸쓸하고 서글픈 죄! 삶은 흘러간다. 어디서 기어나와 어디로 스며드는지 모르는 채로 흘러간다. 무정형이다. 삶의 무정형을 정형으로 고정시키려는 시는 사실 거의 시가 아니다. 삶이 울퉁불퉁한데 시가 매끄럽다면 당신은 이 상황을 어떻게 이해하시겠는가. 3장 6구라는 단정한 형태 속에 삶을 녹이려 했던 조선시대 사대부들의 꿈은 아무졌으나 허황스럽다. 내가 말하려는 것도 이것. 삶이 아무런 원칙이나 정전 없이 흘러가는데 시는 완결성을 보여준다. 스마트하다. 그것은 시적 위선이자 허위다. 삶의 복잡다단한 번뇌를 끌어안지 못한다는 말.

좋은 시는 어떤 시인가? 우리 시대는 거기에 답해야 한다. 나는 그런 대답을 마련할 천재가 없다. 그렇다고, 한국시의 본부석에 앉아 있는 시인들의 시에서도 그것은 찾아지지 않는다. 버전의 새로움은 없고, 그

저 그날 벌어서 그날 먹는 일용직의 살림처럼 동어반복을 반복하고 있을 따름이다. 이러한 사정의 한가운데서 아니 원주의 구석에서 시수업을 하고 있다는 것. 그것은 어떤 의미인가? 나는 이 대목을 설명하는 신경증에 시달린다. 멋있게 에둘러 말하면, 문학적 소통쯤 되겠다. 어떤 소통? 에, 또 시라는 물건에 대한 어쩔 수 없는 주무름이 소통의 핵심이 아니겠는가. 서로 다른 곳을 어루만지는 소통. 그래서 모든 이해는 오해가 된다. 이른바 성공적인 오해. 시창작은 내가 갖고 있지 않은 것을 누군가에 주는 것이다. 물론, '주는' 앞에는 '원치 않는 사람'에게가 삽입되어야 한다. 라캉이 사랑을 정의하는 방식이다.

생각한다. 시는 외로움의 산물이다. 외롭다는 말을 좁게만 생각하지 말아야 한다. 대선후보로 나서서 대통령이 되겠다는 위인들의 속내도 헛헛한 외로움의 충만이다. 그 옆에서 시다바리 드는 사이드맨들도 그렇다. 이거 뭐야? 생각한다. 시는 많이, 더 많이 헝클어져야 한다. 휘갈겨 쓰여져야 한다. 번잡한 삶을 따라가야 한다. 그 리듬과 비트를 받아 적어야 한다.

쓰여진 모든 시는 그 자체로 대책 없이 낡은 시다. 그것을 뉴스로 영접하는 어리석음을 반복해서는 안 된다. 남이 간 길을 가면서, 처음 가고 있다는 착각에 빠져서는 안 될 것.

생각한다. 한번이라도, 자신의 가려운 곳을 자신의 손으로 긁어보는 것. 그것이 여러분 자신의 시다. 나는 여러분들의 숨소리 박혀 있는 시가 그립다. 자신의 걸음과 보폭을 보여주면 좋겠다. 그게 어려워요, 갈쳐주세여! 나는 충분히 떠들었다고 생각한다. 이런 나에게 뭘 더 원하는가^*^ 나에게서 어떤 낌새를 알아채지 못했다면, 당신은 시를 쓰지 않아야 할 사람.

시와 헤어지던가, 나의 회상을 떠나는 것이 맞다. 빵떡모자 쓰고, 부론강가에서 갈대를 찍으면서 사진작가 행세를 하고 있는 것. 그러면서 자신을 속이거나, 자신에게 속지는 말아야 한다.

나의 가여운 책, 그러나 언제나 그곳으로 돌아가서 손보고 싶은 책, ≪설렘≫에서 썼던 어떤 요지가 떠오른다. 시를 배우는 사람은, 시창작 수업 전날부터 가슴 떨림이 있어야 한다. 아파트 현관문을 열고 나서서 교실에 들어서기까지 이미―충분히 당신의 시는 완성된다. 오늘, 목요일이군, 참 시간 빨라. 오늘 시수업이군. 출가는 승려에게만 해당되는 말이 아니다. 타성을 벗어나는 것이 출가라면 우리는 각자 가출한 수도승이어야 한다. 가출이나 출가나, 우좌지간.

서평가 이현우 박사를 모시고 그가 요약한 낭만주의에 대해서 한 말씀 새기면서 낭만적으로 마감한다. 시는 낭만이고 아니기도 하다.

―낭만주의는 이성보다는 감성에 대한 옹호이고, 규격화된 형식에 대한 조롱이며, 현실 너머의 이상에 대한 동경이고, 과도함에 대한 예찬이다. 낭만주의는 규범이나 형식에 구애받지 않고 자연스레 흘러넘친다. 그것은 거침없다. 그렇게 거침없다는 점에서 낭만주의는 도전적이고 도발적이며 반항적이다. 낭만주의는 자유를 구가하며 혁명을 노래한다. 릴케의 시구를 빌리자면 '너는 자신의 삶을 바꾸어야 한다'고 명령한다. 낭만주의는 예술의 자기자리다. 어떤 것의 최대치를 그 본질로 규정할 수 있다면 낭만주의는 예술 자체이기도 하다. 현실과의 영원한 불화를 존재의 불쏘시개로 갖는 한, 예술은 언제나 낭만주의적일 수밖에 없다.

매춘부적 글쓰기

사실, 주위의 '정상적인' 사람들 가운데 약 97%는 글 쓰는 것을 매춘보다 한 단계 낮은 일로 생각한다(생각이나 한다면 말이다). 적어도 매춘부는 누군가가 즐거운 시간을 갖도록 돕기 때문이다. 캐롤린 시의 말이다. 글 쓰는 일이 매춘보다 한 단계 '낮'다고 해도 놀라울 텐데 한 단계 '낮'다는 말은 탁발한 자학이다. 캐롤린 시는 검색되지 않는다. 검색되는 자는 하수거늘. 이 글 읽는 매춘인들은 화가 나겠다. 자신들이 하필 '글 쓰는 자'들과 비교되고 있다는 점이 고통스러울 것이다. 글쓰기는 이제, 소나 개나 인문학을 포함하여 정신과 사유의 영역이 아니라 각종 정보산업의 분과로 편입되었다. 서비스 업종이 된 것. 매춘과 같은 직업군으로 분류된다는 것. 인문학도 매춘업의 후순위로 밀리는 듯.

그러나 누군가는 문제를 '근본적'으로
사유해야 한다. 누가?

5부 잘 모르는 만큼만

시를 향한 세 편의 동시상영

I. 서 론

이 글은 시에 관한 토론이다. 시에 대해 더 무엇을 말하랴! 그렇다. 이 글의 서론은 시에 관해 더 보탤 말이 없음을 보태는 과정이다. 시에 대한 정의가 많지만 여전히 시는 정의되지 않는다. 정의는 거부되고 정의된 시는 금세 낡아버린다. 눈을 퍼다가 우물을 메우는 선승들의 일화는 이 에세이의 논지에도 적절히 해당된다. 옷을 다 입고 단추까지 채웠는데 첫 단추가 잘못 끼워진 사태를 발견하고 단추를 풀고 첫 단추의 없는 구멍을 찾을 때의 손 떨림이 이 글의 마음이다. 본론에서 다루어진 세 편의 글은 방향은 다르지만 시를 지시하고 있다는 점에서 같은 맥락의 글이다.[1]

---

[1] 세 편의 글을 통일된 개념으로 묶기 위해 동시상영이라는 제목을 얹어놓았다. 이 병렬적인 논지들은 각각의 위치에서 시를 상영하게 될 것이다.

II. 시를 향한 세 편의 동시상영

제1관: 그대의 딸꾹질

오래 전에 아무개 대학 수학과 교수로부터 들은 얘기가 떠오른다. 강의 중에 한 학생이 '교수님, 이 공부하면 취직 됩니까?'라고 물었다. 교수님 은 망설이지 않고 '물론 취직 안 된다'고 즉답했다. 취직 안 되는 줄 알면서 열심히 가르치고 배우는 순수학문의 학문적 증상이다. 그런 질 문이 시를 가르치는 지금 이 자리에서 발생한다 해도 뾰족한 답은 없겠 다. 먹고 사는 데 도움은 물론 안 되겠으나, 사는 데는 약간의 도움이 될 수도 있겠다. 물론 그것도 개인의 골髓나름이기는 하겠다.

신은 죽었다. 그러나 신만 그것을 모른다는 말이 있다. 시는 죽었다. 그러나 시만 그것을 모른다고 고쳐도 되겠다. 나는 시라는 구식 장르가 자연사했다고 당당하고 담담하게 믿고 애도해 왔다. 듣기에 따라서는 웬 자학이냐는 비아냥이 돌아올 수도 있겠다. 그러나 그렇게 생각하는 당신, 찬찬하게 스스로의 예술적 양식에 질문해 보시라. 답은 기다리지 않겠다.

시는 시인이 이상적인 독자, 즉 입 안의 혀같거나 '내 마음 날 같이 아 실' 그 이를 위해 쓰여진다. 그 가운데에 매파와 같은 미디어가 끼어 있다. 시인과 미디어는 별반 줄어드는 것 같지 않다. 이것만 들여다보면 한국시는 현상을 차분하게 유지하고 있다. 선방이다. 게다가 각종 문학 상과 문학프로그램의 활성을 보면 시 혹은 문학은 성업 중인 것으로 착각된다. 그러나 언뜻 보아도 시는 흥행에 실패한 공연장을 닮고 있다. 객석에 지인 몇 사람 모아놓고 진행되는 연주를 생각해 보자. 잘은 모르

되 투자비용이라는 측면에서 시와 음악 공연이 직접 비교되어서는 안
될 것이기도 하다. 독자계층은 시들었고 재활되지 않은 지 오래다. 일말
의 연민도 삭제하고 등 돌린 연인처럼 독자들은 떠나갔다. 문학 혹은
문단이라는 시스템만 작동하고 있다.

독자계층의 하릴없는 해체의 배경에는 시대의 흐름과 독자의 입맛이
결정적으로 바뀌었다는 사실은 익히 아는 바다. 삐삐, 휴대폰, 스마트폰
의 진화과정을 돌아보면 그 변화의 실상과 폭을 짐작할 수 있다. 삐삐는
삐삐문화를 낳고, 휴대폰은 휴대폰 문화를 낳고, 스마트폰은 스마트폰
에 맞춤한 문화를 퍼트린다. 말이 변화이지 이는 엄청난 의식의 격차를
낳았다. 바다에서 이전의 뽕나무밭을 가정하기는 말처럼 쉽지 않다. 시
는 물론 이런 다종다양한 시대적 흐름을 밀고나가거나 종합하는 위력
이 있다. 그래서 우리는 시의 위의에 존경심을 버리지 않고 시에 기대어
왔다. 그것은 미련한 신앙이 아니었다. 인류적 유산에 대한 확고한 신념
이자 결코 소멸하지 않을 예술적 가치에 대한 헌신이었다. 시인들은
기꺼운 그 사도였던 셈이다.

시는 더 이상 우리시대의 희노애락을 담는 예술적 매체가 아니다. 부정
하는 것이 아니라 부정당하는 순간이다. 이런 진술의 이면에는 '언제
시의 시대가 있었는가'라는 자조적 탄식이 있다는 것도 안다. 그러하다.
시의 시대라 이를 만한 전성기는 없었으되 시를 읽고 시를 통해 세상을
관觀해 왔던 시대는 있었다. 그런 시대가 시의 시대였고, 그 시대의 분기
점은 20세기까지였다. 어쩌다 1960년대 4.19세대로부터 '문장은 역시
상허 이태준이지', 아니면 '시는 역시 지용이야'와 같은 회고어린 푸념
을 들을 때가 있었다. 그런 문학적 향수는 어떤 문학적 가치를 공유하고

있었다는 세대론적 속사정의 표백이다. 다시 말해 이태준이 황석영이나 김훈으로 대체된다거나 정지용이 김수영이나 황동규로 상속될 수도 있다는 낙관은 그래도 독자인 우리를 안심케 했다. 그리고 이런 낙관이 문학을 밀고나가는 힘이 되기도 했다. 요컨대 이런 낙관이 마감처리되었다는 말이다.

한 말 또 하고 있는데, 시는 그리하여 20세기까지 유의미했던 장르였으나, 21세기는 더 이상 인간과 세상을 위로하거나 새로운 어법으로 시인 밖에 있는 누군가를 놀래킬 자신도 여력도 없다. 시는 언어를 빙자해 갈 길을 다 갔다. 그런데도 시인은 지금 버젓이 시를 쓰고 있다. 이건 또 뭐냐? 내가 알 게 뭐냐? 조심스레 짐작컨대, 이것밖에 익힌 게 없는 사람들은 이것밖에 할 수 없다. 이 판을 떠나 저 판으로 가면 망한다. 송충이가 솔잎 먹는 것은 그가 먹을 게 그것밖에 없기 때문이다. 시인은 시인이라는 보직의 지속으로 시를 쓴다. 이것이 시가 죽은 시대의 시인의 직업적 진실이다.

시인들은 시가 죽었음을 모르는 바 아니고, 기실은 누구보다 본능적으로 잘 알지만, 그냥 '모르쇠'하면서 '그래도 쓰다 보면' 혹은 '이 짓밖에 없으니'와 같은 자기기만을 통해 존재하고 존속한다. 21세기가 깊어지면서 옛날에는 이런 걸 '시'라고 했다. 잘 알다시피 시는 없어진 지 오래됐고 굳이 시 비슷한 걸 꼽으라면 '언어의 막춤' 같은 것이 옛날의 시 비슷한 것이었다고 시인은 생각한다.

요즘 지하철이나 길거리에서 가끔 이상한 사람들이 목격된다. 여러분도 골목길에서 바바리맨 만나는 정도의 빈도로 그런 축들을 만난 적이 분명히 있을 것이다. 선 채로 딸꾹 딸꾹거리며 신경질적으로 딸꾹질하는 이상한 사람 말이다. 찰리 채플린의 영화 〈시티 라이트〉에는 실수로 호각을 삼킨 떠돌이가 나온다. 그가 딸꾹질을 할 때마다 뱃속에서 호각 소리가 나온다. 떠돌이는 당황해서 어쩔 줄 몰라 하며 자신의 신체 '안'에서 나는 소리를 감추려고 애쓴다. 지젝은 이것이 '부끄러움'의 가장 순수한 모습이 아닌가라고 말한다. 참을 수도 없고 감출 수도 없는 그 딸꾹질. 그들이 단종된 시를 쓰는 21세기의 시인들이 아닐까 미루어 짐작해 본다. 다만 그들은 종이나 트위터에 대고 쓰는 것이 아니고, 몸의 한 증상으로 시를 발현시키는 인류들이다. 몸속의 과잉excess을 밀어내는 딸꾹질이 아니라, 마음 안의 과잉을 뱉어내는 경련으로서의 시.2) 딸꾹질은 100가지 정도의 원인을 가지고 있다고 하는데, 가령 위가 팽창하거나 주변 기온의 변화 혹은 지나친 흥분과 같은 것이 원인이 된다. 모든 게 지나치면 전문가를 찾아야 하지만, 자신에게도 그치지 않는 이상한 딸꾹질이 계속되거든 혹 20세기적 시의 잔여 혹은 수습되지 못한 과잉이 아닌가 여겨보시기를. 그걸 시적 징후라고 명명해야 될지에 대해서는 자신이 서지 않는다.

이제, 시를 쓰려는 사람들은 생각해야'만' 한다. 시쓰는 '기술습득'은 새로움에 대한 갈망 혹은 그것의 충족으로서의 학습이 아니라 '지금 이 자리'의 자기 증상, 삶의 미열 같은 것을 다스리는 한 방편으로 정리하면 좋겠다. 옛날 할머니들이 체했을 때마다 '활명수가 좋더라'는 식도 있다. 그런데 이제 어디서도 활명수를 생산하지 않는다는 이 현실적 환영(생산하지 않는다는 전제 아래ˆ), 시는 그런 자리에 있다. 그대가

---

2) 정신적 귀족인 시인이 정신병적 귀족으로 분열되는 순간이다.

딸꾹질 할 때마다 뱃속에서 울려오는 호각 소리처럼. 혹은 그때마다 당신을 엄습하는 치욕과 경련. 참을 수 없는 당신의 딸꾹질을 들려 달라. 나는 그 소리를 당신의 '견디기 힘든' 시로 읽겠다.

제2관: 삶, 견디기 힘든
－증상적 시쓰기

#1.

시창작 수업이 두 번째 시간을 지나간다. 삶에도 시에도 첫 번째, 두 번째와 같은 단위는 없다. 그렇다는 뜻일 뿐이다. 그 자리에 눈금을 긋고 다시 지워나가는 관습. 출발은 했는데 아직 제자리에 있는 듯한 이 실감의 진원도 그와 같다. 가시 없는 장미를 만졌을 때와 같은 섬뜩함이 머리를 뚫고 나간다.

#2.

잘못을 저지른 아이가 집에 들어가기 싫어하는 심정. 집 밖을 배회하는 아이의 마음이 지금의 내 마음과 닮았다. 나는 시를 쓰는데 새로운 비의를 뚫고 나가야 한다는 내 식의 같잖은 사명감에 시달리고 있다. 남들은 더 나은 방법을 알고 그것을 즐길 것이라는 소박한 질투심과 하찮은 자존심은 시쓰기를 토론해야 하는 자리를 늘 버겁게 만든다. 한 편의 시는 이미 뜨거운 요리의 과정을 거쳐 왔고, 요리 그 자체인데 나는 자꾸 요리의 비법이 있다는 듯이 안달한다. 아마도 시를 가르치는 사람과 배우겠다는 사람들이 너무 가까이 대면하고 있다는 점을 돌아볼 필요가 있겠고, 배우겠다는 사람들의 다중적인 의식에 '가르친다는 아상我相'이 포획되고 있는 것은 아닌지 회고한다. 분석적으로 봤을 때 '가르치는 척'하는 나의 증상이 이 부근에서 지체와 정체를 거듭하려고 하는 듯하다. 말로는 잘 표기할 수 없는, 말로 하고 나면 그것이 그것이 아닌, 여전히 손가락 사이를 빠져나가는 물 같은 이 마음의 움직임을 무엇이라 해야 하는지 모를 뿐이다. 이 같은 아름다운 오해는 시를 쓸 때도 그렇지만 시에 대해 아는 척 할 때도 온다. '아름다운 영혼'이 그렇듯이 아름다움은 아무것도 책임지지 않는다.

#3.

이 강의의 벽두는 '좋은 말씀'이었다. 좋은 말씀을 써달라며 책을 내민 보살에게 '좋은 말씀' 네 글자를 써주었다는 스님의 일화가 전한다. 좋은 말씀이 따로 있다고 믿는 대중을 향한 경책이다. 시쓰기를 위한 좋은 말씀도 이와 다르지 않다. 시와 시창작에 관한 메뉴어리는 세상에 넘치고 있고, 바로 그 말씀을 조우하지 못해서 여러분이 내 앞에 있는 것은 아니라는 뜻을 애써서 강조하고 싶었던 것. 인터넷 두들기세요. 인터넷은 우리가 무지할 자유마저 앗아갔습니다. 자기의 시는 이미 자신의 몸에서, 몸에 세 들어 있는 마음에서 싹트고 잎을 틔우고 있는데 불쌍한 시인에게 더 이상 무엇을 바라시나요? 업은 애기 3년 찾는다! 이것은 프롤로그 '좋은 말씀'의 도도하고 요염한 요지였다. 충분히 발화되고 전달받지 못한 아쉬움은 있겠지만. 어쨌든.

#4.

시는, 잘 아시는 대로, 일기도 수기도 아니다. 사실에의 충실이 아니라는 뜻(이지만 이보다 일기적이고 이처럼 순연하기에 날것으로 섬뜩하게 비린 수기는 없다). 언어예술이고자 하는 일념이 시의 변치 않는 궁극이다. 언어는 기표다. 좌회전 우회전을 지시하는 도로표지판과 다르지 않다는 뜻이다. 그 기호의 예술적 사용이 시와 시인의 직무라는 뜻이고, 시가 시장판이 고향인 소설과 신분을 달리하는 대목이다. 다 아는 얘기지만 그래서 '파르라니' '시나브로' '보드레한'과 같은 표기의 세련을 시의 주요 목표인 듯 착각한다. 언어 자체에 관한 용심이라는 측면에서 날 잡아 타박할 일은 아니다. 보디빌더가 근육을 만드는 일과 시인의 언어에 대한 세련은 비슷하지만, 보디빌더도 궁극이 근육 생산이 아니라 그것을 통한 조형성의 완성에 있다는 점이 유의되어야 한다.

언어는 삶을 인질로 삼고 있다. 그러니 언어는 언어만이 아니다. 삶이라는 직업이 존재하는 동안 시인의 언어는 항상 하나의 증상으로 존재한다. 혹은 징후로 존재한다. 시가 삶의 너절한 디테일을 변명하고 자신의 구중중한 마음을 세탁하는(혹자는 치유라고 하겠으나) 차원으로만 가치 있는 것이 아니라 더 본질적인 궁극을 건드리고 있다는 것은 삶이 언어에 포획되어 있기 때문이다. 언어를 그물에 비유한다면(비유는 언제나 빗나가기에 비유라는 방법 자체가 오류일 것) 그물은 그물로만 존재하지 않는다. 그물을 건져 올리면 거기에는 고기도 있지만 고기 말고도 여러 종류의 해초들도 걸려 있다. 그물만 있는 게 아니라는 말이다. 고기도 해초도 없을 때조차도 그물에는 하다못해 늘 물비늘이 묻어 있다. 좀 멋있게 얘기해서 물의 흔적이 남는다. 이게 언어가 아니고 무엇일까. 언어에는 이미 삶의 여러 징조들이 묻어 있고 배어 있고 긁혀 있다. 무리해서 말했지만, 언어야말로 삶의 뜨거운 증상이라고 나는 명명한다.

#5.
증상의 유의어는 증세다. 증세가 어딘가 육체적 징후를 가리킨다면 증상은 정신적 징후와 관계되는 것으로 읽힌다. 가려움, 기침, 쑤심, 속쓰

림과 같은 것이 증세의 계열에 있다면, 외로움, 수치심, 도덕적 열정과 같은 움직임은 증상의 계열에 놓이는 것 같다. 그러나 이 뜻은 그렇다는 다소간의 어거지이고, 증세와 증상은 서로 겹치면서 섞여 있을 때 더 증상스럽지 않겠는가. 몸이 아프면서 마음이 아픈 이치가 그것이다. 겉 멋스럽게 말하자면, 삶에서 언어를 도려내고 언어에서 삶을 발라내는 일이 시작업이 아니었던가. 그것은 양파껍질을 벗겨내는 일처럼 호기심과 헛수고를 동반하지만 그칠 수 없는 시지프스의 신화와 같다. 삶이 지속되는 한 언어의 그물로부터 자유로울 수 없기 때문. 언어와 삶은 마치 인질범과 인질의 관계를 닮았다. 인질범으로부터 달아나지 못하는 인질. 이 에세이의 방향과는 좀 다르지만 보편적인 인류의 증상을 확인한다는 입장에서 황인숙의 〈강〉을 읽어 보자.

당신이 얼마나 외로운지, 얼마나 괴로운지,
미쳐버리고 싶은지 미쳐지지 않는지
나한테 토로하지 말라
심장의 벌레에 대해 옷장의 나방에 대해
찬장의 거미줄에 대해 터지는 복장에 대해
나한테 침도 피도 튀기지 말라
인생의 어긋장에 대해 저미는 애간장에 대해
빠개질 것 같은 머리에 대해 치사함에 대해
웃겼고, 웃기고, 웃길 몰골에 대해
차라리 강에 가서 말하라
당신이 직접
강에 가서 말하란 말이다

강가에서는 우리

눈도 마주치지 말자.

황인숙은 '외로움'과 '괴로움'을 '나한테 토로하지 말라'며 '외로움'의
본질을 뒤집어서 토로한다. 증상의 측면에서 읽자면 외로움은 각자의
것이고 각자의 방식으로 제압되어야 한다는 것이다. 외로움, 괴로움,
애간장, 어깃장, 치사함, 웃김과 같은 정서적 반응들을 나는 증상으로
읽는다. 다시 말해 아주 일반적인 증상들이 나열되어 있다. 첫 부분의
시작 '당신이 얼마나 외로운지, 얼마나 괴로운지'는 인류의 본능적 증상
이 아니겠는가. 실연, 실직, 실망, 실수, 실물, 실언 등등. 그 '잃어버린
것들'에 대한 애도와 향수. 실은 없는 것에 대한 갈망이자 본래 갖지
않았던 것에 대한 상실임에도 우리는 한없이 외롭고 더없이 괴롭다.
때로 너무 못 가져서 외롭지만 넘치게 가져서 외로울 수도 있다. 요컨대
외로움과 괴로움은 인류가 비켜가지 못하는 근원적 증상이라는 함축이
다. 우리 안에 있는 상처가 긁히면서 쓰닥거릴 때마다 아프고 쓰리다.
환부가 어딘지 모르면서 자꾸 긁적거리게 되는 이 난감하고 거북하고
황잡한 움직임을 나는 시라고 하겠다. 내 안에 있는 누군가를 달래는
과정으로서의 글쓰기. 상처를 핥는 의식儀式/衣食/意識. 혹은 불 꺼진 무대
위에서 홀로 연주하는 악보 없는 카덴차. 긴 악장의 끝에서 음악적 충만
을 참지 못해 활을 긁어대는 연주자의 즉흥성과 무악보의 탄성. 그것은
기량을 넘어서서 악보에 기표되지 않는 감흥을 지향할 것이 아닌가,
싶다. 그것의 제목은 언제나 삶이었고 내용은 삶과 헤어지지 못하는
외로움과 괴로움이고 시는 그것의 '쓸쓸하고 높은' 변주가 된다. 언제나
손이 가서 만져지지만 그것을 발설해서 타자와 공유하기 어려운, 그래
서 언어에 기대는 어쩔 수 없는 재난이 시쓰기의 업이다.

그대 벽 저편에서 중얼댄 말

나는 알아들었다

발 사이로 보이는 눈발

새벽 무렵이지만

날은 채 밝지 않았다

시계는 조금씩 가고 있다

거울 앞에서

그대는 몇 마디 말을 발음해본다

나는 내가 아니다 발음해본다

꿈을 견딘다는 건 힘든 일이다

꿈, 신분증에 채 안 들어가는

삶의 몽땅, 쌓아도 무너지고

쌓아도 무너지는 모래 위의 아침처럼 거기 있는 꿈

—황동규, 〈꿈, 견디기 힘든〉

황선생의 시는 시의 어떤 정점을 가리키는 시계다.

이토록 곡진한 일기와 이토록 미세한 자기 전시 앞에서 나는 시가 있어 고맙다. 시는 망했지만, 전쟁이 끝난 줄 모르고 참호 안에서 전투 중인 병사처럼, 시인은 언제나 싸우고 있는 사람이다. 언어의 하청을 벗어버리고자 하는 열망이 시인의 뿌리칠 수 없는 책무다. '꿈을 견딘다는 건' 그래서 삶을 견딘다는 일이다. 외로운 황홀이다. 참 큰 견적이다. 결론적으로 말해(결론은 없다!) 삶이 증상이고 환영이듯이, 삶을 견디는 꿈 또한 증상이자 환영이고, 꿈으로부터 분열되는 모든 부스럭거림은 오늘 내가 견디고 있는 증상이다. 증상 없이 삶을 어떻게 견딘단 말인가?

#6

시는 증상의 언어화이다. 문제는 여기 있다. 외롭다고 표기하면 외로움은 사라지는가? 외로움이라는 기표 혹은 표기가 외로움을 쓸어 담아주는가? 외롭다고 말하고 나면 우리는 다시 본래 외로움의 자리로 돌아갈 수 없다. 말에 의지해서만 외로움을 느끼고 살아야 한다. 말은 어긋나고 덧나고 번진다. 언어의 그물에 걸리지 않는 무엇something이 증상의 핵심이다. '시의 궁극은 언어의 순수한 실패를 위한 질주'가 아닐까? 다시 말해 언어로는 표현할 수 없는 그러나 표현을 위한 질주 없이는 달래지지 않는 삶의 이(/저) 순간. 견디기 힘든 삶은 누구에게나 있고 또 무시로 온다. 거기에 맞춤한 언어가 있으면 얼마나 좋을까? 가건물처럼 또 언어의 집을 짓는 까닭이 여기에 있다. 시인은 그 기표를 찾아 헤매는 정신병적 존재들(정신병자가 아니라)이라면 나는 두말없이 동의하겠다. 증상이여, 부르면 내게 오라. 부르지 않아도 내게 찰싹 달라붙어 시시각각으로 나의 전존재를 긁어대는 언어의 혼이여, 그대를 호명할 언어를 다오.

제3관: 농담

#1.

시를 써오라는 숙제를 낼 때마다, 조금은 난감하다. 내게 숙제는 소설을 읽고 줄거리를 요약하거나 수학문제를 풀어오는 것과 같은 것이다. 시를 써오라는 주문이 어색스러운 소이는 그것이 시이기 때문이다. 마치 밀린 빨래처럼 '밀린' 삶의 무엇을 보여 달라는 사정과 닮는다. 그건 요구할 일이 아니다. 그래서 쑥스럽고 또 우습도다. 그래도 어쩌겠나, 시창작도 밀려가면서 지속되어야 하니까.^^

시 써오라는 숙제를 내면, 다들 잘 해 오신다. 나는 이 자리에서 그 '잘' 혹은 '잘난' 제출본능에 주목한다. 그것을 고급하게 말해서 표현욕구라고 하겠고, 글쟁이 모두에게 두루 걸쳐 있는 특성이자 인간의 자연스러운 증상인 노출콤플렉스이다. 탓해서 해소될 일이 아니다.

시 숙제를 내면 다들 적당히 잘 써온다. 타자의 담론이 아니라 타자의 시를 베껴 입고 온다. 이웃집 여자의 스커트를 빌려 입고 오는 경우와 비슷하다. 비극은 그것이 원래 제 옷처럼 잘 어울린다는 점이다. 옷이야 그렇지만, 시가 될 경우는 사정이 만만치 않다. 하기야 우리 모두 제정신으로 사는 게 아니다. 오죽하면 누구는 우리의 욕망이 우리의 것이 아니라 이웃 것이라 하지 않았던가. 이웃 아줌마의 명품 손가방을 유심히 보면서 탐심을 내는 건 내 탓이 아니다. 저걸 들면 다들 나를 한번 더 쳐다볼 텐데 하는 그 욕망이 당신을 밀고 가는 힘이다. 그래서 질투는 지칠 줄 모르는 나와 당신의 힘이다.

#2.
여시아문: 중생이 아프니 내가 아프다는 건 유마의 말씀이다. 유마의 마음은 부처의 마음이다. 수강생의 시에 뜨거움이 없을 때 선생의 마음은 식어버린다. 그것은 꺼진 불에 부채질을 하는 것과 같다. 선생의 시적 부덕은 배우고자 열망하는 사람의 갈망도 갉아먹는 모양이다.

거친 숨소리(호흡기 고장 차원이 아닌), 싱그러운 숨결, 거칠고 솔직한 노래를 들을 때 오는 즉흥적 감흥이 있지 않던가. 귀를 적시는 극치감. 이어가슴eargasm. 이런 시를 써야 한다는 지적이 아니라, 이런 극치감을 영접할 준비가 있어야 한다고 생각한다. 나는 나의 시가 지지부진한 장애 지점을 잘 알고 있다. 내가 다른 사람을 타박하는 지점이 내가 뚫지 못하는 급소다. 오, 나의 사랑스런 급소와 난감한 뇌관.

그림이니 사진이니 하는 건 기초 장비는 구입해야 한다. 시는 필기구만 가지고 영업을 한다는 점에서 수상한 인구가 제일 많다. 그리고 익히는 과정 없이 한글만 떼면 막바로 술술 써제낄 수 있다는 점에서 기특하고, 특기할 만한 국민적 기초예술의 분과다. 유니폼도 입지 않고 뛰는 격이다. 사정이 그렇다는 뜻이지 그렇다고 시에 대한 보편적 감식안이나 그들의 손에 의해 창작되는 시의 수준이 장하다는 뜻이 아니다.

농담이다. 여러분 주변에 있는 '시쓰는 사람'(등단, 비등단 절대 포함) 일괄 의심하는 순간 당신은 하이패스 속도로 (등급 조정 과정 없이) 2급시인의 안목을 갖게 된다. 무슨 말인가? 자칭 타칭 시 쓴다고 하는 사람들은 자의식은 두루 발달했겠지만, 이렇다 할 기본 장비 없이 공사를 벌인 토목공사 노무자와 같다. 언어에 대한 기본기와 자존심이 없는 시는 자해自害가 되기 쉽다. 자기가 주무르고 있는 것이 된장인지 진흙인지 모르고 있다는 말이다. 지금 한번 돌아보시지요. 문법적 사유가 생략된 채 사유의 문법을 찾아 나서는 질병을 누가 말릴 것이냐. 대개는 고쳐지지 않는다. 그냥 살아야 한다.

#3.
시는 소설이 아니다. 우리의 언어 뒷면은 늘 뜨거움과 차가움, 화려함과 황폐함, 비바람과 폭풍우가 병존한다. 웃음과 눈물, 시샘과 좌절, 화사함과 더러움, 더럽혀지기 위해 기다리는 순결과 더럽혀지는 순간 완결되는 어떤 마음이 흘러간다. 폭풍 전야와 폭풍이 쓸고 간 뒤가 애첩과

본처의 위험한 평화처럼 공존한다. 그런데 우리는 돈 안 든다는 솔직한 이유 하나로 언어를 거저 쓴다. 고통 없이, 인내도 없이, 짜증도 없이, 눈치도 없이. 그리고 무엇보다 자존심도 없이. 이 대목에서 옆사람과 어제 만났던 사람들을 다시 씹어보시라. 시 쓰겠다고 움직이는 사람들, 시집 낸 사람들이 혹 당신이 아니었던가? 아니, 당신, 말고 그 뒷줄에 서 있는.

나에게 요리는 표현의 수단입니다. 다른 사람에게 접근할 수 있는 수단이지요. 요리는 조건 없이, 아낌없이, 계산되지 않은 사랑을 주는 것입니다. 누군가를 위해 음식을 준비한다는 것은 사랑의 행위지요. 요리의 세계가 흥미로운 것은 음식 원재료부터 완제품까지 모든 과정이 한 사람 또는 한 팀에 의해 이뤄진다는 뜻입니다. 요리처럼 처음부터 끝까지 모든 단계를 한 사람이 간여하는 분야는 지구상에 흔치 않아요. 프랑스의 요리사 기 마르탱의 말이다.

당신에게 언어는 기 마르탱에게 그러하듯이, 표현의 (정확하고 절실하고 아름다운) 수단이 되어야 한다. 수단이자 목적이 되어야 한다. 수단목적이 더 정확하겠다. 내용과 형식의 구분이 없는, 안이 밖이고 밖이 안으로 이어지는 뫼비우스의 띠처럼 말이다. 시인에게서 정신분열증적 사유 혹은 착란적 환자들이 많이 발견되는 것은 우연이 아닐 것이다. 언어의 극점은 사유의 극점이다. 사유가 언어 기표를 만들었고, 이제 사유는 언어 기표를 떠나서 존재하지 못한다. 그러나 언어는 사물에 관한 허구적이고 허술하고 '초라한 단서'에 지나지 않는다. 그것을 그것이라 말해서 그것의 본질이 전시되는 것이 아니다. '그렇다 하고'의 수준에서 우리는 언어를 사용하고 동의하고 교환한다. 칼이라는 말을 가지고 사과를 깎을 수 없는 것처럼 칼은 단지 이름에 지나지 않는다. 시인은 언어를 사용하면서 언어를 통하여 사물(대상, 현상)의 본질에 도착하고자 한다. 강을 건너기 위해서 뗏목이 필요하다. 강을 건넌 뒤에 뗏목은 거추장스럽다. 버려야 한다. 그러나 언어도단의 자리는 있겠으나 우리는 언어 없이 그 자리를 경험할 수 있을까? 도사도 아닌 처지에 말이다.

#4.

말씀은 여기까지 왔다. 시작도 끝도 없다. 도정만이 도도하다. 무슨 말을 하고 있는 거야? 모르겠다. 어쩔래. 답이 있다고 우기는 제도와 종교와 논리에 반대한다. 답이 없다는 게 답일 뿐이다. 나는 쑥스럽게 시에 답이 있는 듯이, 이 좋은 가을날 한 대목을 날리면서, 시 쓰는 태도의 어떤 지점을 비아냥거렸다. 상식과 도덕과 윤리와 법과 아버지와 정부와 나 자신을 끊임없이 부정하고 수정하고자 한다면 그는 혁명가이거나 시인이다. 시인은 자신과 싸운다. 자기 안에 도사린 저 상식과 도덕과 윤리와 법과 아버지와 정부와 그것들과 뻔뻔스럽고 외설스럽게 탱고를 추고 있는 또 하나의 나를 용서하거나 지탄하기 위해 방구석에 엎드린 사람 그를 시인이라 불러야 하지 않겠는가.

시인과 광인과 사랑에 빠진 사람의 눈에는 오롯한 자기 질서 말고는 어떤 것도 들어설 공간이 없다는 말인가?

니 눈엔 에미 애비도 안 보이니?
예, 보여요, 근데 내가 알게 뭐에요.
美쳤구나,
네,

Ⅲ. 결 론

이 글은 시에 관한 토론이었다. 시에 대해 더 무엇을 말하랴! 그렇다.
이 글의 서론은 시에 관해 더 보탤 말이 없음을 보태는 과정이었다.
시에 대한 정의가 많지만 여전히 시는 정의되지 않는다. 정의는 거부되
고 정의된 시는 금세 낡아버린다. 눈을 퍼다가 우물을 메우는 선승들의
고사는 이 에세이의 논지에도 적절히 해당되었다. 옷을 다 입고 단추까
지 채웠는데 첫 단추가 잘못 끼워진 사태를 발견하고 단추를 풀고 첫
단추의 없는 구멍을 찾을 때의 참을 수 없는 손 떨림이 이 글의 마음이
었다. 본론에서 다루어진 세 편의 글은 방향은 다르지만 시를 지시하고
있다는 점에서 같은 맥락의 글이었다.

내가 읽는 것이 내가 읽는 것

– 이승훈의 〈너무 맑으면 쓸쓸하다〉

1.

저렇게 많은 예쁜 여인들을 남겨놓고 죽어야 하는 것이 한탄스러워 눈물짓는 그리스인 조르바처럼 때로 우리도 그러할 것이다. 세상에 존재하는 시들을 다 읽어보지 못하고 총총 세상을 떠나야 하기 때문이다. 지금, 눈앞에 와 있는 시가 좋은 시인지도 모르겠다. 세상의 모든 시를 읽을 수 없다면 말이다. 세평에 굴하지 않는 시읽기가 필요하다. 당대의 여론이 모여서 문학의 줄기를 형성하는 것이 사실이지만 그것만이 시의 진실을 독점하지는 못한다. 거기에는 함정과 편견의 그늘이 있다. 좋은 것은 특권적이지 않다. 좋은 시가 있다는 생각도 실은 환상이다. 아득하지만, 그런 환상에 붙잡히지 않는 경계가 필요하다.

2.

술에 취해 택시에서 내리다 넘어졌다. 어둔 밤 아파트 앞 길바닥. 택시 기사 말고는 아무도 본 사람이 없기 때문에 아무렇지 않은 척 일어나 집으로 왔다.

누구나 겪었을 법한 일을 적어놓은 문장이다. 게다가 심심하기까지 하다. 누군가의 몸속에 살던 문장이, 방심하는 사이에 달아나서 주인의 얼굴을 붉게 만드는 일상사가, '아무렇지 않'게 적혀 있다. 아무렇지 않을 수 없지만. 이 문장을 읽는 독자들의 반응이 궁금하다. 문장을 읽은 직후 나는 빙그레 웃었다. 인간이란 무엇인가? 그리고, 페이지를 넘겼는데, 이 문장의 장면들이 정확히는 이 장면의 문장들이 나를 건드리기 시작했다. 한참 웃다가 내 웃음의 어느 대목이 어두워졌다. 그게 뭔지 잘 설명하지 못하겠다. 모든 설명은 자족적일 뿐, 설명의 내용을 흐려버린다. 각자 저 장면 속에 무심코 입장해보는 수밖에 없을 터. 저 문장은 이승훈의 시 〈늦은 밤〉이다. 늦은 밤에 택시에서 내리다 넘어진 사실을 아무도 본 사람이 없기에 아무렇지 않은 '척' 일어나 집으로 왔다는 요지의 시. 어떻게 풀어써도 그게 그거다. 이런 설명은 군더더기에 지나지 않는다. 즉 이 시의 어떤 함의도 전달하지 못한다. 이 시에 어떤 뜻이 숨어 있기는 한 걸까. 뜻을 헤아리는 동안 이 시에 잠시 얼룩겼던 의미는 사라진다. 나는 그것이야말로 이 시의 진짜 함의라고 믿게 된다. 의미도 설명도 다 군더더기로 확정지어 버리는 문장들. 이론을 버리고 어디론가 가고 있는 시다. 논리로 수습할 수 없는 일단의 생각이 이 시를 장악하고 있다. 시는 독자를 성가시게 하지도 않는다. 있는 그대로의 순간을 문장으로 찍었을 뿐이다. 대단한 발견이나 성찰이 있는 것도 아니다. 그것이 또한 이 시의 핵심이다. 이렇게 써도 되나 하는 독자도 있을 것이다. 시같지 않기 때문이다. 시라는 속내를 전혀 구유하고 있지 않다는 것 때문이다. 독서라는 게 본래 그렇듯이 그것은 읽는 이의 사정에 달렸다. 시인이자 학자라는 보직으로 인하여 그의 시는 독자에게 이론적 선입견을 주기 쉽다. 시는 학문이 아니고, 학문 또한 시가 아니기에 시에서 이론냄새는 좋은 것이 아니다. 개인적인 경험 하나를 삽입하겠다. 이승훈이 훗날 ≪라캉으로 시읽기≫라는 단행본으로 묶은 글을 잡지에 연재한 적이 있다. 초기 연재분에는 '오늘 강의는 여기까지 하겠습니다. 비도 오고'라는 구절이 있었다. 나는 그 대목을 읽다가 책을 덮었다. 더 읽지 않아도 될 것 같은 이상한 쾌감이 밀려왔던 기억이 새삼스럽다. 책 전체가 시로 다가왔기 때문이었다. 하여간 어쨌거나, 그런 독서력이 있는 나에게 구조주의의 집을 나온 그의 시는 흥미로웠다. '택시 기사 말고는 아무도 본 사람이 없기 때문에 아무렇지 않은 척 일어나 집으로 돌아오'는 시적 인물은 '자기가 하는 일을 알지 못한다'는 점에서 언제나 당신이고 이미 나이기 때문이다. 골목의 CCTV는 피로하신 우리의 큰 타자를 대신하고 있다. 시란 무엇인가 혹은 인간이란 무엇인가에 대한 뜬금없는 질문에 시인은 잠시 기대고 있다.

3.

나는 ≪유심≫ 8월호 지면에서 이승훈의 〈너무 맑으면 쓸쓸하다〉라는 시를 읽었다. 해당 시는 '시집 속의 시'라는 코너에 재수록된 것이다. 시가 발표된 최초 지면은 확인하지 못했다. 뭐, 할 수 없는 일이다. 이 지면을 통해 이승훈이 새 시집을 출판한 뉴스도 알게 되었다. 시집 제목은 ≪당신이 보는 것이 당신이 보는 것이다≫(시와세계, 2014년 6월)이다. 통산 16번째 시집이다. 엄밀하게 말해서 이 달치 대상으로는 유통기한이 경과한 것 같다. 내가 처음 읽었다는 것을 핑계 삼을 수밖에 없다. 이 시를 읽을 때는 〈늦은 밤〉을 읽을 때와 같은 빙그레는 발생하지 않았다. 그와는 다른 비감이 감돌았다. 시를 보자.

퇴원하고 일주일 술 한 잔 못하고 약만 먹고 지낸다
담배 피우지 말라고 했지만
어제는 숨어서 한 개비
오늘은 숨어서 두 개비
힘없는 다리로 산책 나가지만 곧장 돌아온다
벌써 여름이다 너무 맑으면 쓸쓸하다

어려울 것도 없지만 쉬울 것도 없는 시다. 시라고 할 것도 없고 아니라고 할 것도 없는 시다. '그냥' 시다. 시적 화자라고 둘러말해도 달라질 것이 없는 시인의 생활이 직접 서술되고 있다. 퇴원했다는 것. 숨어서 담배를 피운다는 것. 힘없는 다리로 산책한다는 것. 마지막에 박혀 있는 한 줄은 실제보다 '한참' 더 쓸쓸하게 울린다. 너무 맑아서 너무 쓸쓸하다. 구조주의자(나는 그를 그렇게 읽는다)인 시인에게서 이런 시적 냄새를 맡는 것은 뜻'밖'이다. 그건 뭘까? 시인이란 언어를 밀고 나가는 존재들이다. 이승훈은 의미가 아니라 언어를 문제 삼는 시인이라는 점에서 첨단적이다. 이제 그는 구조주의와 선불교가 부득이하게 만난 자리에 그의 언어를 내려놓았다. ≪이것은 시가 아니다≫, ≪화두≫와 같은 시집에서 이런 방향들이 설정된 것으로 생각된다. 시집 제목부터 심상치 않았던 것. 앞에서 말했지만, 이 시 역시 시 같지 않은 시다. 시의 보편적 격格을 벗어놓고 있다. 나는 그 대목을 문제적으로 읽는다. 한 번 더 얘기해서, 선시와 같은 것에 나는 관심이 없다. 그것은 선사들의 몫이다. 선시는 선사들이 하품하고 입 닦는 시늉을 문장으로 언표한 것이다. 이승훈의 경우는 현상을 그것으로 보면서 그것의 너머를 포획하고자 한다. 언어적 육탈 혹은 의미론적 육탈로 이승훈의 시를 잠칭해 본다. 써놓고 보니 나도 잘 모르는 말이 되었다. 내가 말하고자 하는 것은 의미로부터 해방된 시를 가리킨다. 시 같은 시, 너무 시가 되고자 애쓰는 시를 전제하는 말인데, 이승훈의 시는 그런 언어의 거품을 청산하고 언어에 몸을 기댄 듯하다. 허접한 가건물에 불과한 언어에 너무 많은 의미를 실으면 언어는 주저앉는다는 것을 시인은 잘 알고 있다. 한국시의 왼손잡이 같은 위치에 있는 시인이 자기를 끝내 몰고 간 지점에서 마주친 '맑은 쓸쓸함'. 그게 뭘까? 그걸 또 말로 설명해야 하나. 단언컨대, 거기엔 언어 같은 것은 없었으리. 택시에서 내리면서 넘어졌지만 아무도 본 사람이 없기에, 아무렇지 않은 척 집으로 돌아오는 그 '아무렇지 않음의 순간'이 시인이 밟고 선 자리다. 여긴 어디야? 의미가 아니라 의미가 떠난 자리를 그는 문장으로 찍어놓았다. 좋은 시 나쁜 시의 경계와 언어적 분별을 다 뭉개버렸다. 그의 제16시집 제목을 카피하면, 내가 읽는 것이 내가 읽는 것이 된다.

매혹적인 단점

나는 어제 강릉에서 출발했고, 그제는 서울에서 출발했고, 오늘은 원주에서 시동을 걸었다. 그리고 오늘은 세 번째 첫사랑에 도전하는 여자의 덤덤한 뒷태 같은 짝은 도시 강원도 문막에 도달했다. 문막도서관이 기획한 인문독서아카데미에 출강하기 위해서이다. 가련한 인문학! 제목은 '현대시와의 만남'. 4주간 제공되는 한정판 강좌이다. 심드렁하고 시시껄렁하고 고리타분한 주제다. 그런 줄 잘 알고 있지만 대학의 초임시간강사 코스프레를 하면서 이 대목을 지나가려고 나는 문막도서관에 주차했을 것이다. 데이트가 끝나고 헤어지기 전에 여자가 집 앞에서 남자에게 말한다. 들어가서 커피 한 잔 하고 가라. 커피는 마시지 않는다고 조심스럽게 남자가 대답한다. 여자는 어차피 커피 같은 건 없다고 말한다. 이건 무슨 경우? 편집자가 '이 달의 문제작'에 대해 써달라고 청탁했던 것은, 혹은 이런 버전이 아니었을까? 그렇다면, 나는 문제작을 가릴 줄 모른다고 대답했을 것이고, 편집자는 어차피 문제작 같은 것은 없다고 말했을라나. 제행무상. 모든 것은 변한다. 변하지 않는 것,

변하지 못하는 것, 변하지 않으려는 몸짓은 다 트라우마다. 나는 2000년 대 이후 한국시의 범람에 대해 아는 게 없다. 다들 어디론가 뿔뿔이 흩어지고 나만 장마철에 떠내려가다 나무뿌리에 걸린 궤짝처럼 어떤 과잉의 자세로 남았다는 생각을 지우지 못하면서 산다. 살아있는 죽음 이다. 아마도 나의 세대들이 달려갔던 지점은 자아의 언어화였을 것이 다. 그래서 그렇다면 시는 의미의 생산, 의미의 쇄신에 값한 시들이 문 제작이었을 것이다. 너무 순진했던 것이 아니었을까. 의미, 그런 것이 있다고 믿다니. 누구는 말을 가리켜 사물에 붙어 있는 초라한 단서라고 했다. 초라한 흔적을 너무 과중하게 믿어 버린 업보는 각자가 감당하게 된다. 이런 말로 글 앞에서 주춤대는 것은 의미가 의미일까 하는 회의론 때문이다. 말로 할 수 없는 게 있다. 그것을 그것이라 말하고 나면 그것 은 그것이 아니게 된다. 언어의 찌꺼기 같은 것. 그것이 시의 운명이라 면 운명이다. 당연한 얘기지만, 언제부터인가 나는 심오한 시를 의심하 는 증상이 생겼다. 엄밀하게 말하자면 그러고 싶다는 것. 아시겠지만 그러고 싶다는 것과 그러하다는 것은 같지 않다. 지지고 볶으면서도 붙어살고 있는 인연처럼 나는 여전히 언어에서 의미를 구하고 있다. 심지어 언어에 붙어서 구걸을 한다. 언어 없이는 한 시도 못 살아! 불쌍 한 일이다. 시를 읽으면서 시를 해석하고 싶은 욕망도 고쳐지지 않는다. 이 문장은 무슨 뜻이지? 물론 이것은 독자인 나의 함정이다. 시를 읽으 면서 시와 멀어지는 길도 여기 있다. 프란츠 리스트의 초절기교는 200 년이 지난 지금 대한민국의 입시생들이 눈 감고도 치게 되었단다. 어려 운 게 어려운 것이 아니라는 뜻도 된다. 어려운 게 대수가 아니라 매혹 이 대수일까? 하여간 어쨌거나, 내가 말하고자 하는 것은 의미에 헌신 하는 시가 아니라 의미를 교란시키는 시를 지지한다. 이럴 때는 거론하 기에 적당한 시가 있어야만 수긍이 쉽다. 그런데, 어떤 시가 그런 시인지 선뜻 떠오르지 않는다. 이 주저감. 이것은 또 무엇이란 말이냐. 그럴듯한 시가 없다는 뜻인가, 있다는 뜻인가. 있다고도 할 수 없지만 없다고도 할 수 없다. 요즘 눈앞에 펼쳐지고 있는 시들은 내가 보기에 현란하다. 그렇게 읽힌다. 복잡하지 않고 현란하다. 있어 보이는 시들도 많아졌다. 나는 이런 시들이 좋다. 아니 좋아하게 되었다. '있어 보이는데' 읽고 나면 '아무 것도 없는' 시야말로 좋은 시다. 있어 보이는데 정말 뭔가 있는 시는 오히려 거북하다. 이런 시각에 기대자면 2000년대 이후 한국시는 진경이다. 앞 시기의 시들을 일거에 문학적 재고로 만들어버렸다. 이의가 없다. 덕분에 좋은 시는 충분해졌다. 좋은 시가 널려 있다는 뜻은 그러나 좋은 시가 없다는 뜻도 되는가. 카페가 범람하면서 커피 맛이 평준화 된 이치가 이 업계도 적용된다. 계절마다 발표되는 시들이 많다. 한편으로 그것은 경축할 일이다. 미처 다 읽을 수 없는 것이 아쉬울 따름이다. 검색시대에는 무지할 자유가 없다. 검색하면 다 흘러나온다. 시도 예외가 아니다. 시는 충분히 쓰여졌고, 지금 쓰여지고 있고, 앞으로도 쓰여질 것이다. 물론 좋은 시를 전제한 말이다. 스마트폰에서 검색되지 않는 물건이 있기는 있다. 그것은 좋은 시가 아니라 시인이 갈망하는 시다. 시인은 그 한 편을 향해서 자신의 정신을 고정시키는 존재들이다. 그래서 좋은 시는 지금 눈 앞의 시가 아니라 아직 오지 않은 어떤 시가 된다. 어쩌면 그 시는 지나갔는지도 모른다. 그래도 우리는 기다린다. '고도'를 기다리듯이. 그런 존재가 독자라면 나는 거기에 한 표 던지겠다. 나는 말한다. 시는 망했다고. 누구는 묻는다. 그렇게 말하는 당신은 왜 여전히 시를 쓰냐고 묻는다. 나는 즉설주왈 대답한다. 시는 망했지만 망하지 않은 척 하고 쓸 뿐이다. 오늘날의 시는 그런 손들에 의해 가련하게 지탱된다. 시에게 그런 절망은 희망이기도 하다. ―손님, 주문하시겠어요? =프림 넣지 않은 커피로 주세요. ―죄송한데요. 우리 가게에 프림이 떨어졌습니다. 우유는 있는데요. 이럴 때는 우유 없는 커피라도 마셔야 하나. 당신의 소설 전체에서 성적인 장면이 묘사된 곳은 딱 두 군데 뿐이다. 특별한 이유가 있냐고 묻자 에코는 대답했다. 성에 대해서 쓰는 것보다는 직접 하는 걸 좋아하기 때문이라 생각한다. 빙그레 웃으면서 인용한다. 시와 삶이 동시에 고픈 시들이 보고픈 것이다. 내가 내게 물어보는 질문. 나는 이 지면을 채우기 위해 이 계절에 나온 문예지들을 다 뒤져보지는 못했다. 다 읽어본들 관견에 급급한 나의 생각은 일인일당—人—黨의 파당성의 손아귀를 벗어나지 못했을 것이 뻔하다. 몇 권, 내 손에 잡힌 문예지를 읽으면서 이런저런 생각. 무엇이 시인가? 시는 결국 이 질문에 대한 개별적 응답일 텐데. 나는 지금 문제를 너무 문제로 보는 함정에 빠져 있나보다. '젊은 시인들의 방담'(≪시인동네≫, 2014년 여름호)에서 '시는 누구나 쓰는 거잖아'라는 말을 읽었다. 내 말도 거기서 끝난다. (⌒). 이 글은 결국 이렇게 마무리 되려고 한다. 편집자의 뜻에 부합하지 못하고 내 비위도 맞추지 못하면서 정리되려는 순간이다. 이 지면은 미당문학상 예심의 자리가 아니라는 걸 떠올리며 시들을 대강 읽었다. 그리고 거기까지다. 그런데, 방향은 심하게 어긋났지만, 시가 아니라 시보다 더 시 같은 '시작노트'에 눈이 갔다. 내 보기에 이런 게 문제가 아닐까요? ≪문학청춘≫ 여름호가 기획한 '집중특집'에 시 3편과 함께 실린 이장욱의 시작노트 '저녁에 쓴 아침의 메모들'이 그것. 시인은 '많은 경우 시에서 중요한 것은 장점을 갖는 것이 아니다. 매혹적인 단점을 가지는 일이 더 중요하다. 시적 에너지의 대부분은 어쩔 수 없이, 불가피하게, 그것일 수밖에 없는, 매혹적인 단점 쪽에서 발생하기 때문'이라고 타이핑했다. 한참 뒤에 같은 지면 156쪽에 실린 김윤희의 시 두 편을 읽었다. 〈횡재〉와 〈춘정〉이다. 시를 쓴 손 안에 무엇이 있어 시를 이토록 팽팽하게 만들었을까?

이장욱의 견해를 빌린다면, 김윤희의 시를 붙잡고 있는 긴장이야말로 조용히 등단 50주년을 지나가는 시인에게는 '매혹적인 단점'일지도 모르겠다. 이런 힘 혹은 자존감은 어디에서 발원하는가? 7순역 종점 부근에서 이만한 언어적 근력을 유지하고 있는 시인이 또 누가 있더라? 하여간 어쨌거나, 검색해보셔도 괜찮겠다. 1938년생. 1964년 ≪현대문학≫으로 등단. 물론, 이런 게 중요한 건 아니겠지만.

삶이라는 과녁과 시라는 왜곡

― 이향아와 이경의 시집

1

두 권의 신작시집을 읽는다. 이향아의 ≪온유에게≫, 이경의 ≪오늘이라는 시간의 꽃 한 송이≫가 그것이다. 물론, 두 권의 시집에는 훌륭한 해설이 달려 있어서, 서평은 자칫 뒷북이기 쉽다. 해설이 시인 편에서 시인을 변호하는 글이라면 서평은 독자의 편에 서는 글이다. 시인과 독자의 중간 쯤에 위치하는 글이기도 하다. 시집 괜찮은데 읽어보지 않으실래요? 이런 입장이 서평의 정체가 된다. 중개인이 그렇듯이, 서평자는 대상이 되는 물건에 대해 잘 알아야 한다. 방 두 개, 거실 하나, 지은 지 3년, 보증금 조정 가능 등등. 내가 받은 두 권의 시집에는 어떤 공유가 있는 듯도 하고 이렇다 할 공유점이 없는 듯도 하다. 그게 뭘까?

2

이향아는 1963년에서 1966년 사이에 등단했으니, 시력 50년에 도달한 시인이다. 이번 시집이 20번째라는 사실도 놀랍다. 가수로 치면 스무 번째 정규 앨범이 되는 셈이다. 게다가 수필집을 비롯한 저서 총합이 30권을 넘어선다. 무엇이 이런 쉼 없는 문필작업을 가능케 했는지 궁금하다. 문학을 향한 열심만은 존중되어야 할 가치라고 본다. 시인은 자서에서 말한다. '스무 번이나 시집을 내다니…. 왜 이리 부끄러운가.' 여러 권의 시집을 낸 사실에 대한 참괴는 또 무엇일까. 시인은 변명한다. '과녁에 명중시키지 못했기 때문에 계속 방아쇠를 당길 수밖에 없었다'고. 시인이 밝힌 과녁의 내력은 시인의 시를 이해하는 단서가 된다. 과녁에 명중시킨다는 의미는 자신의 삶에 자신의 언어를 정확하게 일치시키려는 행위를 가리킨다. 이것이 시인이 설정하는 시다. 그러나(는 너무 격한 표현일까) 과녁은 없다. 없어서 과녁이고, 없는 과녁을 겨냥하는 언어작업이 이향아의 시였던 것. 없는 과녁을 향한다는 점에서 이향아의 시는 참을 수 없는 욕망이다. 스무 번째 시집에 실린 시들은 시인이 평생토록 빗맞춘 언어의 화살들이다. 긴 것, 짧은 것, 부러진 것, 찢어진 화살들. 그것이 시인의 삶이 아니라면 무엇이 시인의 시였을까.

이른 아침 베란다 창문을 통해 거리를 내다보면서 고지혈증 약을 삼키는 화자의 모습이 이 시집의 원장면이다. 화자는 어떤 과녁을 꿈꾸고 있을까. 어떤 빗맞음을 개념하고 있을 것인가. 이향아의 시들은 그것으로 충만하다. 지나간 시간, 지금 이 시간, 다가올 시간들이 안개처럼 화자의 시선을 장악하고 있다. 안개 속에서 불빛처럼 드러나는 것은 생에 대한 화자의 공복감, 후회, 섭섭함, 퇴행성, 아버지, 꿈, 상실감, 춥고 외로웠던 시절의 불빛, 아멘, 순명, 시와 같은 것들이다. 시를 읽고 있으면 화자가 살아온(좀 이상하지만 살아냈다는 표현이 더 적실할 듯) 삶이 수사학의 도움 없이 그냥 다가온다. 시는 삶인가? 그렇다. 삶은 시인가? 역시 그렇다. 화자의 삶과 화자의 시는 다르지 않다. 이향아의 삶과 이향아의 시는 언어라는 맥락 속에서 우연인 척 만나고 있다. 나는 그게 이향아 시인의 시라고 생각한다. '아직도 시를 씁니까/요즘같은 세상에도 시를 씁니까/불쌍한 나를 참을 수 없다는 듯/ 한심한 듯 그들은 물었다'. 아직도 시를 쓰느냐고 물어오는 딱한 사람들이 있다. 그것은 그들의 문제이고, 이향아 시인에게 시는 단연코 '죽을 때까지' 놓을 수 없는 '사랑'과 같은 개념이다. 이 시집은 '축전처럼 수선화가 피어나는 저녁/ 삼월이면 뜬금없이 딸 하나 낳고' 싶은 분들에게 일독을 권한다. 퇴행성(거역 이도 화성이나 목성처럼 외로운 일개 행성이군)이 있는 분들도 이 시집을 읽으면 개선효과가 있을 것이다. 의학적 소견은 아니기에 부작용에 대한 책임은 질 수 없지만.

3

시인은 1993년에 등단했고, 네 번째 시집을 상자했다. 그녀는 시인의 말에서 다음처럼 적었다. 미숙한 사유가 불완전한 언어를 만나/세계가 더욱 왜곡되었다. 절묘한 자서다. 사유와 언어가 만나면 시가 되기도 하고 철학이 되기도 한다. 시인은 사유와 언어가 공히 불완전하다는 것을 누설하고 있다. 이 말은 물론 이경 시인만의 생각이 아니라, 우리의 언어가 그렇고 우리의 사유라는 것이 대개 그러하다는 일반론을 요약하고 있는 것이다. 그렇지만, 이경 시인의 시를 대하는 태도를 이해하는 데 적절한 발언이라고 본다. 시인의 자서가 흥미로운 것은 시는 삶이지만 삶을 곧이곧대로 복사할 수 없어서, 언어라는 미디어에 의탁한다. 언어 또한 가건물 같은 것이어서 믿을 만한 것이 아니라는 것. 그러니 언어는 정확하면 정확할수록 빗나가는 것이고, 이것이 시의 운명이다. 시인은 그것을 왜곡이라 불렀다. 무슨 동네 이름 같이 들린다. 있을 듯 없는 곳.
이경은 언어의 왜곡을 알고, 그것을 벗어나고자 한다. 아마도 그것이 시인의 방향성일 것이다. 시집 전체에서 유독 시에 관한 시가 여러 편 발견되는 것은 우연이 아닐 것이다. 이렇게 말해도 되겠다. 시인은 시에 관한 정답지를 가지고 있다. 아니 정답을 늘 수정하면서 만들어내고 있다. 그것이 시인의 메타적 언어다. 답을 알면 메뉴얼도 찾아지는 법이다. 이경 시집을 키워드로 요약하자면 시를 찾아가는 도정이 된다. 나는 그렇게 읽고 즐겁다. 정답이라는 말을 썼지만, 정답은 없는 것이다. 정답이 있다면 시도 없고, 삶도 없다. 그것은 시도 뭣도 아니다. 대저 시인의 혼란은 자기식 길찾기─길만들기에 있다. 이경은 거기에 꽂혀 있다. '탁구'라는 부제목으로 쓰인 여섯 편의 시 중에 '나는 정확히 나를 명중하고자 했다/공 하나로 높고 단단한 관념의 절벽을 허물어/나는 말마다 나를 재건축한다'는 대목은 시인의 시적 욕망이 여기 있음을 여지없이 보여준다.

이경은 시집을 통해 삶의 전반적 상황을 개관하고 있다. 예컨대, 자기성찰에서부터 고향(아버지)에 이르기까지 다양한 시의 풍경이 제시된다. 그럼에도 불구하고 그녀의 일상적 삶은 시를 향해 출발하고 있음이다. 시인이 자서에서 밝혔듯이 언어가 왜곡하는 자리를 촘촘히 다시 살피는 작업이 그의 시다. 그런데 라고 해야 할지 그러나 라고 해야 할지 망설여지는데, 이경의 시에는 독이 묻어 있다. 그것도 맹독. 그것은 시를 갈구하는 에너지다. 그것 없이는 시에 이를 수 없는 무엇을 나는 독이라고 명명한다. 그래서 시인이 분출하고 있는 독은 형식이자 내용이 되고 있다. 시집 첫 페이지는 필연히 〈독을 열다〉가 차지하고 있다. '그대 썩어 문드러졌나/나도 썩어 문드러졌다/그러면 되었다 (세 연 생략하고) 내 피에 맞불 질러/화엄시궁 꽃 피우고 있으니'. 이경이 도달하고자 하는 시의 궁극이 '화엄시궁'이 되는 순간이다. 화엄/시궁의 모순 지점이 시의 자리다. 〈잉크통에 빠진 코브라〉 〈잉크의 힘〉을 비롯한 몇 편의 시에서 발견되는 독, 맹독, 치명적인 독. 잉크가 독인가? 그렇다면 이경은 잉크만 가진 시인이 되겠다. '백년이 걸려야 만나는 사람에게로 가자/쓰다가 다 못 쓰고 늙어 죽으리라/어떤 이유로든 외로움은 나의 동력/잉크의 힘으로 쓴다/고독이라는 짐승은 뜨거운 피를 가졌다'. 〈잉크의 힘〉에 등장하는 마지막 대목이다. 겁난다. 이 지점. 잉크의 힘으로 전화된 고독의 힘. 모든 시는 아니지만 많은 시의 동력은 이와 유사한 맥락적 기반을 가진다. 이 왜곡은 왜곡이지만 그러나 우리는 왜곡 없이는 살 수 없다. 왜곡은 시적 호명에 따르는 판타지이기 때문이다. 이 시집에서 필자의 편견에 값하는 두 편의 시는 〈달을 먹은 여자〉와 〈밤에 듣는 빗소리〉다. 앞의 시는 이상의 〈오감도〉 어법이 차용되면서 이경 시의 한 정점이 돋보이는 시이고, 뒤의 시는 고적한 아름다움이 빛나는 시다.

4

두 권의 시집을 읽었다. 시는 말하기이다. 언어의 무늬다. 삶의 물결이다. 그래서 모든 시는 자기 말만 하게 되어 있다. 이향아와 이경은 한결같이 자기 살(삶)에다 빨대를 꽂고 시를 끌어올린 경우이기에 삶의 질감이 느껴지는 드문 사례들이다. 두 시집을 통해 나는 어떤 공유를 만난다. 그것은 한결같은 시에 대한 충실이다. 이것은 무엇일까. 시에 대한 충실은 곧 삶에 대한 구경적 탐사다. 이향아와 이경이 보여주는 시적 일관됨은 바로 그것. 시를 통해 삶에 다다르고자 함이고, 삶을 통해 시에 이르고자 함이다. 나는 일개 독자로서 이 순연한 태도를 지지한다. 그러나 어떤 삶도 언어의 도움 없이, 언어를 통과하지 않고는 삶이 되지 못한다. 그것은 문학의 핵심이지만, 문학과 상관없이 우리네 삶이라는 게 도통 그렇게 되어 있다. '사랑없이 못살아'가 아니라, '언어 없이'

삶도 실체를 얻을 수 없다. 두 분 시인은 공교롭게도 그것을 너무 잘 알아채고 있다. 이향아는 삶이라는 과녁에 명중하고자, 이경은 사유와 언어 사이의 왜곡을 넘어서고자 시를 쓴다. 그게 그들의 시다. 역시 두 분은 더 잘 알겠지만, 그것은 가능한 작업이 아니다. 그럼 뭐냐? 불가능한 작업이다. 나는 그것을 시라고 부르겠다. 불가능하기 때문에 가능한 수작업이 시가 아닐까. 그래서 한 분은 죽을 때까지, 한 분은 잉크가 마를 때까지 시를 쓸 것이다. 시인이 만들어낸 과녁과 과녁이라는 왜곡 때문에 시는, 삶은 지속 가능해진다. 그래서 사는 것은 늘 헛사는 것이 된다.

그대는 얼마나 시들해졌는가?

여자 말고도 알 수 없는 것은 한국시의 지치지 않는 번식력이다. '미학적 쇄신'과 상관없이 시는 쓰여지고, 쓰여진 시는 발표되고 출판된다. 한 김 나간 채로 혼자 끓고 있는 국솥같다. 한국시는, 엄밀하게 말해 자신이 죽었다는 사실을 자신만 모르고 있다. 여전히 혹은 갑자기 생각났다는 듯이 김수영을 회고하고, 백석을 토론한다. 그렇게 말하는 사람들도 문학의 체온이 식었다는 것을 모르지 않는다. 모르지 않는다는 것은 안다는 말과 같은 맥락인가. 어쩌면, 모른 체 한다는 말이 한국시의 '지치지 않는' 열정을 설명하는 데 적절한지도 모르겠다. 요즘 누가 시를 읽겠어. 이 문장은 의문문이 아니다. 게다가 처음 접하는 말도 아니다. 나도 그렇게 말하고, 자작으로 즉각 동의한다. 그렇게 말하면서 슬금슬금 시를 쓰고 있다. 위선인가? 시를 읽는 독자가 없다고 시인들이 시를 놓아버린다면 한국시의 판은 깨어진다. 아직 그런 놀라운 일은 벌어지지 않고 있다. 한국시가 도달한 막다른 골목을 잘 알면서도, 꾸준히, 모른 체, 그럴수록 가열차게 작업하는 시인들이 많기 때문이다. 나

는 한국시가 지나가고 있는 이 정신적 단락을 변종의 냉소주의로 읽는
다. 시에 전부를 걸 수 있는 시대가 아닌 줄 너무나 잘 알면서, 그러나
발을 빼지도 못하면서, 엉거주춤한, 그러나 시가 아니고는 자신의 정신
적 에로티시즘을 달랠 수 없는, 이 신경증과 강박증의 교차점. 다른 사
람은 모르겠지만, 나는 이 지경에 걸쳐 있다.

편집자는 이 계절에 각별히 읽은 시를 골라달라고 주문했다. 소다간,
여러 이유로 이 일은 내게 버겁다. 어떻게 읽어도 시읽기는 '나의' 시읽
기일 뿐이다. 시읽기는 불가피하게 당파적이다. 독자의 오독만이 오롯
하다. 날마다 발표되는 시들은 입맛의 갱신을 요구하지만, 구미의 관성
은 쉽게 바뀌지 않는다. 그것도 괴로운 노릇이다. 진수성찬 앞에서 없는
입맛을 다시고 있는 허기를 상상해 보라. 이렇게 말하면, 마치 식탁 위
의 요리에 문제가 있는 것으로 들릴 수 있는데 그것은 그렇지 않다.
내가 보기에 한국시는 그냥 여전하다. 그러하기에 시를 저작하는 입맛
의 문제는 오로지 나의 것이다. 증상적으로 보자면 아주 불편하고 거북
한 것이다. 시가 지루하고 따분해졌다는 뜻일까. 꾀가 난다는 말이 있
다. 어떤 일에 싫증이 났다는 뜻이다. 시읽기와 시쓰기에 꾀가 난다.
고약한 증상이다. 이 문제는 개인적인 증상이다. 다른 사람은 어떤지
모르겠다.

더러지만, 새로운 시도 보이고, 고심에 찬 시도 눈에 띈다. 자기 시의
전개 과정에서 갱신의 행보를 보여주는 시인도 즐겁다. 무슨 말을 하는
지 알 수 없는 시들도 좋다. 어쩌다 우리 세대의 시를 대하면 묵은 친구
의 안부를 접한 듯도 하다. 그러나 거기까지이고 그것뿐이다. 한 편의
시가 남긴 감흥으로 여러 날을 살던 동력은 어디로 갔단 말인가. 한국시

를 탓하다가, 나 자신을 탓하다가, 스마트폰에 수렴된 세상을 탓하기도 한다. 불행의 원인이 밖에 있을 때는 그래도 행복하다. 어딘가 다른 곳을 향해 삿대질을 할 수 있기 때문이다. 그렇지만, 원인이 자신에게 있을 때는 더 이상 행복할 수 없다. 시에 관한 절박함을 상실한 이 증상을 시적 우울증이라 불러야 하나. 내가 서성대는 골목도 이 근처이다. 어두운 골목에서 잃어버린 열쇠를 빛이 환한 가로등 밑에서 찾고 있는 어떤 광인의 일화는 그만의 것은 아닌 모양이다.

선가는 말을 조심하라 경계한다. 지하철역을 착각해서 잘못 내렸다고 생각해 보자. 한 정거장 미리 내리거나 더 가서 내리면 황당하다. 우리는 황당할 준비를 하고 있는 것은 아니다. 그 반대가 삶의 일반론이다. 시는 그러나 황당에 값한다. 익숙한 역에 내렸지만 사실은 엉뚱하게 도착한 그곳. 아주 짧지만, 그 순간이 세속적 해탈이 상연되는 순간이다. 언어적 표현이 불가한 내용을 표현하려고 시도하는 것이 시가 아니었을까. 화려한 실패만이 보증되는 장르. 시가 운명인 시인들에게 실패 또한 피할 수 없는 장면이 아니었을까. 이런 정리되지 않은 생각으로 여러 지면의 시를 읽었다.

정현종, 《유심》에서 그의 시 〈준비〉를 읽었다. 우연히 읽었다. 시 같지 않은 시다. 아무나 쓸 수 있을 것 같은 범상함이 시를 사로잡고 있다. 연필 자국이 보이지 않는다. 썼다기보다는 그냥 거기 있는 시다. 시를 읽었다가 아니라 시의 속을 거쳐 나왔다는 느낌이다. 옷을 입었는데 걸쳤다는 느낌이 없는 맨살감. 준비 없이 이 글을 쓰듯이, 모든 삶의 준비 없음을 악센트 없이 말하고 있다. 시에 헌신한 시인에게서만 내비쳐지는 빛이다.

권현형, ≪시인시각≫에서 그녀의 시 〈최초의 방〉을 읽었다. 시 같은, 너무나 시 같은 시다. '최초의 방'이 아니라 '최초의 시' 같다고나 할! 돌아가고 싶을 때, 현실적/비현실적 대상을 통해 위안 받을 수 있는 소망은 행복하다. 그 대상이 '궁휼'이어도 '자취방'이어도 그러하다. 아니, 자기의 뼛속이라면 더 그럴 것이다. '베개를 껴안고 가난한 몸이 달아오르던 방/내 몸이 내게 가장 뜨거웠던 성채'를 지나가며 생각한다. 우리가 돌아가고 싶은 원초적 궁극은 '최초의 방'이 아니라 '최초의 몸'일 것이다. 돌아갈 수 없다는 생각으로 우리가 포위되는 것은 환상이다. 환상을 산다. 그녀의 시가 나를 유혹한 대목이다.

이준규, ≪시로 여는 세상≫에서 그의 시 〈소란〉을 읽었다. 그의 시는 소란하다. 소란이라는 낱말의 음감은 소란을 집어먹는 소리다. 모든 세상적, 개인적 소란이 그 언어의 몸에 스며서 소란은 도리어 정적으로 바뀐다. 소란이, 맑고 찬 슬픔으로 증류되는 시다. 그의 시가 연기하고 있는 소란을 들으며/보며, 우리 시가 멀리 왔다는 생각이 아니라, 여럿이 함께 걸어온 길을 시인 혼자서 곰곰이 되돌아가서 새삼스럽게 깊어지고 뜨거워진다는 생각을 했다. 시를 읽는 동안 독자인 내가 어딘가로 자꾸 이동하는 느낌은 무엇이었을까, 시에게 물었다. '소란'은, 시의 가능성이 아니라 시의 불가능성이 고백되는 순간이었다.

준비 없이 거쳐 온 시읽기를 정현종 시인의 생각처럼 '경황없이' 마쳐야 할 때다. 시인과 광인과 연인이 궁구하는 것은 존재하지 않는 것에 대한 불가피한 갈망일지도 모른다. 오랜만에 독자로 지명되어 시를 읽었다. 시가 삶의 형식이라고 믿는 나에게 시는 조용히 질문한다. 그대는 얼마나 시들해졌는가?

수벌거리는 시

− 박재연의 시

버스가 원주 터미널에 진입할 즈음에 잠 없는 졸음을 깨우며, 나는 박재
연 시인의 문자를 받았다. 시집 원고를 전달받는 방식에 대한 질문이었
다. 5분 뒤에 터미널에서 만나자고 했다. 갑자기 뒷골의 후미진 구석이
무거워지기 시작했다. 내가 누군가의 원고를 읽을 만한 체력의 잔고가
남아 있지 않다는 각성이 그런 증상으로 돌아왔다는 말인가. 내 앞에
있는 사마귀가 암사마귀인지 숫사마귀인지 모르기 때문에 불안은 더
콩닥거렸을 것이다. 타자의 욕망에 빨려들어가 존재가 소거될까 늘 두
려운 나의 숫사마귀의 강박증이 순간적으로 전이되는 순간이다. 누군가
의 시에 나의 시선을 얹어가며 분석의 눈길로 읽어가는 작업은 시와
독자 모두에게 생각만큼의 산출이 보장되는 일이 아니다. 시는 이미
그 자리에 그렇게 있을 뿐이다. 무슨 군더더기의 외람인가.

문자로부터 며칠 전쯤, '제가 일을 저질렀어요'라고 전화했을 때, 시인
이 무슨 일을 저질렀을 것이라 어설픈 추리를 했는데, 그것은 시인이
가마솥에 자기를 집어넣고 시시때때로 삶아대던 자기 증상의 통로를

빠져나오는 의례를 말한다는 것을 알게 되었다. 첫 시집의 출판이 결정되었다는 통보다. 축하합니다. 내 생각이 정리되기 몇 초 전에 그 말은 벌써 내 입술을 떠났다. 시집의 해설이나 발문을 써달라는 요컨대 시집의 뒷부분을 메꿔달라는 청탁을 받으면서 나는 이 난감에 연루되었다. 개나리가 생살을 트고 나오는 봄날이었다. 우좌지간 첫 시집을 출판하게 된 시인의 황홀과 그 뒷면에 찰싹 붙어 있는 고통을 고무하고 위무해야 하는 작업이 이 글의 소박한 책무이다.

나는 시인을 휴가병들이나 사용하는 원주시외버스터미널 공중전화 부스 앞에서 마주쳤다. 시인은 모자를 썼던가? 붉은 색 계통의 루즈를 발랐던가? 그런 인상착의가 소거된 채 시인이 안고 있는 노란색 사무용 봉투에 달려갔던 눈길을 천천히 회수하면서 텅 빈 제스처 같은 수인사를 나누었다. 정신이 좀 나간 여자가 제 것인지 남의 것인지 모를 오물 묻은 추리닝을 입고 히죽대는 봄날 정오를 배경으로 시인과 나는 거리에서 그렇게 만났다. 거리에서, 이 대목이 왜 이리 상징상징하는지 모르겠다. 상징화에 실패하는 순간이 이렇게 징징대는 것이라면 어쩌겠는가. 시인과 나는 그렇게 접선했다. 원고가 담긴 봉투가 내게로 건너와 야릇한 체증으로 바뀌었다. 야릇해라, 야릇하다니. 그것은 원고의 부피가 주는 모종의 질감에서 연유하는 것이 아니다. 시인만의 오감과 그것을 여러 겹으로 감추거나 확 벗겨내는 만감을 즐감할 수 있다는 은밀한 계산 때문이 아니다. 어쩌면 한 생애가 찍어낸 긴장감의 총액을 문자에 기입했다는 그 기묘함이 내게 야릇함을 낡고 있기 때문이었을 것이다. 자기 생의 독해할 수 없는 야릇함을 적발하려 눈을 부릅뜬 직업을 우리는 통상 시인이라 호명한다. 그렇다 해도 야릇함의 찌꺼기는 남는다. 마치 건조한 영화의 한 장면 구석에 남아 있는 얼룩처럼 말이다.

나는 이 시집의 주인에게 2년 동안 시를 가르쳤다. 바로 앞의 이 문장을 나는 늘 수정하며 산다. 그림이나 음악이 수작업의 특성상 불가피하게 도제적 인수인계의 형태를 유지하고 있겠으나, 시만큼은 가르쳐지는 분야가 아니다. 그저 알아챌 뿐이다. 알아챔의 한 형식이다. 누구에게 시를 배웠다든가 누구를 가르쳤다는 말은 그래서 민망하고 남우세스러운 자기모멸에 이르기 십상이다. 생텍쥐페리가 말했듯이, 배를 잘 만들기 위해서는 배를 만드는 손기술이 아니라 바다에 대한 동경을 먼저 가르쳐야 한다. 나의 애증도 여기에 있다. 시를 잘 쓰기 위해서는 자유로운 삶에 대한 갈증을 발견하는 방법을 일러줬어야 했다. 짧게 끝난 악장처럼 시인은 금방 내 곁을 떠나갔으나 다시 불러 일러주기에는 늦었다. 설령 한 마디 거들어도 내 말을 귀담을 사람이 아니다. 이미 시인이기 때문이다. 이 점을 나는 늘 나의 자책의 기준으로 여긴다. 내가 보기에(보기에 그렇다는 말은 아닐 수 있다는 말도 되는가) 시인은 시라는 물건을 '갈잖은 기둥서방'(〈시가 뭐길래〉) 모시듯 끼고 살면서 '앓아' 왔다. 삼키지도 못하지만 뱉어내기에는 또 그것 없이는 한 시도 생존할 수 없는 난감이 시인의 임상이었을 것으로 보인다는 말이다. '앓음 —앎'의 형식이 시인에게는 시일 수밖에 없다. 시인에게서 시를 앓는 자의 목젖이 보였다면 너무 얍삽한 수사인가? 그래도 그것이 시를 가르치는 '척' 했던 나의 발견이요 기대였다면 또 어쩌겠는가. 이제야 하는 말이기는 하지만, 시인의 지병으로 촉진되는 열정을 다스려주기보다는 시심의 배후를 의심하고 빈정대고 도발하기 일쑤였다는 쪽으로 나는 자주 소환된다. 시 쓰는 사람의 근원을 다 안다는 듯이 말하려다 참은 것은 잘한 짓인지 못한 짓인지 지금도 분간이 가지 않기도 한다. 원래 시인은 병 없이 앓는 자라지만, 이 시집의 주인은 병 없이는 한 시도 살 수 없는 胎를 가졌는지도 모른다. 그것이 시인의 출발점이라면 나는 이의 없이 동의하겠다.

시인에게서 끼쳐오던 정체불명의 몽롱함과 잠결 같은 목소리는 무엇이었을까? 몽롱함과 잠결 너머에 무엇이 있다고 믿는 것은 나의 환상이다. 몽롱과 잠결로 기표화된 시인의 태도가 시인의 진실이자 시적 진실의 전시라고 나는 믿는다. 시인에게 그것은 팔루스라는 기표였을 것이 아닌가. 시를 가진 척 하는 차원이 아니라 시인 척 하는 차원의 팔루스라면 어쩌겠는가. 그러므로 시인이 그토록 오래 껴입고 있는 몽롱함과 잠결 같은 목소리는 동터오기 직전의 어슴푸레함을 더 즐기고 자기의 꿈으로부터 도망치지 않으려는 자기방어 같은 형식이었을 것으로 나는 본다. 나는 시인의 시를 그렇게 읽어왔고 시인을 그런 이미지로 스캔한다. 시인이 건네 준 시는 대체로 보아 한국시의 평균적 자장에 연결되면서 오랫동안 관리한 자생성自生性의 결을 보여준다. 우리 시에서 너무 흔하게 말해진 영역조차도 덜 말해진 부분은 여전히 부산물처럼 남아 있다. 과잉이 결여가 된 지점에 시인의 시는 뿌리를 내리고 있다. 어떻게 보아도 시인의 시편은 대상과 인식과 판단이라는 서정시의 정식성에서 시작하고 다시 그 지점으로 회귀한다. 이 대목이 이 시집이 한국시의 평균적 시편들이 모여 있는 군락 속의 하나가 되는 이유이다. 시인의 괜찮은 시편들이 이 군락과 혈통 안에서 제 모습을 드러내는 것은 우연이 아니다. 이런 표현이 추상이라면 이렇게 말해도 되겠다. 중소도시에 살면서 한국의 40대와 50대를 겪는 여성이 드러내는 심신의 흔적이 이 책의 중핵이라면 어쩌겠는가.

미안하지만, 시인은 더 이상 젊지 않다. 그렇다고 다 늙은 것도 아니다. 젊지 않다는 체감보다 다 늙지 않았다는 느낌은 항용 모종의 불안과 초조를 불러온다. 이 난감함의 스멀거림이 이 시집의 육체를 이루고 있다는 뜻이다. 그런데 시에는 도망 간 청춘에 대한 야속함이 서려 있지 않다. 그렇다고 청춘 없는 현재에 대한 조바심도 발견되지 않는다. '10

년 동안 눈 맞추고 이름도 묻지 않는/무심한 저 여자 걸어'(〈비비추〉)갈 뿐이다. 참 무심하고 참 심한 내면이다. 무/심함은 그래서 이 시집의 대강을 심심하게 함축하는 코드로 읽혀지기도 한다. 이는 이 시집의 장점으로 읽힌다. 시를 감정의 강박으로 몰고 가지 않고, 값싼 초조의 산물로 만들지 않는다는 뜻에서 그러하다. 그러나 때로 그 대목이 시집의 야속함으로 다가서기도 한다면 어쩌겠는가. '도에 들고 싶은'(〈박물관 뜰 앞에서〉) 유혹까지만이 시이지, 도에 들면 도사가 될 것이고, 도사에게 시는 무슨 시! 시인인 척 할 때 시인은 아주 적절하게 망가진다. 흔한 말로 이 시인의 시세계—증상이라 해도 달라지지 않겠고—를 한눈으로 대면시키는 시는 등단작이기도 한 〈수목 한계선〉으로 보인다. '수목 한계선'은 한계가 지적하듯이 삶의 정점이다. '멋 모르고 올랐더니/내려 갈 길이 아뜩해져/마냥 주저앉고 싶은/후들거리는 나이'(〈수목 한계선〉)의 앞뒤, 사이사이에 촘촘히 스미고, 끼이고, 달라붙고, 금 간 시적 주체의 환상에 대한 '수벌수벌'(〈궂은비 내리는 날〉)이야말로 즉설주왈 시인의 언표구조가 되고 있다. '수벌수벌'은 중얼중얼로 대체할 수 있는 의성어이자 표준적 언어권 밖의 말일 것인데, 이 말은 소리와 모양을 겹쳐놓은 듯한 기괴함을 동반한다. 청감각이 시감각으로 전환되고, 시감감 역시 청감각으로 바뀌면서 의미를 산출하는 것이 아니라 애당초 시청각이 자웅동체로 붙어 있는 감각이라는 말이다. 다시 말해 자기 증상에 대한 수벌거림의 무대화가 박재연 시의 문체라면 어쩌겠는가. 수벌거리는 문체는 시를 가끔 신비하게 때로 몽롱하게 때때로 잠결처럼 흐릿하게 뭉개놓은 기법으로 읽히기도 한다. 어쩌면 일부러 또랑또랑하고 명징한 언어 선택을 회피한 것처럼 보이는 말씨는 이 시집의 자기동일성으로 간주되기도 한다. 〈가을비〉는 수벌거림의 매력적인 성취가 도드라지는 시의 예가 된다. 느끼고 씹는 것은 독자의 몫으로 비워두겠다. 필자가 다 씹어 먹는 것은 예의가 아닐 것이다.

  날 흐리고 어둑한
  방안에 누워
  두 손을 허리 밑에 찌르고
  빗소리 듣는다

  오줌 누는 소리
  달걀 후라이 익는 소리
  소 여물 씹는 소리
  깍두기 씹는 소리

  이상해라
  아무리 들어도 무얼 먹는 소리
  고쳐 들어도 섬유질 씹는 소리
  들밥 먹는 소리

  바스락, 마른 것들이
  쉬지도 않고
  쓸쓸한 조갈증이
  식도를 다치지 않도록
  찬찬하게 조심스레
  억센 풀뿌리를 씹는 소리

자신의 부스럭거림과 환각을 딛고 있는 듯, 이명에 기댄 듯, 수줍은 성적 주이상스에 기댄 듯한 시들을 통해 시인이 불러온 시적 주체는 다름 아닌 시인 자신이 아니었던가. 부러워라, 자신의 몸에 자신의 입술을 대는 견딜 수 없는 시적 본능 말이다. '물방울이 물방울에게 다가가' (〈물방울이 닿는다〉)서 한몸이 되는 황홀은 시인의 시에서 자주 목도되는 시적인 정황이다. 그것은 에로티시즘이 아니고 그 비슷한 것도 아니다. 감각으로 느껴지는 무엇이 아니라 관념으로 불러들이는 무엇이라면 어쩌겠는가. '남자 없이도 살 만한 나이'(〈시가 뭐길래〉)는 다소의 하장성세를 감춘 무의식이다. 그렇다는 말을 그렇다는 뜻으로 새길 수는 없는 노릇이다. 그 말의 표면은 의식의 차원이 아니라 무의식의 차원을 딛고 있다. 명백히 성적 암시를 동반하는 표현들은 시집 속에 은밀하게 숨어 있다. 에로티시즘을 겨냥한 것으로 보이지 않는 시들은 시인의 점잖은 발뺌쯤으로 읽어도 무방하리라. 에로티시즘으로 읽기에 그런 시편들은 서툴거나 비싸지 못한 축이다. 자기 증상의 확인이라는 차원에서만 그것은 의미 있다. '연신 체위를 바꾸'(〈부론강〉)거나, '한 나무에 두 몸이 벅차'(〈도화, 바람나다〉)거나, '신혼의 이불이 부끄럽게 널린 집'(〈삼합리에서〉)이거나, '능이 먹어도 그냥 못 자요'(〈홍양리 야담〉) 라는 표현들은 이웃 언어들과 어울리면서 성적인 이미지를 환기하는 일회적인 기여만 할 뿐이기 대문이다. 이와 같은 은밀한 암시들은 나이 든 시인들의 한계이기도 하지만 젊은 시인들이 너무 많이 해먹은 뒤끝이라 더 해 볼 건덕지가 없다는 착안도 작용했을 것으로 '좋게' 이해해 버린다.

'생은 왜 사랑 아니면 외로움인가'(〈얼큰이 칼국수〉)라는 화두는 이 시집 전체를 자치적으로 간섭하는 무모하고 외로운 질문이다. 이 시집에 탑재된 시들은 한결같이 이 질문에 대한 각주이자 자기 응답으로 읽히기 때문이다. 생이 원래 그렇게 구성되어 있다면 어쩌겠는가. 차이코프스키가 교향곡 6번 〈비창〉을 끝내고 '이 곡은 나의 존재로 가득 차 있다'고 했는데, 이 말은 이 시집의 주인에게 돌려줄 만 하다. 시인에게 시는 그녀가 한 번도 가져보지 못한 그것을 원하지 않는 사람에게 주려고 하는 사랑에 관한 지젝의 정의와 닮은 욕망의 산물이다. '누군가 다가오다가 돌아서는' 환상은 사랑의 정체와 무엇이 다르겠는가. 사랑에 관한한 우리는 신경증자가 된다. 남의 욕망을 채워주되 다 주어서는 안 되는, 뭔가 조금은 남겨 두어야 하는, 그러면서 영원히 타자의 욕망을 욕망하는 존재를 히스테리자라 부른다. 사랑과 외로움에 관한한 시인을 히스테리자로 불러야 된다면 어쩌겠는가. 즉, 신경증적 시쓰기의 징후가 주로 '사랑'을 주조음으로 하는 시에서 발견된다는 점에서 그렇다. 나는 왜 사랑하고 있는가? 나는 어쩌다 시를 쓰는 존재가 되었는가? 시인은 그런 질문에 포획된 신경증자이다.

집으로 돌아갈 버스를 기다리며
불빛 휘황한 옷가게의
처마 밑에서 비를 그었다
끝임없는 수직의 선들이
마음을 끌고 간다
빗줄기는
곧장 내리다가
옆으로 쏠리다가
바람결에 흩날린다
하염없이 나의 생각도
내리다가 쏠리다가 흩날린다
누군가 조금씩 다가오다가

돌아서서 또박또박 멀어지다가
이내 골목 끝으로 사라졌다
버스는 아직 오지 않는다
얼굴에 부딪는 빗방울 핑계 삼아
제 풀에 좀 서글퍼져서
빗방울인 척 울어본다

〈빗방울인 척〉은 사랑인 척, 눈물인 척, 외로움인 척 하는 시적 가면의 표면이다. 가장과 가면의 사랑과 외로움은 눈물로 대신된다면 어쩌겠는가. 가면이 울고 있는 동안 시적 주체가 같이 운다. 때문에 우는 것은 가면이지만 그것은 시적 주체의 울음이기도 하다. 사랑도 너무 이르거나 너무 늦게 도착한다. 기다려도 오지 않을 때 사랑도 메시아의 형태를 띠지만 그래도 우리는 메시아를 기다리지 않는가. 오지 않아도 기다리고 지나갔어도 기다리고 코 앞에 있어도 기다려야 한다. 사랑은 늘 기다림의 그물망 속에 얹혀 있다.

이제 나의 수벌거림을 마감하고 글의 처음으로 돌아가자. 시외버스가 마침내 원주에 도착하던 그리고 시인의 낯선 문자를 접수하던 그 순간으로 돌아가서 나는 태연히 버스 트랩을 내려선다. 마치 아무 일도 없었다는 듯이. 원주에 꼭 맞는 내 가면을 골라 쓰면서. 낯선 사람들이 모여 사는 메마른 원주가 어느덧 내 삶에 끼어들었음을 인정하는 순간이다. 모르는 사람과 수인사를 나누는 이 거리의 풍경이 좋다. 지금처럼 시가 있다는 소문이 들릴 때마다 아직 나는 설렌다. 자기에게 도착하려는 무모한 주체들이 있다는 그 사실로 인해 그렇다. 박재연의 첫 시집을 통해 나는 내 삶의 증상들을 환기하고 싶었는지 모른다. 언젠가 시인이 동문 카페에 달아놓은 댓글 '바람불어 대충 쓸쓸해져서 링크 따라 간절

곳에 왔다'는 언표의 주체가 그녀다. 그녀일 것이다. 어떤 시인의 말투처럼 그녀여야 한다. 나는 그 말을 기점으로 이 글을 작성해 왔다. 모든 기억은 소급적으로 재구성된다는 것이 라캉의 전언이다. 구로사와 아키라의 〈라쇼몽〉의 퍼스펙티브이기도 하다. 하나의 진실이 아니라 여러 개의 진실이 존재한다. 내가 이 글에서 시인 박재연과 그녀의 시에 대해 중얼거린 것은 나의 시선이 만들어낸 재구성에 지나지 않는다. 사진 속에서 웃고 있는 피사체는 그러나 피사체가 그때 카메라 앞에서 웃고 있었다는 뜻밖에 무슨 의미가 있겠는가. 피사체는 이미 사진의 고정점을 벗어나서 전혀 다른 표정을 짓고 있다는 사실을 우리는 너무나 자주 망각한다. 이 시집이 박재연의 흔적이지만 시인은 또 다른 시적 주체를 통해 자신의 과거를 지우고 새로운 자기−서사를 대면하고 있으리라는 예감을 적어놓는다. 고것이 한때 누구에겐가 시를 가르친다고 '기만했던 주체'의 수벌거림을 당시로 되돌아가서 다믄 얼마간이라도 탕감 받을 수 있는 기회였거니 믿는다. 지금부터는 이 시집을 읽을 독자 바로 당신들의 몫이다. 그녀의 내면이 걸터앉았던 흔적, 그 높이와 무게를 실감할 순서이다. 나는 이 시집의 맛과 깊은 속내를 대신할 재간이 없다. 그것은 시와 시집의 독자인 당신의 미각에게 물어야 한다면 어쩌겠는가.

풍경을 건너가다

발뒤꿈치를 들고 조용히 살다 갈 것
절대
그림자를 남겨두지 말 것
─〈잘 살다 잘 죽기〉

1. 여름보다 더운 여름

시인과 해설자가 만나서 나눈 토막말을 속기로 재생한다.

─누구십니까? =해설하는 사람입니다. ─해설은 또 뭐여? =생을 까시는군요. ─저야 생生 까는 게 작업이니까요. =우좌지간, 해설거리 있다고 듣고 왔습니다. ─해설에게 순결을 주는 시는 시가 아닙니다. =갑자기, 교양적인 말씀을 하시니 어지럽군요. ─시는 교외의 무연고 묘지 같은 것이지요. 그냥 거기 있을 뿐이랍니다. =왜, 아니겠어요. 우리도 알지만, 형편상 같이 붙어서 먹고 살자는 거시긴데…… ─시해설은 언어의 서커스이거나 헛소리의 전시장이지요. =그래도 나의 헛소리는 진실하다고나 헐!까요. 막해설이라고도 부르지요. ─그 말은 마음에 닿는군요. 그럼, 몇 줄 끄적여보시던가. 단, '영혼의 끼니' 어쩌구 하는 수작은 부리지 말아주세요.

2. 단 한 방의 시

모든 시쓰기는 무엇이, 시인가에 대한 자기 확인이다. 시가 무엇이냐고 묻는 것은 담 넘어 들어왔던 도둑이 출구를 찾지 못해, '어디로 나가느냐'고 주인에게 되묻는 시인 김수영의 도둑과 입구가 같은 질문이다. 그러기에, '무엇이 시인가?'라는 질문은 '어디로 나갑니까?'라는 질문을 배경으로 한다. 시는 언제나 오리무중 속에 있다. 시에 대한 생각을 명료하게 정리하고 있는 시인은 부럽지만 불안하다. 자판을 두들기면 다 시가 된다는 생각은 시의 재앙이다. 오리무중인 삶을 명료하게 인식하는 시는 물론 위선이다. 오리무중을 오리무중으로 뚫고 나간다, 그게 시다. 위험하지만 그렇게 생각한다, 나는.

'무엇이 시인가'라는 질문은 늘 시인의 시로 환원된다. 시인이 쓴 한 편의 시가 그의 시적 사유를 지배한다. 마치 이것밖에 없어요, 하고 두 손을 벌리고 있는 아이처럼. 물론, 나는 시를 시인의 일기장이라고 보지 않지만, 그 이상을 넘어서는 것도 아니라고 본다. 언어가 기만이듯이, 언어에 의탁해야 하는 시는 기만적이다. 시는 어쩔 수 없이 기만적 진술이다. 사랑이 사랑을 가리키던가? 너가 너를 가리키던가? 말이 사랑이고 말이 너일 뿐이다. 나는 이런 언어의 속성을 기만이라 부른다. 그래서 한 편의 시에 많은 의미를 탑재하는 시를 보면, '네 명 정원에 노인 다섯이 타고'(〈인생〉) 가는 정원이 초과된 국민차를 보는 느낌이다. 의미가 시를 혹사시키는 가학성이다. 의미에 속지 말자. 언어가 지시하는 의미에 혹하는 이는 우선 시인 자신이다. 그 다음은 시를 읽는 분들. 시읽기는 시인이 시를 가지고 독자를 속이면서 자신도 속는 이중 구조다. 다 아는 얘기지만, 이 자리에서 사용하는 기만은 '혼인 빙자' 따위에 활용되는 사기가 아니라, 본의 아니게 자신의 본질에 도달하지 못하는 언어의 안타까운 숙명을 시늉하는 말이다. 언어가 의미의 성문 밖에서 좌절하는 이유가 여기에 있다. 그래서 시인은 쓰고, 지우는 일을 거듭한다. 언어가 흔들릴 때마다 그 틈새로 삐져나오는 진실의 빛. 그것을 포착하기 위한 무모한 투신. 이 또한 시인의 하릴없는 운명이다.

언어적 기만에 의지하는 시는 한 번도 남성인 적이 없다. 시는 통째 여성이다. 진리가 여성인 것처럼, 시 역시 여성이었던 것. 대리언 리더의 책 ≪여자에겐 보내지 않은 편지가 있다≫는 이 에세이를 작성하는 데 참고점이 되어 준다. '시인에겐 쓰지 않은 시가 있다'고 고쳐 써보면 말의 윤곽이 드러난다. 문장을 윤색하지 않고 번역하면, 대리언 리더의 원문은 '여자는 왜 보내는 것보다 더 많이 편지를 쓸까'가 된다. 이 원문 역시 시 쪽으로 당겨서 고쳐 써 볼 수 있다. '시인은 왜 발표하는 것보다 더 많은 시를 쓸까.' 이 자리에서 표현한 시는 꼭 시일 필요는 없다. 인간의 내면 속에 박혀서 언어라는 집 속으로 몸을 이동하고 싶은 생각은 다 시이고 시의 욕망이다. 여자가 보내는 편지의 수신인이 어디에 사는 구체적인 누가 아니듯이, 시인이 겨냥하는 독자 역시 피와 살을 가진 인간을 넘어서는 존재가 된다. 외출할 때마다 옷장을 열고, 한숨짓는 당신. 입을 게 없어. 옷장 안에 샤넬 드레스 백 벌이 있어도 당신은 이렇게 말하고 있지 않은가. 당신이 갖지 못한 단 한 벌의 드레스가 여성−되기의 제목, 즉 여성이라는 질문에 대한 확정적 대답이다. 여성의 자리는 궁극적으로 비어 있기 때문에 언제나 갖지 못한 드레스가 있기 마련이다. 시가 여성이라면, 시는 언제가 자기 안의 빈 자리를 채우기 위한 결핍으로 움직인다. 시인에게는 어떤 시도 자신의 욕망을 채워주지 않는다는 것. 욕망의 빈틈이 채워지는 순간 그것은 다른 욕망을 부른다. 즉, 한 편의 시는 언제나 다른 시를 향한 결핍감으로 시달리게 된다. 백 벌의 드레스 앞에서 한숨짓는 여성처럼 시인은 자신을 밀어낼 수 있는 단 한 방의 시를 향해 헌신하는 존재다.

3. 이게 다예요!

시집이 연주가의 앨범에 해당한다면, 이 앨범은 강송숙의 '꽃 같고 혹은 /눈물 같은'(〈풍경이 내는 소리〉) 삶이 온전히, 충분히 녹음된 전곡全曲이다. 자기의 삶에 불가피한 형식성을 부여하려는 욕망이 시라는 미학적 형태를 선택하게 했을 것이다. 시는 혼돈에 휩싸인 한 인간의 내부를 다독이고 눌러주는 약발이 있다. 그런 입장에서 볼 때, 이 책에 실린 시들은 '시이거나 아니거나'의 차원을 넘어서는 자기지시성으로 충만하다. '이게 나야!' '이게 (내 삶의) 다예요!'와 같은 발언이 책의 경사면에서 미끄러지고 있다. 물론 '어쩔래'와 같은 자기노출에 대한 보충이 '이게 다예요'를 민망한 듯이 보충하고 있다. 부러워라! 이 해방감이 질투난다. 삶의 도정에서 겪는 인간적 애증을 시 속에 밀어 넣거나 감추면서 시의 주체는 시의 집 밖으로 탈주할 수 있으니까. 저 유유한 걸음. 인간의 얼굴로 살아가는 나날의 낯비침은 투명하지만 어둡고, 어둡지만 투명하다. 그리하여, 시쓴이에게 삶의 구체적 감각은 '가을비 잠시 다녀가'(〈구름〉)는 순간성이거나, '문득 나도 저 안에 들어가고 싶'(〈패스트 푸드점 앞에서〉)은 풍경을 욕망한다. 그래서 나는 이 책을 풍경에 관한 시집이라고 호명하게 된다.

이 시집의 풍경은 '이게 다'라고 들이대는 자기 풍경을 시의 근원으로 삼는다. '이게 다'라는 문학적 판단은 어설픈 철학이나 자기 왜곡에 기댈 수 있다는 차원에서 아슬아슬하다. 문제는 늘 '이게 다가 아니기 not-all' 때문이다. 우리의 삶은 모든 것을 알 수 없는 방식으로 이루어진다. 거기엔 항상 찌꺼기가 남는다. 시적으로 풀자면, 다 보여주면서 무언가는 감추는 국면이 이 시집의 풍경이다. 좀 그럴 듯하게는 풍경의 무의식쯤 되겠다. 순간순간 풍경의 거죽으로 흘러 번지는 무의식 혹은 예전에 헤어졌다고 치부해버린 정서들이 정색하고 돌아오는 풍경이,

이 책이 애써 드러내고 싶은/감추고 싶은 진실이라면 어쩔 것인가. 시의 주체는 풍경 내부에 편재하거나 아예 풍경의 바깥에 서 있다. '망망대해에서 맞는 비는/당신은 모르겠지만 정말/짠맛입니다'(〈바다전언〉)와 같은 경우, 시의 주체는 풍경 안에 있다. 주체와 풍경이 한 몸으로 섞여 있어 주체와 대상 간의 간격이 없다. 시의 주인공이 풍경이 되는 순간이다. 시의 주체가 풍경에 속해 있든 풍경의 외부에 있든 차이는 없다. 이 시집에서 무대화 되고 있는 차이는 소소한 가장假裝, masquerade이다. 마치, 큰 차이가 있다는 듯. '봐, 나는 집안에 있기도 하고 집밖에 있기도 하잖아, 근데 왜 차이가 없다고 하는 거야.' 시인이 풍경 내부에 있든 외부에 있든 상관없이 자신의 풍경에 붙잡혀 있다는 점은 이 시집의 유구한 본질이다.

'그런데'와 '그래서' 사이에서 강씨의 시는 망설인다. 자신의 착지점을 애매하게 뭉갠다. 그것이 '이게 다예요' 라고 자신을 투척하는 용기의 발원지다. 용기 앞에는 '서글픈'이라는 수식어가 추가되어야 할지도 모른다. 삶이 필연적으로 구성하는 어떤 불충분성 때문이라면 어쩌겠는가. 운명과 팔자 사이의 거리처럼, 대상과 시적 주체는 너무 멀어져 있거나 너무 가까이 있다. 아니라고? 당근 손들고 아니라고 하는 축이 있을 것이나, 해설은 텍스트의 의미를 고정시키려는 욕망에 들려 있는 글쓰기다. 왜, 아니라고 하는가. 그 또한 그대의 욕망 아닌가?

4. 시도 애도를 알까요?

나는, 이 책이 취하고 있는 태도를 풍경과의 거리 문제로 읽는다. 원거리에 있는 풍경은 관찰의 대상이 되고, 근거리는 주체를 풍경 속으로 끌어들인다. 앞쪽의 경우가 애도라면, 뒤쪽의 경우는 우울증이 된다. 자신을 둘러싼 풍경으로부터 자유로운가 아닌가에 대한 해석적 코드다.

프로이트에 따르면, 애도와 우울증은 사랑하는 대상의 상실에 대한 서로 다른 태도이다. 애도는 헤어짐의 현실을 인정하는 경우 완성된다. 상대에게 쏟았던 정을 돌려받고, 다른 대상에게 그것을 투자하는 것으로 끝이다. 우울증은 '죽어도 못 보내'와 같은 경우에 걸려드는 증상이다. '세상을 원망하랴 내 아내를 원망하랴' 따위의 대상과 세상에 대한 끈적임이 우울증을 낳는다. 애도와 우울증은 인간에게 보편적으로 나타나는 정서적 태도다. 우리의 삶은 상실의 연속이기 때문이다. 누구나 상실과 마주치지만 그것을 처리하는 태도는 저마다 같지 않다. 대상에 대한 욕망의 상실이 우울증의 핵심이다. 지젝은 우울증을 색다르게 요약했다. 평생 한 도시에서만 살다가 다른 곳으로 이사를 가게 된 사람이 있다. 그가 슬퍼한 것은 평생 살던 고향을 떠나는 것이 아니라 그 장소에의 애착을 상실할 것이라는, 보다 미묘한 두려움 때문이다. 바로 이런 의미에서 우울증은 철학의 시작이라고 했는데, 이 글에도 생기를 던져준다.

〈그들이 보궁이다〉는 '주말 평창 휴게소'의 풍경을 별난 시적 장치 없이 편안하게 묘사하고 있는 시다. 젊은 여인들이 동그랗게 서서 바람을 막아주고, 그 안에서 노인들이 아침을 먹는 풍경이다. 시의 마지막 두 행은 '참 맛나게들 드신다/그들이 보궁이다'로 종결된다. 코헨 형제는 '노인들을 위한 나라는 없다'고 했는데, 평창의 풍속은 그렇지 않다는 듯. 범상한 성지순례 모습이 시쓴이에게는 순하게, 각별하게 읽혀온다. 걸림이 없는 따뜻한 관찰이다. 말하자면, 이 시는 대상과 주체 간의 간격이 참 행복하게 유지되었다. 그렇지만 시쓴이는 이 풍경 외부에 위치한다. 참 맛난 풍경에 끼지 못하는 소외가 있다. 시쓴이에게 잘 소화되고 있는 이 풍경을 애도의 과정이라 부르면 어떨까. 그래, 다 그런 거지. 보기에 좋잖아. 사실, 이런 감정은 속류지만, 인간과 세상을 유지시키는 이데아는 바로 이런 속류의 힘이다. 인간이 삶을 살아가는 동력도 이런 힘이다. 바로 이 힘은 여러 시편에서 다른 상황을 가장하고 나타난다. 어쩌면, 아님 말고, 시침 떼고 관찰에 기대는 덤덤한 애도적 시선이 시쓴이의 일상적 삶을 일상처럼 가장하게 만들어주는 심리적 배후일 것이다. '윙윙거리는 드라이기 소리와 독한 암모니아 냄새/롯트를 만 여인이 혼자 앉아 졸고 있는 동안'은 근사하다. 권태와 미용실이 협력하여 완성한 일상의 풍경이다. 권태의 겉은 정적이지만 속은 소란하다. '무언가 지나간 듯 길게 금 간 하늘/전선에 앉았던 새 한 마리 급히 날아가고/그리고 곧 비 한 줄기'(〈권태〉). 지나간 자리가 그 자리를 지운다. 아무 일도 없었으나 모든 일이 가능했던 권태로운 시간은 이 책의 한 축이 될 것이다. 〈권태〉는 그런 점에서 이 시집의 표준적 의미에 해당한다. 애도와 우울증이 만나서 사이좋게 평균점을 찾는 징후로서의 시적 순간이다.

나는 이 시집에서 애도와 우울증의 정서를 만나고 있다. 그런데 그것은 상식적인 차원의 애도와 우울증이다. 상실의 대상에 대한 분석이 아니라, 풍경으로 요약한 대상현실과 시적 주체를 통합하는데 실패하는 장면을 나는 그렇게 불렀다. 시적 주체는 풍경과 자신을 화해롭게 통합하는데 실패한다. 그것은 마치 아킬레스와 거북의 경주를 닮는다. 거북은 언제나 너무 빠르거나 너무 느리기 때문이다. 여성들이 어떤 자식을 낳았는지 모르듯이 시쓴이도 자기가 어떤 시를 썼는지 모른다. 그것은 언제나 남의 수중에 있다. 어긋난 풍경 속에서, 자주 어긋나는 마음은 풍경으로부터 자신을 분리해내지 못하는 갈등이다. '굳이 대면하고 와야 한다'(〈천도재〉)고 자신을 몰고 가는 '굳이'라는 부사성 심리는 대상의 천도를 연기한다. 대상을 붙잡고 놓지 않는 것은 대상이 남긴 잔여를 소화하지 못하고 있기 때문이다. 감미롭게 건드려지는 이 정서를 우울증적 정서라고 불러야 하지 않을까 싶다. 가도 아주 가지 않고, 보내도 아주 보내지 못하면서 서성대는 심사는 이 책의 뒷면을 물들이는 환영적 도착倒錯이다.

더불어, 이 책에 덧씌워져서 시를 붙잡고 있는 죽음은 또 무엇일까? '항상 라캉에 대해 알고 싶었지만 감히 히치콕에게 물어보지 못한 모든 것'은 여기에도 있다. 마치, 질문되어서는 안 되는 것처럼 혹은 질문이 답으로 귀환하는 론도성 의문 같은 것이 책의 행간에 걸쳐 있다. 〈손에서 내려놓다〉는 베란다에서 죽은 화초를 보면서 '섭섭한 마음'을 달래는 시다. '돌아선 너의 등처럼 뼈 속까지 시리던 그 한기에/가까이에서 손을 제일 많이 타던 것이 먼저 죽어 버렸다'는 시적 진술은 이 시의 아픈 현실이자 시쓴이의 손을 벗어나면서 환상으로 돌아온다. 현실이 흔들리고 부서질 때마다 기다렸다는 듯이 찾아오는 좀비성 환상. '죽어도 내 곁에서 죽겠다던 너도/너도 그렇게 가는구나'(〈너도 가는구나〉), '그동안 네가 왔다 가는'(〈불안한 생〉), 'Calling you'(〈너를 부르다〉), '배웅'(〈배웅〉), '어느 날 갑자기 오랜 책갈피에서 나와/천천히 내 앞으로 떨어지는 너의 사진'(〈만우절에 장국영을 보다〉) 등의 조각들은 대상의 죽음 혹은 사라짐을 고정점으로 하여 누벼지는 애도적 텍스트다. 혹은 애도되지 않고 남아도는 잔여다. 죽은 이의 홈페이지를 방문하'(〈죽은 이의 홈페이지를 방문하다〉)는 것은 부재의 흔적을 확인하는 행위다. 시쓴이의 텍스트에서 이 부재하는 존재들은 '막걸리 한 잔과 고운 흙만 있으면/평생 족하다던 내 조각가 선생'(〈와불〉)의 죽음처럼 '와불'로 추모되거나 특권화된다. 이것이 덧나지 않는 애도라면 아마도 이 시집에 존재했던 애도와 우울증에 대한 공식적 누빔점이 될 것이다. 언제나 거기서부터 출발하고 항상 불가피스럽게 그 위치로 돌아오는 사랑의 환상이거나 환상 위에 부유하는 사랑이거나. '당신을 나오는데 빗방울이 떨어집니다/문득 돌아보니 오랜 느티나무 한 그루/입을 다문 채 몸만 털고 있'(〈폐사지를 나서다〉)는 풍경은 마치 영화의 크레디트가 올라가는 마지막 장면 같다. 시쓴이 자신도 읽어낼 수 없는 저 깨알 같은 크레디트의 문자적 부유물들. 그러나 자신을 붙잡고 놓아주지 않았던 '폐사지'를 나서는 의미성은 커 보인다. 마음의 잔고가 없어서 삐걱대는 어긋남이 모두 하나의 풍경으로 통합되었다는 뜻일까? 그렇다, 나는 그렇게 이해한다. 이 시집에 드러난 애도와 우울증은 하나이면서 여럿이고, 여럿이면서 하나였다. 하나가 여럿으로 확산하고 여럿이 하나로 수축하는 광경은 이 책의 본능이자 의미론적 배경이다. 잃어버린 대상을 '다시 잃어버리는' 작업이 애도라면, 이 책은 애도에 저항하는 증상에 붙잡혀 있다. 애도의 잔고로 인해 어지러운 증상이 우울증이라면 이 책은 우울증적 유형에 잡혀 있거나 그것을 은밀하게 가장한다. 라캉주의자들 사이에 회자되는 농담이 있다. 자신을 곡식 알갱이라고 믿고 있는 환자가 치료를 받고 퇴원하는 날, 병원 문밖을 나서다가 놀라면서 되돌아왔다. 문밖에 있는 닭들이 자신을 쪼아 먹을까 봐 두려웠던 것이다. 주치의: 당신은 곡식 알갱이가 아니라 인간이라는 걸 잘 알지 않소? 환자: 물론 나는 알지요. 하지만 닭도 그걸 알까요? 시인이 자기 시의 무의식적 진실을 아는 것만으로는 충분치 않다. 무의식이 진실을 받아들여야 하는 것이다. 우리는 어떻게 물어야 하나? 시도 애도를 알까요?

5. 그러나, 그럼에도 불구하고

강씨의 시들이 시쓴이의 전면적 진실을 삶의 풍경 속에 통합시키려는 의도와 달리 너무 늦거나 너무 빨라서 대상과 나란히 갈 수 없다는 것이 이 글이 힘주어 떠들어댄 요지다. 애도에 대해 말했지만, 한국시는 일찍

이 애도되었다. 그러므로 시는 시대착오의 산물이다. 더 갈 길이 없는 시들이 우후죽순처럼 쓰여지고, 문학상을 주고받는 일은 일말의 우스개다. 이것은 한국문학이라는 시스템이 관성에 기대어 움직이는 현상이고, 이는 문학의 본능과 다른 길이다. 이제 문학은 우리의 문제가 아니고 당신의 문제로 한정된다. 문학이 망가졌다는 걸 잘 알아, 그렇지만 나는 그냥 모른 척 하고 쓸 거야. 여기에 동의하는 자들이 남아서 시를 쓴다. 이른바 물신주의적 분열의 태도이다. 이 태도는 시 자신보다는, 시를 쓰는 주체에게 만족감을 돌려준다. 이와 같은 시쓰기야말로 진정한 인문학의 출발이자 도착점이기도 하다. 무의식을 달래는 방식으로 이만한 것도 없을 것이기 때문이다. 시가 멸종하지 못하는 소이도 여기일 것이다.

시집 한 권으로 문학에 이름을 기입하는 의미는 무엇인가? 그것은 스스로 봉합할 수 없는 어떤 분열에 노출된 주체라는 뜻이 된다. 시가 별볼일 없다는 거 나도 잘 알아요. 그러나 그럼에도 불구하고 나는 여전히 시의 영광을 믿으면서 시에 붙어 살 겁니다. 사랑하는 사람은 떠났지만, 보내지 못하는 그 '헛된' 마음으로 시를 대할 겁니다. 나는 이 말에, 이런 태도에 공감한다. 초超하이테크적인 시와 정신의 스트립쇼 같은 시들이 득시글거리는 시대에 이 책은 그들과의 경쟁을 외면하고 불어대는 소박한 독주獨奏다.

이 책에는 몇 편의 수수한 유머를 담고 있는 시가 발견된다. 이 책 전체가 정장차림에 정색을 한 C메이저 같은 시들로 채워져 있다는 점에서 유머는 예외적 진기성이다. 마치 단추를 몇 개 풀어놓은 듯한 모습의 시들이다. 〈나의 출사기〉, 〈가족의 탄생〉, 〈전화〉, 〈여행가방〉, 〈들여다보기〉, 〈꽃피던, 시절〉과 같은 시편들에는 작고 소담하고 훈훈한 웃음이 박혀 있다. 개인적인 경험담이거나 여행과정에서 관찰된 듯한 단편적인 서사를 통해 독자들은 '맞아, 그럴 수도 있지'와 같은 맞장구를 치게 만든다. 실로 우습지 아니 한가歌! 이 범주에 포함되는 일단의 시들은 시쓴이와 상관없거나 일정한 '간격'을 유지할 수 있는 풍경을 대상으로 삼는다. 인간사란 가까우면 비극이지만, 멀어지면 희극이다.

〈저녁을 준비하며〉는 이 책에 시적인 탄력을 부여한다. 어디서나 볼 수 있고 들을 수 있는 그렇고 그런 아줌마의 푸념에 시의 입김이 얹어졌다. 한 인류가 늙어가는 징후와 마주치는 순간은 당혹스럽고 잔인하다. 늙었다는 사실보다 늙는 것 같다는 징후와 예감이 더 괴롭다. 안경을 맞추러 갔다가 노안이 시작된 거 '같다'는 통보를 받는다는 시의 전제는 이 시의 가상스러운 문제제기다. 엘리베이터에서 아직 '젊다고 생각하는' 남자를 보고 미취학의 아이에게 젊은 엄마가 하는 말과 같은 위력이 있을까? 하라버지, 이 놈 한다. '노안' '새치'(라기보다 흰머리일 것이고)는 할아버지와 동일한 기표다. 역시 시는 설명이 안 되는 물건이군요. 이렇게 설명하면 산문적 납득은 되겠지만, 시는 '니들끼리 놀아라' 하고 도망간다. 시는 메시지가 아니라, 메시지를 잘게 부수어 나누어가지는 형식이다. 조각을 맞추어야 비로소 의미가 되지만, 마지막의 한 조각은 어디에도 없는 불구적 조각맞추기다. 이 시는 언어를 묘하게 통제하면서 뜻밖의 의미를 산출하는 시다. 이 책의 정신적 좌장격인 시다. 안경집 주인은 노안을 지적하며, 몇 년 더 버틸 수 있을 거라 웃어준다. 이 웃음!소리에 시적 주체인 아줌마는 몇 년 미리 늙는다. 이번엔 미용실에 들어가 머리를 짧게 자른다. '짧게'는 '노안'의 반동일 것인데, 이번엔 '새치'가 적발된다. 숨기는 것이 좋을 때도 있다고 주인은 조언한다. 새치도 미장원 주인도 왜들 다 이 모양인가? 여기까지는 삶에 대한 서사적 이해에 지나지 않는다. '돌아오는 길에 마트에 들러/배추와 무 부추와 마늘 그리고 오이를 샀다/식탁에 쏟아놓으니 아직은 파랗게 살아 움직인다/저것들에 빌붙어 좀 더 살아도 되는 거 아닌가'라는 결구는 놀라운 반동력이다. 어디에도 보이지 않던 시가, 시의 눈빛이 반짝이는 순간이다. 새치 돋은 여자는 무엇으로 사는가? 새치가 돋기 시작한 여자들은 마트에 들러 싱싱한 채소를 살 일이다. 절묘한 화해다. 이 시의 발상은 저급한 아이디어 차원이 아니라 시의 섬광이 움직이는 짜릿한 순간이다.

〈저녁을 준비하며〉가 이 책에 수록된 많은 시들의 중얼거림을 보기 좋게, 성공적인 목소리로 봉합시킨 버전이라면 나는 군소리하지 않겠다. 이는 취향의 차원이 아니라 시적 성숙의 차원이기 때문이다. 그런데 〈신문읽기〉는 이 책에 실린 좋은 시들과 그 일행들을 '잠깐' 하면서 제지하고, 꺼내든 회심의 패와 같다. 이 시는 신문이라는 물질적 크기 속에 세상만사가 응집되듯이 시 전편의 꼼꼼한 문체를 통해 시 읽는 재미를 몸 전체로 보여준다. 이런 상상력이 더 확장되기를 바라지만, 그건 마치 축구경기의 해설자가 경기장 밖에서, '지금이 슛을 날릴 찬스입니다. 어서 걷어 차!' 하는 입방정과 같으리라. 어떤 시는 정서만으로 시가 되고, 어떤 시는 손끝으로 만들어지기도 한다. 둘 다 실패에 도달하는 것은 시간문제일 뿐이다. 〈신문읽기〉는 흔히 목도하게 되는 나쁜 시들이 넘지 못한 시적 문체의 허들을 자연스럽게 넘어치운 기쁨이다.

6. 풍경을 건너가다

나는 이 책의 본질을 풍경의 문제로 이해했다. 주체가 대면하는 삶의 여러 국면이 다 풍경이라는 말에 스미기를 바라면서. 아니, 그렇게 몰고 왔다. 삶에 정답이 없듯이, 문학이라는 골목에는 맞는 것도 없지만, 틀린 것도 없다. 그래서 이 동네는 사기술이 발달한다. 모든 예술은 판타지 위에 축조하는 모래성이다. 시의 주체는 풍경 속에 자신을 밀어 넣고 싶은 욕망에 시달리지만, 너무 가까이 있거나 너무 멀리 있어서 늘 어긋난다. 그것은 이 시집의 저자가 자기 안에 '불가피하게' 키우고 있는 근원적이고 의미론적인 질병이다. 언어에 가려서 질병의 생짜를 보여줄 수 없는 이 한계. 평범한 인류의 복잡한 욕망은 항상 증상적으로 자신을 긁는다. 때로, 때때로.

얼추, 해설 분량이 되었겠지 어림하며 노트북 화면에서 눈을 떼니, 저문 들을 바라보고 있는 여자의 등이 보인다. 들녘에서 불어오는 바람, 흩날리는 귀밑머리, 바람에 불려간 생각들. 카메라는 여기서 스톱 모션이다. 해설이 끝나면 독자들 앞으로 팝업될 이미지는 어떤 것일까? 어스름 들녘에서 '혼자 아이를 가진 여자처럼/몰래 헛구역질을'(〈감자꽃이 피었습니다〉) 하는 사람이 당신이었던가? '썼다가 지운'(〈가을〉) 풍경 속을 다시 건너가고 있다는 뜻인가? 결과는 언제나 원인을 가리키고 있다는 것이 이 에세이의 개인적 격언이다. 저자에게 수고를 전차하는 뜻으로 CD 하나를 밀어 넣고 버튼을 누른다. 음악은, 지금 저 아래 올라오고 있는 그대의 시 〈신문읽기〉다. 아베 야로의 ≪심야식당≫에 앉아 푸딩을 먹는 해설자를 상상한다. 그 뒤는 생각지 않기로 한다.

며칠 묵은 조간신문을 넘기는데 종이

소리 심상치 않다

기름 뺀 구운 과자 만지듯 바삭바삭

불안하다 정치가 경제가 넘길 때마다

마른 잎 부서지는 소리가 난다

장편소설을 쓴 소설가의 상반신이 내

손을 따라 안으로 굽는다

부서질까 그를 조심스럽게

뒤집는다 뒤집자
개봉영화를 들고 찾아 온 미모의 여배우가
활짝 웃고 있다
그 뒤는 읽지 않기로 한다 대신
소설가를 여배우 곁에 펼쳐 놓는다
그렇게 녹녹해지도록 둔다

문학-각론各論

– 한상철의 시

언젠가, 깊은 밤 그 집에서,

그가 꾸깃꾸깃한 종이 한 장을 내밀었다.

이 자리는 한상철의 시를 해설하는 공간이다. 갑자기, 두 개의 키워드가 낯설어지기 시작한다. 시의 주인인 한상철 교수와 해설이라는 개념이 그렇다. 오래 만난 지인의 얼굴이 문득 생소를 극하는 순간이다. 그를 모른다는 것도 말이 안 되지만, 그를 잘 안다는 것은 더 말이 안 되는 어떤 국면이 지금 내 앞에 도사리고 있다. 이과理科 계통인 사람에게서 문과적文科的 특성을 보았을 때의 진기함이 출렁거린다. 거슬러올라가서, 1994년쯤, 어느 날, 나는 그의 집에 초대된 적이 있다. 그 장면이 '참고인 자격'으로 그의 시집 해설을 거들게 되는 사단이 될 줄은 그때는 몰랐다. '소주'스님과 '안주'보살이 동참했던 그 자리는 꽤 불콰했던 것으로 기억된다. 우리는 직장 동료로서, 이것저것, '40대 젊은이들'의 관심사를 탐문하며, 서로를 나누기 시작했다. 기억해보자면, 그 시절, 우리의 안주에 오르지 않은 것은 정치, 직장 문제, 사생활, 문학과 같은 항목들이었다. 예외를 넘어서서 등장한 논제는 대개, 어쩔 수 없이 음악이었다고 기억한다. 아니, 그렇게 기억해야 그와 내가 만났던 과거가 재구성된다.

그의 집에서 만났던 것은 공학박사이자 교수 한상철이 아니라, 한 명의 오디오 마니아였다. 솔직하게 말해서, 오디오가 아니었다면, 나는 그 집을 들락대며 소주를 마시는 일은 없었을 것이다. 오해 있기를 바란다. 만약, 그때 오디오가 없었다면, 지금쯤 나는 이렇게 회상할 것이다. 그 집에 시적인 정원과 어린 당단풍, 층층나무가 아니었다면 여러 번 그 집을 방문하는 일은 없었을 것이다, 라고. 우좌간, 한 교수의 자택 거실을 장식하고 있는 오디오의 위용에 대해 말하려는 순간이다. 게다가, 벽면을 채운 씨디와 엘피판이라니! 살짝 뻥을 치면, 그 수량이 웬만한 지방방송국의 소장량을 웃돌게 보였다. 게다가 생김새와 연식이 구구한 오디오가 여럿 있다는 것도 놀라웠다. 이 분과 친하게 되면, 아마도, '저 방에 있는 오디오는 방만 차지하고 있으니, 버릴까 하는데 혹 필요하지 않으세요?' 조만간, 이런 말을 듣게 되리라는 기대를 가지기도 했다. 우좌지간, 나는 강원도 원주시 소초면에 위치한 한상철 교수의 자택에서 음악을 물질적으로 영접했던 황홀을 회고하는 것이다. 그 중 하나,

잊을 수 없는 것은, 잠들 때 한 교수가 걸어주던 엘피판이다. 속칭, 안단테 칸타빌레. 그때는 그렇거니 했는데 나중에 보니 그것은 차이콥스키의 현악4중주 제1번이었다. 그 시절 내 고단한 삶을 어루만져 주던 음악이었다. 아니다, 차이콥스키를 들으면서, 내 삶이 '고단하고 있음'을 음악적으로 확인했다는 것이 더 맞다. 차이콥스키의 도저한 비애감을 이미자의 '섬마을 선생님'으로 번역하면서 잠들었던 나날들. 음악을 핑계

로 숙소를 제공받기도 했으니, 행복했구나, 그 시절 나라는 인류.

그에게, 시는 어떻게 왔는가

한 교수집에 들락거리면서, 내게 온 시들이 몇 편 있다. 그 중 어떤 시는 그와 통화한 내용을 그대로 녹취해서 시로 만든 것도 있다. 손도 안 대고 코를 푼 경우다. 그때만 해도, 이 분이 시를 쓰지 않는 것을 다행으로 여겼다. 지근거리에 동업의 경쟁자를 두는 것은 신경 곤란한 일이기 때문이다. 그런데 여자 말고도 알 수 없는 것은 나의 동료 한상철 교수가 시를 쓰기 시작했다는 일이다. 오래 알던 사람이 무병巫病에 걸렸다는 소식을 접했을 때 마음에 닿는 압력!

언젠가, 예의 그 저녁 그 집에서, 깊은 밤, 한 교수가 꾸깃꾸깃한 종이 한 장을 내밀었다. 뭡니까? 낙선데요, 혹시 시가 될 수 있을까 해서요. 그에게서 난수표 한 장을 받았다는 생각이 들었다, 그때는. 그가 정의한 대로 그날의 일은 낙서처럼 지나갔다. 그때, 화근을 잘라드렸어야 하는데, 하는 일말의 인생적 미안함이 스친다. 나중에 듣고 보니, 이 분이 시에 착수한 것은 일과적이고 도발적인 기획이 아니라 어떤 인연들의 결과물임을 알게 되었다. 그 하나는 가족력의 문제라는 것. ≪심상≫으로 등단한 한상학 시인이 형님이고, ≪시와사상≫ 신인상으로 작품활동을 하고 있는 한혜미 시인은 여동생이다. 이 정도면 '설명 끝'이 아니겠는가. 시인이 많다고 하지만, 3남매가 시인인 가문은 거의 없다. 또 하나,

즐겁게 짚어야 할 사실은 그가 중학교 2학년 시절에 한국시문학사에 대체 불가능한 서정시의 형식을 제공한 박용래 시인에게 한문을 배웠다는 점이다. 때는 박용래 선생이 ≪강아지풀≫을 상재했을 무렵이고,

소년 한상철은 사태의 중요성을 모른 채 그 시집을 사서 읽었다고 한다. 그 후 음악다방에서 디제이로 일하고 있던 대학생 청년은 우연히 박용래 선생을 해후하고, 선생의 댁까지 따라갔던 희귀한 개인사를 만든다. 문학적 운명은 아마도 그렇게 우연을 가장하고 나타났던 모양이다. 나는 앞서 지적한 가족력과 박용래 선생과의 만남을 한상철 교수가 시라는 일을 저지르게 되는 운명적 근거로 풀이하고 싶다. 그러나 이런 분석은 맞을 수도 있고, 아닐 수도 있다. 문학의 영감은 도처에서 기원하지만, 그것을 받아 적는 작업은 개인적 영역이기 때문이다. 특히, 시는 그렇다. 시는 가르쳐지지 않을 뿐만 아니라, 가족력에 기대어 세습되는 재주도 아니다. 그저 개인의 업일 뿐이다. 장사와 무당은 세습되지만, 개인의 경험을 밑천으로 삼는 문학은 속성상 대물림이 되지 않는 좌판이다. 이쪽 업계는 그렇다.

한 교수의 시를 본격적으로 접하기 시작한 것은 몇 년 전이다. '몇 년' 앞에는 '불과'라는 부사가 붙어 있어야 이 분이 시를 쓴 '속도'에 실감이 난다. 그러다 말겠지 했는데, 그의 습작은 함부로 가속을 얻고 있었다. 그때부터 그의 시를 읽는 것은 나의 우정적인 업무가 되었다. 그것뿐이다. 물론 깨알 같은 토론은 있었지만 그것이 전부였다. 그가 시를 쓰는 과정을 응시했다는 점에서 나는 참관인 그 이상도 이하도 아니다. 집으로 오는 약도를 전해준 바 없는데, '다 알고 왔다는 표정으로' 문 밖에 누군가 서 있다면, 어떻게 하겠는가. 어떻게 알았지? 그렇게 그는 이미 문학의 현관에 성큼 들어섰던 것이다. 두렵고, 서늘하다, 그의 섬광! 하나 더,

이 대목에 삽입할 게 있다. 시를 만지던 한 교수가 어느 날부터 카메라

를 사들이기 시작했다. 카메라를 수집하고 조작하는 정밀성을 보고 나는 혀를 둘렀다. 그것은 수집하는 차원과 다르다. 사진을 잘 찍는 기법과도 다르다. 그것은 미디어를 조작하여 대상을 자기화하려는 무서운 몰집沒執의 세계다. 음악이 아니라 오디오가 그렇고, 사진이 아니라 카메라가 그렇고, 시가 아니라 시를 향한 열중이 그러하다. 자신이 손대는 영역이 자신의 뜻으로 환원된다는 것은 무서운 일이다. 이 양반이 김진열 화백의 화집 초상을 찍었는데, 사진을 보면, 찍사의 자질이 아니라, 사진을 도려내는 직관력에 공명하게 된다. 놀라워라! 피아노 조율사가 〈소녀의 기도〉를 연주하는 거나, 피아니스트가 자기가 연주할 피아노를 손수 조율하는 모습을 상상해 보시면, 한 교수라는 사람의 '스팩'을 개관할 수 있을 것이다.

말하고 싶은 것은, 한상철 교수의 집중력이다. 앞에서 두 가지 흘린 것을 통해 알 만한 사람은 알았을 터이다. 한 교수의 이런 특성을 사전에 없는 말로 몰집沒執이라 호명한다. 실용적인 말로는 관철의 세계다. 시는 집중이고, 집중의 산물이다. 그러니까, 한 교수의 재능은 시의 중심과 근친관계다. 어느 겨울날, 무대는 바깥이 환하게 보이는 무실동 근처 꼼장어집. 등장인물은 검은 비닐봉다리를 든 한 교수. 봉다리 안에서 그가 꺼내놓은 것은 몇 권의 시집과 김수영전집이었다. ≪실용 컴퓨터개론≫이나 ≪전국산학협력취업약정제사업추진협의회자료집≫같은 것이 들어 있지 않았다고 지적하는 것이 아니다. 한 교수가 남모르게 시공부를 했다는 것을 말하려는 것은 더욱 아니다. 그저, 나는 그 풍경에 마음이 움직인다. 오십줄의 남자가 시집을 들고 있다는 것 자체가, 강원도 원주시에는 '없는 것'을 보충하고 있는 풍경이다. 그때 시인은 김수영을 짚고서, 자기 삶의 다른 장면을 응시하고 있었을 것이다. 그가 시를 쓰는 것은, 시가 아니라, 무엇이 시인가에 대한 자기해명일 것이다. 즉슨, 자신의 삶을 해명하는 일이다. 시는 스마트폰이 무엇인지 모르는 순진한 시골처녀가 아니다. 오디오나 카메라처럼, 눌러주세요, 찍어주세요, 라고 속삭이는 수동형 미디어가 아니다. 누구에게, 시는 '자유시장 지하상가 국밥집'에서, 국밥으로 식은 삶을 데우면서 설악산 봉정암 꼭대기를 꿈꾸는 지난한 사기술이다. 그것도, '사물에 붙어 있는 초라한 단서'에 불과한 언어에 의지하는 정직하고 외로운 백일몽의 세계다. '알면서 모른 체' 하는 세계가 아니라, '모르면서 아는 체' 하는 것이 문학이고, 그 앞잡이가 시다. '아는 체' 앞에는 '적극적으로'가 삽입되어야 한다. 이 분이, 그 길에 접어든 것이다, 것두, 순전히 자발적으로!

묻지 말라니까요

이제, 본론으로 들어갈 때다. 그런데, 묻는다. 누구에게? 무엇을? 그것도 묻는다. 본론이라는 게 있다면, 나에게 그것을 좀 보여 달라고. 근데, 시인 한상철은 '묻지 말라'고 말한다. 시집의 간판부터 그렇다. 가만 있어, 내가 다 말해줄 게. 그것인가. 시는 드러내면서 감추고, 감추면서 드러낸다. 이것은 언어의 속성이다. 이 시집의 주인은 언어의 속성을 먼저 알았던 것이다. 내가 읽은 한상철 교수의 시는 이미지의 수레이자 언어의 연주다. 제비꽃, 물오리떼, 구름, 참새, 달개비꽃, 벌개미취, 원추리꽃 등과 같은 자연물에 관한 이미지의 박람이자, 부드러운 회한과 동경과 외로움의 절제된 언어적 연주이다. 나는 그의 시에서, 어떤 순정성, 어떤 절제력, 어떤 형태미, 어떤 여백을 만난다. 이를 단순성(천진성), 여백, 반복성 등으로 명명할 수 있다. 한 교수의 시는 복잡한 구조를 버리고, 단순성에 투신한다. 시의 소망이 단순성에 있다면, 그는 이미 이 '천기'마저 알아치웠다는 뜻이 된다. 시는 최소한으로 말하고, 최

대한으로 의미하고자 하는 욕망의 구조다. 의미마저 삭제하는 극단의 지점이 시의 극락이 되는 소이도 여기. 그런데, 한 교수의 시는 어느 것을 읽어도 언어의 표현이 아니라, 여백의 표현에 집중하고 있다. 그래서 그의 시를 읽는 일은 그의 여백을 사注는 일이 된다.

> 달개비꽃 피던 자리
> 푸른 빛
> 벌개미취꽃 피던 자리
> 보랏빛
> 원추리꽃 피던 자리
> 주황빛
> 여름 앉았던 자리
> 갈빛
> 내 그림자
>
> —〈갈빛〉 전문

인용한 시 〈갈빛〉 바로 위에서, 내가 침을 튀긴 내용을 이 시는 고스란히 체현하고 있다. 단순성과 여백이 조응하고 있는 시다. 명실공히 이 시는 형태가 의미를 견인한다. 그러니 이 시에서 의미를 찾는 일에 집중하면, 시의 8할은 사라진다. 〈갈빛〉은 한상철 시의 중심적 자질을 여지없이 구유하고 있다는 게 나의 생각이다. 단정적으로 말한다면, 그의 시는 의미와 비의미의 틈 속에 놓여 있다. 또 어떤 시를 읽어도 그의 시에서 눈에 먼저 드는 것은 언어를 밀어올리는 여백이다. 여백은 그의 시적 특징을 넘어 특별한 매력으로 주체화된다. 그것은 시인이 쓰고 남은 자투리가 아니라, 그가 만들어낸 시적, 정서적 공간이다. 그 자리는 루치아노 파바로티의 목소리가 지나간 자리이거나 베토벤의 '황제' 1악장과 2악장 사이의 막간을 닮았다. 그러나 다시 읽으니, 그것은 충청도 어디, 사립문 밖에 뜬 달이다. 허옇게 쏟아진 달빛의 속삭임이다. 혹은 시인 박용래의 '강아지풀' 수굿하게 흔들리는 둑방길이다. 이러한 사정을 납득한다면, 그의 시는 질문이 답이고, 답이 다시 질문을 부르는 변증법으로 이어진다.

한상철 교수의 시가 의미의 생산보다 형태의 구축에 공력을 들인 것도 여백과 관계된다. 대체로 이 시집에 탑재된 시들은 규모가 작은 편에 속한다. 시각적 외형이 그렇다. 되도록 적은 언어로 시를 건축하고 있다. 이것이 시인이 겨냥한 것인지 아닌지는 모르겠지만, 독자에게는 그렇게 다가온다. 그렇기에, 그의 시는 겉이 속을 장악하는 것으로 읽힌다. 즉, 형태에 의미가 녹아 있고, 의미가 형태에 스몄다. 얼핏 보면 그의 시는 수월하게 읽히고 수월하게 해석될 여지가 있어 보인다. 그러나 거듭 읽게 되면, 그의 시가 쉬운 시적 의미를 엮어놓고 있는 것이 아니라는 데 도달하게 된다. '새들 사라진 뒤/하늘이 심심하다'(〈빈 하늘〉 전문)는 것은 또 무엇인가? 아무렇게 설명해도 맞을 것 같으나, 어떻게 해석해도 의미의 균형이 맞지 않을 것 같은 이 시의 구조가 한상철 교수가 고안한 시적 이디엄Idiom이기도 하다. 아주 크고 '심심深深'한 의미의 여백이 창조되는 순간이다. 그것은 '말할 수 없음'이거나 '할 말 없음'의 내면이 불러낸 의미의 공간화다. 그래서 그는 더부룩한 의미의 과잉을 시의 행간으로 쓱 밀어버리는 자기 방식을 선택한다. 언어로 포획할 수 있다면 굳이 왜 시를 쓰겠는가. 시는 불가능을 꿈꾼다. 움켜쥐면, 손가락 사이로 빠져나가는 물 같은 것이 의미이자 의미의 찌꺼기다. 시인은 그걸 움켜쥐려 시를 쓴다. 그게 시인의 일생이다. 아닌가? 아님 말고, 다음.

이 시집이 의탁하고 있는 형태미는 한국시들이 열심히 개척해 온 영역
이기에 새삼스러울 것은 없다. 더러는 박목월이 그랬고, 더러는 김종삼
이 그랬고, 더러는 박용래가 그랬고, 더러는 김영태가 그랬다. 그리고
보니 이들의 공통적 자질은 미학적 댄디스트라는 것이다. 특히, 박용래
는 한상철의 어떤 중심을 그대로 관통한 것으로 보인다. 그보다는, 시인
자신이 박용래 시인의 미학을 오마주했다고 해도 과언은 아니겠다. 그
의 일관된 시적 형태미 지향은 박용래에게서 영감을 받았다고 말하면,
한 교수가 화낼까? 여하튼, 나중에 물어보겠다.

제비꽃
흰 나비
너울너울
아지랑이 속
사라진
세월

겨울밤
함박눈
모퉁이
꿈에 본
제비꽃

—〈제비꽃〉 전문

〈제비꽃〉은 '박용래풍으로'라는 부제가 붙어 있다. 이 시는 박용래 선생에 대한 의리 있는 헌사이자 형태적 차용이다. 앞에서 열거했던 미학주의자들은 문단에서 다 사라졌다. 죽었다. 이들이 죽자 한국시의 미학주의도 종언을 고했다. 딴 데 가서 알아보라는 식이 되었다. 이제 박용래적 미학을 구경하기 힘들다는 점에서, 한상철의 출현은 어떤 시사점을 제공하기도 한다. 우리가 시라고 섬기는 것, 여기는 것, 개론하는 것의 함축과 보편적 미학을 독자들 앞에 특별하게 재생하고 있다는 사실이 그것이다. 요즈음 한국시의 외설적 지점을 성찰적으로 응시하게 하는 분위기도 제공한다. 제재와 형태의 측면에서, 이 시집이 취하고 있는 복고적 포즈는 사실은 옛것이 아니라 옛것인 '척'하는 것이다. 그것은 시의 '오래된 미래'를 향한 투신이라 여겨진다.

이 시집에 수록된 시들은 세 그룹으로 묶인다. 자연에 대한 탐구, 고향과 유년기, 가족에 관한 것이 그것이다. 이렇게 나누고 보니, 시집의 질서는 만들어지지만, 실없는 분류가 된다. 고향은 자연과 가족을 모두 수렴하는 개념이다. 이 말을 승인한다면, 이 시집의 시들은 고향의 겉과 속, 고향의 앞과 뒤를 개관하는 하나의 육체이자 우주다. 다음에 인용하는 시 〈먼 곳〉의 전신을 천천히 더듬어 보자.

1
스레트 지붕, 낡은 의자
머리 뜯는 바리깡
철사 줄에 걸린 때묻은 수건
면도칼 닦던 신문지
말표 이쁜이 비누

스위스풍 풍차 그림

때로는 밀레의 이삭 줍는 여인

몸 비틀던 아이

    2

황토 마차길 배추밭

간간히 섰는 미루나무

초가지붕 넘는 개 짖는 소리

느티나무 아래 노인네

지붕 위 넝쿨 박

초저녁 동네 아이들

삐그덕 열리는 부엌문

밥상 들고 나오시던 어머니

이게 시냐? 그렇다, 시다. 그것도 아름다운 시다. 이 시가 아름답다면,
사물들이 불가피하게 '앓음'답기 때문이다. 두 단락으로 분절된 시의
전반부는 의자, 수건, 바리캉, 신문지, 그림 등의 사물만 제시하고 있고,
후반부는 배추밭, 미루나무, 개 짖는 소리, 노인네, 넝쿨 박, 부엌문 등등
의 풍경을 제시하고 있다. 참 시 쓰기 쉽네. 그렇다. 그런데, 그렇게 말
하는 독자는 시를 놓치고 있는 지도 모른다. 나는 그것을 가르쳐줄 도리
가 없다. 다시 앞부분에 등장하는 '말표 이쁜이 비누'와 같은 구체성에
이르게 되면, 적어도 1958년 개띠들의 앞뒤 세대는 가슴에 닿는 무언가
가 있을 것이다. 아무것Nothing도 아니던 것이 무언가Something로 변질되
는 순간에 시가 개입한다. 마침내 보이지 않는가. 뒷부분의 풍경도 눈과
귀와 코를 즐겁게 하지 않는가. '몸 비틀던 아이'의 체험과 '밥상 들고

나오시던 어머니'는 아련하지만 두 번 다시 그곳으로 회귀할 수 없다. 아무도 다시는 고향으로 돌아갈 수 없다, 그 누구도. '내 고향도/번지 없는 주막'(〈내 고향〉)이 되는 것도 이런 까닭이다. 이 시는 기억으로 봉합할 수 없는 고향의 상실감을 시로 꿰매어 보는 것이다. 어디선가 '늬들이 고향을 알어?'라고 말하는 소리가 들리는 듯하다.

이 시집에는 드물게 죽음을 다룬 시 두 편이 눈에 띈다. 하나는 지나간 죽음이고 다른 하나는 오지 않은 내일의 죽음이다. 〈하관〉과 〈갈 때는〉 이다. 특히, 〈하관〉은 이 시집이 도달한 놀랍고 서늘한 높이다. 좋은 시는 설명이 필요 없으나, 나쁜 시는 견적이 많이 나온다. '돌아서는/서릿발 비탈길/삭은 뼈 부서지듯/와삭!/발을 헛디뎌 허둥대는/내 이마 위로/스쳐가던 구름 한 점'(〈하관〉의 일부). '와삭'이 주는 청각인상이 바로 죽음을 한 곳에 모으는 소리가 아니겠는가. 삶의 체중을 내려놓는 한 순간의 풍경이 소리로, 모습으로, 피부로 달려든다. 세상의 모든 삶이 또는 모든 삶의 소멸이 '와삭'으로 스몄다. 동업자의 질투심을 자극하는 의성어다. 이와는 달리 〈갈 때는〉은 시적 주체의 육성이 짙게 묻어난다.

가늘게 눈을 뜨고
먼 산을 바라보고 있을 것이다
교향곡보다는
현악사중주가 흐를 것이고
어머니 아버지 만날 설렘에
슬픔도 무서움도 아쉬움도 모두
덮어두고

해 넘어가듯
돛단배 사라지듯
갈 것이다

—〈갈 때는〉의 일부

시인은 이쪽 삶을 끝내고 저쪽으로 갈 때, '돛단배 사라지듯' 가겠다고 했다. 이 말 앞에서, 시를 해석하는 일은 우스운 노릇이다. 한전 앞에서 촛불 켜드는 어리석음이여! 그냥 '가늘게 눈을 뜨고/먼 산을 바라보'는 것이 시에 대한 예의다. 이 시집에는 아버지에 관한 시들이 많다. 〈아버지〉를 포함해 10편의 시에 아버지가 등장한다. 죽은 아버지를 자신의 내면으로 끌어들여 정서적 봉합을 시도하는 시적 의례로 읽혀진다. 지면 관계상 아버지 관련 시는 생략된다. 이제, 나는 내가 무슨 말을 했는지 잘 모르는 채로, 이 글을 마감해야 할 장소에 이르렀다.

일절유심조

나는 일말의 경이와 존중으로 한상철 교수의 시집을 읽어왔다.
한 교수는 없는 게 없는 사람이다. 그것이 그의 결점이라면, 나는 동의한다. 그는 한 곳에 머물지 못하고, 이곳에서 저곳으로 관심사를 이동시키는 유형으로 보인다. 고독한 소몰이처럼, 자신을 역동시킨다. 오디오에서 시로, 시에서 카메라로 혹은 카메라에서 시로. 그는 환유적 인간이다. 그에게 시를 권장한 주체가 없듯이, 시쓰기를 말리는 주체도 없을 것이다. 물으나마나 시쓰기는 그가 감당할 몫이다. 이 글의 끝자락에서 자연스럽게 올라오는 임종게 같은 의문 하나. 그의 시는 지속 가능할 것인가? 무슨 닭수작이냐고 묻는 당신에게 대답한다. 앞으로도 그가 시를 쓰고, 시집을 출판할 것인가에 대해 점을 치는 것이 아니다. 그는 원효대사의 일체유심조를 일절유심조로 '제대로' 읽을 줄 아는 사람이다. 언어의 자리를 베는 눈과 힘을 가졌다고 보는 내 생각. 한상철 교수는 이 시집을 내면서, 시인이라는 의관을 쓰게 되었는데, 이 면류관은 그러나 누구도 벗겨줄 수 없다. 그 자신조차도. ㅉ. 그는, 외람스럽게도, 시적인 주이상스Enjoyment 즉 삼삼한 시맛과 고통의 천분을 벗어나지 못할 것이다. 시버릇 개주겠는가.

교수는 치우면 그만이지만, 한번 시인은 영원한 시인이다, 해병대처럼. '들어올 때는 제 발로 왔지만, 나갈 때는 마음대로 안 되'는 조폭영화의 대사는 시의 문 앞에도 걸려 있다. 이제, 한 교수는 시인처럼 걷고, 시인처럼 웃고, 시인처럼 술잔을 들게 될 것이다. 시집을 냈다고, 주유소에서 기름값을 할인해 주는 것은 아니다. 시립교향악단에서 초대권을 보내주는 일도 없을 것이다. 그래도, 스스로의 민도民度와 삶의 밀도가 향상되었음은 날마다, 기쁘게 납득!하게 될 것이다. 한상철 시인, 필멸의 번민이 그대와 함께 계실 지어다. 많이 팔려야 할 텐데….

소설의 저 편

-박문구의 소설

박문구의 소설은, 이렇게 문장을 시작하다가 나는 잠시 멈춘다. 이건 아니다. 그보다는 더 질박한 문장이 선택되어야 한다고 생각하는 순간이다. 이 자리는 그의 생애 첫 소설집 해설의 자리다. 웃기는 것은 소설에 해설은 무슨 해설이겠나 싶었기 때문이다. 그 작업은 단수 낮은 문장론에 지나지 않는다. 내가 생각하는 소설은 특히 우리 쪽 소설은 해설에 값하기 위해 쓰여진다고 보여지지 않는다. 읽어서 좋으면 좋지 않은가. 그것으로 소설은 자기미학을 완성한다고 나는 본다. 그래서 이 글은 박문구의 소설을 해명하는 방향을 버린다. 그보다는 그의 소설 이전 혹은 이후에 박혀 있을지도 모르는 일련의 비소설적인 이야기를 덧대는 것으로 만족할 것이다.

언젠가, 내 친구 소설가 박문구는 말했다. 삼척에 시 잘 쓰는 여자 두 명 있는데 한 여자는 이사 갔다고. 그래서 나는 삼척에 시 쓰는 여자 한 명 남았다는 뜻으로 새기며 웃는다. 그의 말은 다소 위험하지만 명료하다. 나는 그런 거침없는 뻥에 넘어간다. 두 명의 여자 중 남아 있는 여자가 아니라 이사 간 여자가 그의 소설에 알리바이를 제공하는 것은 아닐까. 내가 그의 첫 소설집 뒷방에서 이런 말을 먼저 꺼내드는 것은 이 말만큼 소설가의 인간을 잘 대변하는 일화가 없기 때문이 아니다. 이 참을 수 없이 귀여운 한 줄의 세리프는 그와 내가 서로 다른 공간에서 늙어오는 사이에 그가 키워온 외로움의 낮은 음계 같은 것이라 생각한다. 외로움이라는 단어를 함부로 써서는 안 되겠으나, 적어도 소설가 박문구를 떠올릴 때만은 예외적이 된다. 무슨 뜻이냐고? 갑자기 나도 애매해진다. 그렇지 않은가. 모든 것이 알뜰히 설명되는 것은 아니다. 말했듯이, 누군가의 외로움에 대해 아는 체 한다는 것은 대박 웃기는 일이 되기 쉽다. 나는 그를 잘 알지만 또 잘 모르기도 한다. 내 기억에 박혀 있는 것만으로 재구성할 뿐이다. 사람의 기억이라는 것은 언제나 재구성될 뿐이지 결코 구두 밑창에 붙어 있는 껌딱지처럼 고정적이지 않다.

사월 어느 저녁에 그가 내게 전화했다. 삼척에서 원주로 걸려온 전화다. 공간감을 부셔버린 그날의 통화에서 그는 소설집 해설을 쓰라고 일방적으로 통보했고, 나는 속수무책으로 이 자리에 차출되었던 것이었던 것이다. 그날 나는 이상한 흥분에 휩싸였다. 흥분의 핵심은 소설집 한 권 없는 소설가 내 친구가 소설집을 묶는다는 데 연유한다. 나에게 전이된 흥분이 무엇인가를 흥분하면서 복기한다. 그것은 우정이나 연민과 같은 항목에 기인하는 것이 아니다. 일종의 자기 확인 같은 것이리라. 그것은 또 무엇인가? 그것은 그와 연결된 어떤 히스토리다. 그는 나와 같은 고등학교와 같은 대학 같은 학과를 다녔고 같은 지방에서 같은 문학병을 앓았다. 우리가 앓은 문학병은 희귀병은 아니었으나, 1970년대 당시에는 나름 앓고 싶어 투신한 지병이었다.

내가 아는 박문구는 대관령 저 너머 강릉에 있는 유일하고 치명적인 지방대학 국어교육과의 문학도로 출발한다. 그는 군복을 검게 물들인 파카를 입고 다녔다. 이 패션은 1960년대 선배 지식인들의 개폼일 것인데 박문구는 이것을 자기화 하는데 대체로 성공하고 있었다. 거기에는 그의 가난도 한몫 했다고 본다. 그러나 가난이라는 것도 보기에 따라서는 화사한 사치로 비쳐지기도 하는데, 그가 걸친 예의 검은색 윗도리는 그런 상징으로 읽혔었다. 게다가 그는 언제나 번민이 뒤섞인 어둡고 무거운 표정을 달고 다녔다. 단벌신사처럼 그의 표정도 한 벌밖에 없었다. 상상해 보시라. 검은 파카에 거기에 짝을 맞춘 검은 표정. 그의 무겁고 사색적인 표정에 압도당했는데 훗날 그 표정은 사색과 무관한 가난이었다는 것을 돌이킬 때마다 속았다는 생각을 지울 길 없다. 그는 진지한 얼굴로 주변을 압도하면서 캠퍼스를 휘젓고 다녔다. 그의 표정은 그와 상관없이 참 소설적이었다. 사무가 없으면서 사무적인 표정이었으며, 인문학보다 더 다급했던 인문학적 표정은 나 말고도 다른 이들을 접주는데 효율성이 컸다.

내가 그를 소설가보다 문학청년으로 기억하는 아름답지만 쓸쓸하고, 쓸쓸하지만 미워할 수 없는 두 개의 에피소드가 있다. 이 일화는 언젠가 적절할 때 써먹어야지 했는데, 기회는 이렇게 필연을 가장한 필연으로 내게 왔다. 그 하나. 그는 대학 내에 있던 유일한 문학회의 회장으로 주석하고 있었다. 신학기가 되면 그는 학교 안에 방을 붙이고 신입 회원을 모았다. 경포 바닷가에서 눈 밝은 문학 지망생들을 기다렸는데 내 기억으로는 아무도 오지 않아서 회장 혼자서 자작 소주를 마시고 해산했다는 얘기가 첫 번째 에피소드이다. 회원 한 명 없는 문학회의 회장이 없다는 말을 하려는 것이다. 20대 청년의 적막한 자존심을 달래주는 파도소리를 생각하면 그것만으로도 그의 무낙은 화사하다. 지난 세기 70년대의 정치상황이 제조한 어둠발이 굵었던 시절, 그것도 적적한 지방대학의 고농축 지방 분위기 속에서 스승도 선배도 없이 문학을 혹은 문학적 아우라를 부양했다는 공로를 그는 사후적으로 추인받아야 옳다. 그것이 날계란 몇 개로 아침을 대신하며 지방대학의 문학을 이끌어온 그의 존재감이다.

다른 하나의 에피소드는 좀 더 우스운 옛날이야기가 된다. 그때나 지금이나 우리나라 대학이라는 제도는 가설극장을 닮고 있다. 낡은 영화를 돌리고 난 뒤 그보다 더 엉성한 물건을 팔아먹는 호객행위를 하는 제도가 장소였다. 그가 다닌 사립대학도 그런 곳이었다. 한번은 술을 마신 그가 교문 앞에 이르렀을 때 그의 눈에는 아주 초라한 대학 표지석이 눈에 들어왔다. 그는 큰 분노를 느끼며 그것을 뽑아서 개울 밑으로 밀어버렸다. 그날 밤의 역사役事는 역사歷史다. 그 이후 번듯한 간판이 만들어졌다는 후문에서 그의 이름은 지웠지만 나는 이 자리를 빌어 적어 둔다. 청년의 객기 서린 행동을 좀 보수하여 개인적 혁명이라 부르고 싶다. 술기운 속에서 그를 두드렸던 한 줄의 분노심은 단지 자신의 등록금으로 운영되는 대학의 허술한 마인드에 대한 항변만은 아니었을 것. 회원 없는 문학회장 박문구의 당대적 저항의 모습이었다고 나는 믿는다. 아니, 그래야 내 사고의 아귀가 맞는다. 내 친구 소설가를 둘러싼 두 편의 일화는 나에게만 기억되는 듯하다. 이 이야기는 내가 그를 생각할 때 들어가는 문과 같다. 첫잔 없이는 다음 잔을 마실 수 없듯이 이것 없이는 그가 만들어지지 않는다. 눈물 없이는 볼 수 있겠으나 대저 마른 긴장감 없이는 돌이킬 수 없는 저예산 영화의 한 장면 같지 않은가.

그것도 박문구 혼자 제작, 연출, 주연, 소품을 다 감당한 청년극이다. 전사前史가 길었다. 그래도 짧았느니, 그대의 청춘!

그랬던 박문구가 소설집을 내는 일은 내게 하나의 울렁거림이다. 한 시대가 내게 몰려온다. 소설가에게 첫 소설집이라는 점 말고도 이 책은 소설을 넘어서는 복잡한 정서들을 내게 던져준다. '사실 나도 잘 모르겠어. 이게 활자화될 가치가 있는 것인지 어쩐지.'라는 메모가 나를 살짝 웃게 했다. 자기가 쓴 작품에 대한 저렴한 자기 판단 때문이다. 웃자고 하는 얘기를 죽자고 듣지 말기 바라며, 쓴 사람이 모르는 부분을 읽는 사람이 보충해야 하는 것이 독서의 본질이기는 하다.

작품집에 탑재되는 소설은 〈적군〉을 포함하여 도합 여덟 편이다. 1958년생 마돈나가 나이와 상관없이 그의 영토는 '청춘'과 '춤'이라는 말이 떠오른다. 이 말을 조금 비틀면 박문구의 문학적 영토는 '지방'과 '술'이 아닐까. 이 말을 풀어서 쓰면, 소설가가 지방에서 마신 술 정도가 되고, 이것은 박문구의 소설적 정의에 해당하기도 한다. 그는 태어나서 지금껏 동해안 삼척을 근거지로 살아왔고, 일관되게 술을 숭상해 온 술꾼이다. 이것만으로도 박문구 소설의 키워드가 간추려지지 않는가, 싶다. 나의 직관은 잘 맞지 않는다는 장점을 가지고 있는데, 이번에는 그의 소설이 나의 직관을 도와주었다. 내가 읽은 그의 소설의 무대는 모두 작가가 살아온 지방 안에 있다. 삼척을 중심으로 하는 동해안 일대가 소설 속 인물들의 동선이다. 이게 무슨 의미일까? 공간은 인식이다. 그것은 서로 불가분으로 삼투하고 작동하는 계界다. 면 단위, 군 단위 혹은 소도시를 살고 있는 박문구 소설의 인물들은 그와 같은 공간이 허락하는 범주 안의 갈등이자 그것을 깨려는 갈등이다. 시골의 작은 면소재지, 성산, 대관령(〈적군〉), 바다와 맞닿은 도시(〈인형과 술꾼〉, 〈역사의 후예)〈환영이 있는 거리〉), 고성(〈데드 마스크〉), 몽골, 정선(〈시간의 저편〉), 휴양지를 낀 마을(〈강쇠바람을 기다리며〉), 강원도 중심부의 작은 면소재지(〈술꾼 시절〉) 등이 소설의 주요 무대가 된다. 소설의 인물들이 거주하고 사색하고 고민하며 살아가는 공간적 지형이 이렇다는 말이다.

나는 그렇다. 소설을 읽으면서 이게 뻥인가 아닌가를 묻는다. 나는 세상이 다 뻥으로 버무려졌다고 본다. 소설이라는 제도는 대놓고 뻥이라고 떠들어대는 순진한 장르다. 언제나 현실은 어떤 소설보다 더 정교한 뻥으로 조작되어 있다. 소설은 가공이고 현실은 가공 이전이라고 보는 견해는 소박한 판단의 결과다. 무책임하게 말하자면, 나는 소설을 통해 현실을 느끼고, 현실을 통해 소설을 바라본다는 뜻이며, 소설은 현실의 증상이라고 믿는 사람이다. 마치 꾸민 듯이, 거짓말인 듯이, 실제와 무관한 듯이 시침을 떼고 있는 그 진실이 소설의 무의식이 아니라면 무엇이겠는가. 이런 생각에 기대자면, 박문구의 소설은 아주 잘 꾸며진 현실의 알리바이로 읽힌다. 앞에서 대강 살폈듯이, 공간적으로 그의 소설은 삼척을 중심으로, 동해안 7번 국도의 궤적 속에 녹아 있다. 그것은 공간적 변방성 내지는 지방성에 해당된다. 세계화라는 말을 듣기 전에 우리는 서울과 지방(시골)이라는 이분법 속에서 성장한 세대다. 지방으로 간다는 말은 서울을 벗어난다는 뜻을 함축할 뿐이다. 우리 세대의 동경은 그러므로 서울지향이었고, 의식의 표준 또한 서울이었다고 본다. 인터넷이 가동하면서 우리는 지방에 사는 서울 사람 또는 한국에 사는 뉴욕 사람이 되었다. 이런 틈, 조각 속에 놓여 있는 것이 박문구 소설 속 인물들의 정황이다. 현실에서 벗어난, 이탈한, 깨어진, 막힌 인물들이 벌이는 드라마가 그의 소설을 구성하고 있다.

이 소설집에 출연하여 연기하고 있는 인물들의 직업군은 교사와 그에

준하는 지식인이다. 박문구 소설의 표준적 인물은 교사다. 작가 자신의 투영이라 해도 과언은 아니지만, 그보다는 지방도시에서 교사가 현실과 대면하면서 가지는 디스카운트 된 자존감과 보충할 길 없는 지방적 무력감이 소설의 기본 동력이다. 제1차 세계 대전 당시 독일과 오스트리아 군사 사령부 간에 주고받았던 전보에 얽힌 일화. 독일군: 이곳 전방은 상황이 심각하긴 하나 파국적이지는 않다. 오스트리아군: 이곳 상황은 파국적이지만 심각하지는 않다(슬라보예 지젝의 ≪불가능한 것의 가능성≫). 우리가 견디는 현실이라는 국면은 앞의 전보 내용과 다르지 않다. 위독하지만 참을 만하고, 견딜 만하지만 여전히 위독한 지경이 우리의 삶이다. 이 책이 관통하고 있는 소설적 상황도 위독하지만 참을 만하고, 참을 만하지만 위독한 현실'들'이다.

〈데드 마스크〉는 박문구적 위독성을 표준적으로 무대화한다. 이 소설은 13년차 교사직을 사임한 전직 교사가 직면한 파국적인 현실을 다루고 있다. 써놓고 보니, '현실을 다룬다'는 말은 어색하다. 우리는 현실에 의해 그저 다루어질 뿐인데 말이다. 우좌지간, 교사인 '나'에게는 건조한 부부애만 남은 불임의 아내가 있고, 반복과 규범에 적응하기 위해 가장하는 데드 마스크에 관한 고백이다. 현실에 저항하는 방식의 하나로 '나'는 소설쓰기를 출구 삼고 있고, 종국에는 교사직을 버리고 '해안선을 따라 북쪽으로 가고 싶'어 갈 수 있는 '한계'인 고성을 선택한다. 고성은 주인공의 의식의 군사분계선 같은 지점이고, 그곳은 금강산 건봉사가 있는 곳이다. 이곳이 '나'가 설정한 힐링의 공간이다.

변함없는 반복. 그리고 변함없을 반복의 미래에서 내 모습은 내가 아니라 이중의 마스크로 변장한 배우에 지나지 않을 것이다. 아니 나만이 아니라 동료들도 실은 자신을 드러내지 않는 마스크의 천재들인지도 모른다. 자신을 드러내지 못하는 자아상실증 환자. 우리들의 진정한 모습이었다. 우리 모두 그 병원체를 몸 깊은 곳에 키우면서도 그것을 감지할 기능은 정지된, 진정한 치유불능의 환자들의 모습에 더 견디기 어려웠다. (〈데드 마스크〉)

인용으로 꺼내놓은 '나'의 생각은 규범과 제도와 일상의 응시에 겁먹고 있다. 끊임없이 자신의 존재 유무를 질문하는 강박증이다. 입 큰 현실에 먹혀서 존재 자체가 사라질 것이 두려운 이 사랑스런운 강박증자는 지금─여기의 우리 자신이기도 하다. 규범적 현실과 상투적 현실에 매몰되어 자기를 뺏기는 것이 두려운 '나'는 〈데드 마스크〉만이 아니라 다른 작품에서도 의상을 갈아입고 출연한다. 〈인형과 술꾼〉은 제목부터 〈데드 마스크〉의 변주라는 냄새가 난다. 고등학교를 졸업하고 20년 가까이 철도청 개찰구에서 펀치를 들고 좌석표를 찍는 직업을 가진 M은 병으로 인해 휴직하고 자기에 눈뜬다. 안정된 직장생활 속에서 얻는 M의 데드 마스크는 '석화石化'다. 석화는 비인간화의 과정이다. 주인물 M의 건너편 자리에는 언제인지 모르게 이 도시에 스며든 정체불명의 사내가 있다. 시집을 읽기도 하는 사내는 바코드에 읽히도록 규격화된 M을 조롱한다. 시는, 과장이지만, 단지 말이 그렇다는 뜻에서, 꿈속에서도 세속의 길을 걷지 않으려는 삶의 태도에 대한 서약이다. 규격화된 삶속에서 한없이 왜소해지는 자신의 일상을 통해 '실패한 아버지'의 삶이 실은 성공이었다는 것을 수용하는 〈역사의 후예〉도 석화를 두려워하는 존재의 위기에 대한 소설이다. '아버지는 실패한 분이었지. 그런데 지금 내가 생각해 보니 결코 완전한 실패는 아니었어. 하고 싶은 대로 다 하신 분이니까. 티브이를 보면서도 소리치고 웃고. 이 도시 전체 가구가 같은 시간에 같은 연속극을 같은 자세로 거실이나 소파에 앉아 보고 있다고 생각해 봐. 어때? 숨 막일 것 같지 않아? 지금 생각해 보니 아버지는 그런 걸 거부하고 사셨던 거야.'(〈역사의 후예〉) '완전한 실패'라는 말이 느닷없이 독자의 습관적 생각의 어디를 건드리고 지나간다.

두 편의 소설 〈인형과 술꾼〉 〈역사의 후예〉에서 나는 아름다운 상징을 만난다. 향유고래에 관한 설명이다. 데드 마스크와 나날의 석화가 두려운 인간에게 '거대한 회색빛 향유고래가 주어진 생명을 다하고 한없이 깊고 어두운 바다 속으로 가라앉을 때, 어둡고 깊은 바다 속에서 서서히 퍼져나가는 용연향의 향기'는 하나의 메시지다. 그것은 박문구 소설의 인물들이 갈구하는 판타지에 대한 소설적 응답이다.

'데드 마스크'와 다른 자리에 소설가 나름의 현실 이해력이 돋보이는 일군의 소설이 있다. 이 소설들은 현실에서 길어냈을 상상력과 소설가의 관념을 결합시킨 풍경의 세밀화다. 더럽지만 참을 만하고, 참을 만하지만 지저분한 현실이 소설을 떠받치고 있다. 〈적군〉, 〈강쇠바람을 기다리며〉, 〈술꾼시절〉 등은 날것의 현실을 날것으로 받아 적고 있다. 〈적군〉은 다섯 개의 삽화로 구성되어 있고, '적이 없어 슬픈 나라/아르헨티나'로 시작하는 김광규의 시를 되새기게 한다. '적은 어디 있는가? 적은 누구인가?'와 같은 문제의 현실적 판본들을 엮어놓고 있다. 이 소설을 독서하면 삶의 상스러움에 기인하는 통증을 느낀다. 〈강쇠바람을 기다리며〉는 교육현실에 대한 리포트다. 시골 학교의 교사와 주민의 갈등이 선명한 사실성을 획득하고 있어 흥미롭다. '사람이라도 많이 와 줬으면 그나마 바쁜 탓으로 더위도 잊겠네만'으로 시작된 마을사람들의 '손님 없음'의 화풀이가 시골 학교 교육 문제로 번지는 도입부는 실소를 자아내지만, 정작 거대한 담론은 하찮은 데서 기인한다는 판본을 진지하고 우습게 복원한다. 교사의 절망을 보는 일은 마음 복잡하다. 아마도 소설가 자신이 오늘날 한국 교육의 현장을 대놓고 씹은 소설이 되겠다. 〈술꾼시절〉은 1980년대 말 시골 면서기의 허세가 빌미가 되어 사찰에서 출퇴근하면서 목도된 그렇고 그런 종교인들에 대한 회고담이다. 소설을 다 읽고 난 뒤의 입가심용 같은 소설이다. 읽으면서 웃고, 웃으면서 읽게 되는. 1980년대와 그 시절에 청춘을 보낸 축들에게는 한 편의 흑백영화를 보는 회고감을 준다. 그땐 그랬지, 하는 손 쓸 수 없는 부끄러움이, 등장인물이 아니라 독자를 부끄럽게 물들이는 소설이다. 이 작품을 읽으면서 민주주의는 늘 오는 것이지 온 것이 아니라는 생각과 더불어 불교가 아니라 불교에 붙어 살아가는 중생들의 희극을 목도한다. 저들은 저들이 하는 일을 잘 알고 있을 뿐! 끝으로, 〈환영이 있는 거리〉는 1970년대식 변사의 목소리가 들렸다. 고백적인 문체를 채택했다는 점 혹은 아날로그적인 인물의 정서 때문에 그런 인상을 받았을 수도 있겠다.

소설을 잘 읽었다. 여기 쓰이는 '잘'은 '싹', '재미있게', '탈 없이' 등에 다 걸리는 뜻이다. 그러나 미처 덜 읽힌 한 편, 〈시간의 저 편〉은 이 소설집의 과잉으로 남아 있다. 이 소설에는 몽골의 대초원이 배경으로 제시된다. 독자의 감각 속에 시원하고 푸른 통감각을 열어놓는 소설이다. 목마름과 아랫배 통증을 호소하던 '나'가 '시간의 저편에서 태고의 지표를 울리면서 다가오는 원시의 음향이 거대한 날개로 광막한 허공을 수만 갈래로 찢으면서 태양의 반대편으로 밀려가는' 드라마를 겪으면서 배변하는 일은 그에게 '통쾌감'의 극치를 선물한다. 통변이라는 말이 있는지 모르겠다. 없다면 소설의 이 장면을 통변으로 이름 지어야 하리라. 박문구 소설의 인물들이 공통적 유전자인 현실에 대한 소화불량이 일거에 해소되는 순간이다. '시간의 저 편'이 아니라, 작가는 소설의 저 편을 응시한다. 언어 이전, 현실 이전부터 존재하는 야생적 사유에 대한 갈망은 소설 '너머'를 갈망한다. 향유고래는 작가가 지향하는 야생적 사유의 매개물이었다. 작가는 언어의 의해 왜곡되지 않은, 허구도 손대지 못한 절대적 야생의 세계를 꿈꾼다. 소설가가 동경하는 '시간의 저 편'은 몽골 대초원이 의미하는 초월적 의미가 될 것이다. 그것을 나는 박문구 '소설의 저 편'이라 명명한다.

무슨 말을 중얼거리면서 여기까지 왔는지 잘 모르겠다. 박문구가 쓴 여덟 편의 소설과 그 드라마를 관람했다. 마침표 하나를 찍고 나니 어느새 총총 목련은 다 졌군. 그의 소설은 너무 소설적이다. 소설적이다 못해 그를 읽으면 어딘가는 아프고 쑤신다. 어둡고, 무겁고, 칙칙하고 답답해라! 현실을 절개하고 거기 붙어 있는 벌건 생살에 입을 대고 있는 듯하다. 소설을 읽는 내내 마음이 그랬다. '너무 아픈 건 사랑이 아니야'라고 읊조리던 김광석의 목소리는 왜 떠오르냐. 소설읽기가 힘들었다고 고백해두거니와 그것은 소설가 자신의 체험의 형식이 신산했기 때문으로 정리한다. 독후감이 아린 것은 소설이 아니라 소설을 읽는 주체의 문제다. 나는 그의 소설에서 삼척 바닷가의 해무를 뚫고 울려오는 파도소리를 듣는다. 어둑한 강의실에서 후배들 틈에 섞여 〈국어학개론〉 같은 과목을 수강하던 청년 학도 박문구의 모습은 그 후 나에게 상징적 풍경이 되었다. 이 글은 그가 거쳐 온 문학적 여정에 대한 우정적 헌사다. 그의 소설이 좋은 소설인가 아닌가는 독자들이 판단할 일이고, 나는 다른 차원으로 이 책의 해설 공간에 끼어들고 있는 것이다. 박문구는 그 자신으로 충분히 소설이다. 소설적 텍스트다. 청춘이 소설에 헌납되었다는 점에서 나는 그의 문학에 관해 함부로 떠들어댈 수 없다. 그것은 예의다.

이번 학기에 나는 그의 모교가 된 대학에서 〈현대소설론〉 강의를 하고 있다. 섭섭하고 고마운 것은 후배들은 나도 모르고 박문구의 전설도 모른다. '누구신데요?' 그 표정들 앞에서, 나는 한때 이 캠퍼스를 외롭게 누볐던 문학도에 대해 침을 튀기고 싶지 않다. 역사는 지워지며 새로 쓰여진다. 박문구 선생 그대에게도 역사의 광휘가 빛나기를! 소설을 완독하고 나니, 문득, 중진 신인 박문구가 옆에 서 있다. 이 소설의 인물들 다 그대였구려. 그대의 소설적 전기였구려. 뭐, 소설이라고? '보바리 부인, 그녀는 나다'라고 외친 플로베르의 말이 떠오른다. 지금이라면, 작가는 엠마는 나의 찌꺼기였다, 라고 쓸 것이다. 소설을 읽는 내내, 이게 너지, 하다가, 아니 소설이지, 하면서 나는 웃는다, 낄낄낄. 소설이 아니라면, 그것이 거짓말이 아니라면, 구랏발이 아니라면 우리는 어디 가서 까놓고 발가벗을 것인가. 감사하다, 늦은 소설가여. 그대는 뒤늦게, 소설이 아니라, 그대 자신을 통과했구려.

잘 모르는 만큼만
– 오늘의 문단, 무엇이 문제인가

1. 한국문학의 강박증

홍상수의 영화 〈잘 알지도 못하면서〉에 나오는 대사 한 줄. '나에 대해 뭘 안다고 그래요. 잘 알지도 못하면서. 딱 아는 만큼만 말하세요.' '오늘의 문단'을 살피는 이 자리에서 난 홍상수의 말을 약간 비틀면서 '잘 모르는 만큼만' 말하려 한다. 왜냐하면, 인류는 아는 만큼 얘기하도록 조립된 게 아니라 모르는 만큼 떠들도록 구성된 존재라고 믿기 때문이다.

내게 주어진 과제는 '오늘의 문단, 무엇이 문제인가?'의 언저리에 있다. 이 질문은 오늘의 한국문단이 이러저러한 균열을 내장하고 있다는 뜻인가? 문단이 오작동 되고 있다는 의미를 전제하거나 함축하고 있다는 뜻인가? 그런 맥락의 질문이라면 발제자는 제대로 선택되지 못했고, 나 역시 이 자리를 사양했어야 옳다. 나는 이 주제를 포괄적으로 관찰할 수 있는 힘을 갖지 못했을 뿐만 아니라 이런 주제가 올림픽 주기처럼 반복된다는 점에 한국문학의 습성적 억압이 아닌가 여기기 때문이다. 이 문제는 문제에 대한 이해만큼 산업 현장에 기여되지 못하는 것 같기도 하다. 그런 차원에서 나는 이 문제를 한국문학의 한 증상으로 이해한다. 증상은 병의 구조를 이해하지 못한 채로 끊임없이 회귀하는 무엇이다. 그러니까 '오늘의 문단'에 관한 증상적 질문은 한국문학의 신경증적 구조를 확인하는 일과 다르지 않다. 우리는 한국문학이 죽었는지 살았는지를 되질문하지 않고는 문학의 신체를 확인할 수 없는 강박에 시달린다는 뜻인가?

의문은 신경증의 구조를 이룬다. 의문이 해소되면 히스테리와 강박증도 사라진다. 그런데 누가, 어떻게 이 문제를 분석하고 해결할 수 있단 말인가? '안다고 가정된 주체'는 누구인가? 한국문학이 체화하고 있는 증상의 복잡, 복합, 중층적인 구조를 어떻게 선명하게 햇빛 위로 드러낼 수 있단 말인가? 그것은 나 같은 어리버리에게 맡길 일이 아니라 한국문학에 개입하고 있는 '바로 당신'의 문학적(문인적/문단적) 무의식에 물어야 옳지 않겠나? 그래서 '오늘의 문단, 무엇이 문제인가?'라는 질문에 대한 나의 소견은 '오늘의 문단 아무 문제없다'로 정리된다. 여전히 작품은 적정 생산량을 초과해서 발표되고 있고, 여전히 문학상은 빛나는 수상자들에 의해 거부되지 않은 채 지속 가능한 영업적 기반을 유지하고 있고, 여전히 신인들은 저출산의 한국 신생아 숫자와 달리 연년생의 다발로 태어나고 있지 않던가! 그래서 다시 나는 말한다. 나는 내게 던져진 과제를, 문제를 드러내고 문제를 해소하는 전망으로 작성하지 않고, 단지 한국문학의 무의식이 아닌 의식의 차원에 위치한 증상만을 참기 힘든 경박한 목소리로 몇 마디 던지고자 한다. 그게 이 글의 솔직한 앞가림이라고 믿기 때문이다.

'오늘의 문단, 무엇이 문제인가?'에서 키워드를 간추리면, '오늘', '문단', '문제'가 된다. 세 단어가 거느리고 있는 주변부를 살피다 보면 뭔가 짚일 수도 있겠지만 그것은 그저 무엇something일 뿐이라는 점을 미리 밝혀 두자. 문제에 대한 호명은 나의 몫이 아니라 여러 형태로 문단에 개입하고 있는 문인들의 몫으로 미분될 뿐이다.

2. '오늘'이 어쨌다구?

오늘은 어떤 시간인가? 오늘은 어제가 아니고 내일이 아니다. 겹쳐지고 쌓여가지만 언제나 투명하다. 오늘은 어제를 살해한 시간이다. 오늘은 어제를 덧쓰고 있으나 어제가 아니고 내일이 투영되는 시간이지만 여전히 내일일 수 없는 살아있는 미지다. 그래서 오늘은 맑고 투명한 백지의 시간이자 우리의 숨소리 받아내는 설렘이다. 그것의 형상은 옳고 그름의 세계가 아니다. 적합 부적합의 판단을 기다리는 세계는 더욱 아니다. 오늘은 단지 조용한 숙녀처럼 우리 앞에 다가와 있을 뿐, 징징대지 않는 겸손과 교양을 가졌다. 혁명은 그 이름처럼 어떤 '대의'를 향해 돌아가고 싶어하지만 '오늘'은 그런 대의를 위해 정조를 지키지 않는다. 이창동의 '박하사탕'의 주인공처럼 '나, 돌아갈래!'라는 절규는 애처롭지만 그것은 과거로 돌아갈 수 없다는 엄연한 자각일 뿐이다. 오늘은 오늘을 향해 순결을 바친다.

누군가, 신은 죽었다고 선언했고, 신 자신만 그 사실을 모른다고 했는데 이 말은 한국문학 혹은 오늘의 주제에 맞게 '오늘의 문단'에도 찌라시 돌리듯이 공짜로 돌려 줘야 한다. 나는 이 말을 지지하고 동의한다. 물론 어느 시대나 문학의 종언을 선언하고 지지하는 부류가 존재해 왔다. 그럼에도 불구하고 문학은 여전히 그 정신줄을 이어왔다. 오늘은 그 참상이 전시대와 같지 않다고 말하려는 것은 아니다. 여전히 문학에 대한 사망선고는 있어왔다는 점을 확인하면서도 문학의 존립은 자신의 죽음과 동궤에 선다고 말하고 싶을 뿐이라면 어쩌겠는가. 이 말의 형용 모순은 살면서 죽는다이거나 죽으면서 살아난다는 말도 말이 되는가? 듣자니, 가라타니 고진의 '근대문학의 종언' 테제가 우리나라에 건너와 한참 바빴던 모양이다. 가라타니 고진의 '종언론'은 문학이 더 이상 '영구혁명'이라는 사회적 의무와 도덕적 과제를 떠맡지 않게 됐다는 데 있다. 그런 역할이 근대문학을 한갓 오락이나 상품과는 구별되도록 만들었지만, 이젠 그런 시대가 지나갔다는 뜻도 되겠다. 요컨대 고진의 '종언론'은 한국문학의 단계와 이가 맞지는 않지만 귀 담아 들을 메시지를 담고 있다는 점에 동의한다. 달리 말해 고진의 '종언론'이 어떤 맥락에서는 한국문학의 내부를 반사하기도 하지만, 그건 그것이면서, 우리는 또 우리식으로 망해 가고 있다는 점이 간과되어서는 안 될 것이다. '망했다'는 말은 오해의 여지가 없지 않다. '한국문학과 그 적들'의 저자인 조영일의 말을 빌리면, '한국문학이 끝난 것'이 아니라 망한 것은 '한국의 문단문학'이 라는 것이 그의 입장이다. 그가 말하는 '한국문단문학'은 창비, 문사, 문동이 장악하고 또 관리하고 있는 하나의 '생산관리 시스템'이다. 이 '시스템'의 토대는 문예지를 출간하는 출판사와 편집동인들의 '아름다운 협력' 체제이다. 대부분 문학평론가들인 편집동인들은 '4.19세대의 위대한 문학적 발명품'인 '작품해설'을 통해서 개별 작품에 '보편적 교환 가능성'을 부여한다. 요점적으로 말해 시집이나 소설집 뒤에 관례처럼 붙어 있는 작품 해설이 '과장된 호명'이어서 '신용의 붕괴, 즉 공황(근대문학의 종언)'을 불러왔다는 분석이다. 이 언저리에 문단을 작동하고 있는 '오늘'의 세목들이 포진하고 있는 것이 아니겠는가. 이런 요인들을 한두 가지로 쌈빡하게 도려내기란 쉽지 않다. 적어도 나의 궁리는 그렇다는 말이다.

이 대목에서 지나간 얘기 한 커트. 1980년대 민중문학이라는 가게 앞에 길게 줄을 섰던 대열은 다 어디로 갔는가? 라는 질문은 순진하고 어처

구니없는가? 질문 자체가 시대착오적인가? 몰라서 묻는데 민중은 다 소멸했다는 뜻인가? 그래서 민중문학 혹은 그 신념들이 자취를 감췄다는 뜻인가? 연인들도 헤어질 때는 '뜻 모를 이야기' 정도는 중얼거리고 갈라지는 모양인데, 나의 과문은 여직 자기 신념을 접는 정확한 발언을 들은 바 없다. 신영복 선생의 말씀이 겹쳐서 떠오른다. '먼저 하는 전망이 관념적이지 않기 위해서, 먼저 하는 좌절이 도피가 아니기 위해서, 먼저 하는 반성이 자기변명이 아니기 위해서 지식인은 최후까지 실천과 연대하여야 한다.' 오늘의 문인들이 어제의 골목길에서 벗어버린 외피가 어디에 나뒹굴고 있는지 살펴보게 하는 말씀이 아닌가. 이 말씀으로부터 자유로울 문인이 있을까 싶은데, 그냥, 우리 자유롭자?

노벨상에 없는 분야가 수학이라 들었다. 노벨의 부인의 애인이 수학자여서 노벨상에서 수학 분야가 빠졌다는 유력한 설이 있다. 노벨의 부인의 애인이 시인이었다면 노벨상에서 문학 분야가 빠질 뻔 했다는 뜻도 되는가? 다행스럽게도(?) 노벨은 결혼한 적이 없었다고 한다. 노벨상 철이 오면 기자들이 설레발이 치면서 올해는 누가 탈 것이라는 기대로 바람을 잡는다. 노벨상에 용심用心하는 문인이 있다는 뜻인가? 이것도 '오늘의 문단'이 품고 있는 정황이다.

한국의 유력 소설가가 예능인 강호동과 무르팍을 맞대고 앉아서 우스갯소리를 하고 있는 모습도 어제까지는 없었던 풍경이다. 그런가 하면, 대중작가로 치부되어 온 어떤 소설가가 대학생들이 선호하는 작가 1순위라는 집계도 새삼스럽거니와 꽤 유력한 잡지라고 자부하는 매체에서는 그 작가를 특집으로 다루기도 했다. 귀신이 곡할 노릇은 어디에나 있다. 이를 일러 '오늘'의 문학적 기상도가 바뀌었다고 한다면 뭐라고 하겠는가.

독백이지만, 오늘은 어제가 아니다. 잣대가 다르다. 미장센이 다르다.

푼크툼Punctum도 각자의 것이다. 한국문학의 양적 흥청거림과 질적 풍요는 같이 가는 것 같지 않다. 20대에서 40대 사이에 포진되었던 중심 독자층이 떠나간 독서시장은 붕괴되었고, 독자를 불러 모을 흥행거리도 없는 편이다. 출판사의 에디터는 문인들이 출판할 원고를 들고 오는 것이 두렵다고 들었다. 주체할 수 없는 성욕에 시달렸던 톨스토이처럼 참을 수 없는 창작열에 시달리는 문인이 있다면, 무엇보다 자신의 열정을 제어하는 억제력이 요구되는 시대다.

3. 문단이라는 상징계 the Symbolic

문단은 없다/있다. 없기도 하고 있기도 하다. 아니다. 없다고 믿는 이에게는 너무나 강고한 비존재이고, 있다고 믿고 자신도 거기에 가담하고 있다고 생각하는 사람에게는 이처럼 구체적인 실체도 없을 것이다. 교단이 나무로 만든 단이자 거기에 올라서는 무대이듯이, 어느 순간 단이 없어도 교단은 교단이다. 사태가 이러하듯이 문단은 분명한 현실이자 상징이다. 국회에 가면 국회의원들이 들락대듯이, 마치 국민을 위해 봉사한다는 듯이 바삐 움직이듯이, 잡지사와 출판사의 로비는 문인들로 붐빈다.

문단의 사전적 의미는 '문인들이 모여 있는 사회'가 된다. '모여 있다'는 어구에는 일말의 연민과 공포가 얼비친다. 힘을 가지기 위해 모였다는 점에서 연민을 자극하지만, 무리가 되면 무슨 일을 저지를지 모른다는 점에서 공포의 대상이 된다. 노동자들이 자신들의 정당한 권익을 보호받기 위해 얼마간 모여 있어야 되는 상황과 그리 달라 보이지 않는 측면도 있다. 노동자들에게는 자본가 혹은 임금을 계산해주는 사장이라는 큰 타자big Other가 분명하게 존재하지만 문단의 큰 타자는 잡지사 주인도 출판사 주인도 때로 문화체육부 장관도 아니다. 문인들이 십시일반

혹은 삼삼사오 모여서 창작과 창작의 내부고통을 어루만지고 있다는 점에서 그것은 자(/가)족적인 상징에 해당된다.

문단이 있다고 믿는 이들에게 문단은 어떻게 형성되는가? 문단이라는 상징계가 문인들로 이루어지듯이 문단에 기입되기 위해서는 등단이라는 비자를 발급받아야 한다. 대체로 이 요식 절차가 한국문단의 깨어지지 않는 관습이자 습관이다. 대표적인 제도가 신춘문예다. 물론 요즈막엔 신춘문예를 벤치마킹한 '신춘문예'식 주변부 버전도 일반화되었다. 이런 제도적 속성은 마치 대도시에만 있던 빵집 뚜레쥬르가 지방의 아주 작은 도시에도 거침없이 분점을 내는 자본의 속성을 닮고 있다. 비유컨대 그러하다는 뜻이다.

문단은 문학과 다른가? 같은가? 글쎄올시다. 내가 보기에 살과 피부처럼 나뉘어지지 않는 악착같음이 두 개념 사이를 가로지르고 있는 것 같다. 문단이라는 시스템이 문학이라는 텍스트의 출산과 향배를 결정짓는 때가 더러 목도되는데 이런 경우를 보자면, 문단과 문학은 화분과 식물의 관계처럼 끈끈한 관능의 관계라고 파악된다. 문단 내부에서 기획되고 추진되고 전파되는 한 시대의 문학적 담론은 때로 문단이라는 내부 토론과 합의에 기반할 경우가 많기 때문이다. 저널과 출판사는 이때 양보할 수 없는 문단의 앞잡이가 된다. 현대문학, 창작과비평, 문학과지성이 문인들에게 각인된 문단적 혹은 문학적 영향력은 무엇일까? 그것은 바로 문학적 앞잡이 구실이다. 그것의 진위 여부는 접어두고 그들이 문단에 드리우고 있는 촉수는 간단하지 않다. 대체로 그것은 권력의 형태로 문학판에 존재한다. 모든 권력의 기반과 억압을 혐오하는 전제가 문학의 본성임에도 불구하고 이들 매체는 오랫동안 한국문단의 큰목소리로 존재해 왔음을 열나게 부정하기는 어렵겠다.

문제는 문단을 이끈다고 가정되는 매체에 있기보다는 매체를 에워싸게 되는 문인들에게 있을지도 모른다. 공급이 문학적 수요를 만족시키지 못할 때 문예지와 출판사들은 권력의 성채로 변질된다. 대체로 한국문단은 이런 공급과 수요의 갈등을 적절히 잘 제어해 온 측면이 있다고 보지만 소망스럽지 못한 측면도 감추고 있다. 뭐라고 해야 되나. 이를테면, 이승철이나 동방신기는 그들의 기획대로 연예활동을 하는 것이 아니다. 그들은 기획사 시스템에 의해 선발되고, 훈련되면서 거의 사육 차원에서 활동한다. 다시 말해 그들은 연예계의 자동로봇이다. 그런데 우리 문단의 힘 있는 매체들이 연예 기획 시스템을 복제하고 있다는 인상을 줄 때도 있다. 문인과 연예인이 같으냐고 따진다면 내가 지적하고자 하는 어떤 본질은 드러나지 않고 은폐된다. 잡지와 출판사가 유능한 문인을 발굴하고 그들에게 지면을 제공한다는 것은 당연한 책무지만 거기서 상업적으로 발분하게 되면 불필요한 왜곡과 과장이 개입할 수 있고, 그럴 경우 그것은 문단을 넘어서서 문학을 압도해버리는 서글픔이 연출될 수 있다는 관찰이다. 최근의 문단은 이 지경까지 궁리되고 있는 게 아닌가 여겨진다. 이른바 문단의 오작동 내지는 과작동이 무대화되고 있다는 기우다.

문단은 언제나 문단나누기를 통해 권력의 집중을 꾀한다. 이광수와 최남선이 독점했던 1910년의 안팎이 그랬고, 소규모 동인 그룹으로 움직였던 1920년대 또한 문단나누기의 전시장이었고 여기에는 기미년 만세운동의 실패를 두고 갈라진 정치적 신념들이 좌우의 블록을 만들어내는 계기가 된다. 이후의 문단은 해방, 분단, 독재, 민주화라는 흐름 위에서 정치적 대립을 지속한다. 문인들은 문단의 정치적 상황에 대해 나름의 포즈를 선택해야 했다. 진보, 보수, 중립과 같은 태도가 그것이다. 가장 첨예했던 단체는 한국문인협회(약칭 문협)와 민족문학작가회의(약칭 민작)의 대립 구도일 것이고, 이 나라의 문인들은 어딘가에 소속해야 했다. 물론 무소속도 있다. 소급적으로 회고하면, 다시 말해 무소속의 시선으로 보자면, 문필가에게 단체가 어떤 의미가 있는지 씹어볼 만 하다. 그것의 유해 무해를 따지자는 뜻은 아니다. '그때는 그랬다는' 말이지만, 문필가가 정당인처럼 자기가 속한 정당의 정강을 위해 헌신하는 모습은 다소 멋쩍다. 시대적 대세를 등에 업고 적당히 묻어가면서 네베시 자신의 문학적 외피를 장식하는 것은 더 그렇다.

그래서 말인데, 문단은 있다. 여전히 있고 앞으로도 있을 것이다. 문인이라는 제도적 개인이 존재하는 동안 문단은 존재한다. 그래도 본질적 회의는 필요하지 않겠는가? 문단 혹은 문학계는 상가번영회와 달라야 될 것이고, 요식업협회와도 차이가 있어야 한다. 문단이라는 자연적 단위는 문학의 활기와 생산을 위해서 순기능을 할 수 있겠지만, 인위적인 단체는 수상하다. 모든 조직은 조직원을 억압한다. 그것은 '조직적 위선'에 빠져들거나 '조직의 위선'으로 전락하기 쉽다. 까놓고 말한다면, 문인들을 위한 단체는 문인들을 진정으로 위하기 위해 정작 지켜져야 할 문인들의 자존심을 제물로 삼는 경우도 적지 않다. 그래서 말인데, 낮은 목소리로 말하자면, 한국에 존립하고 있는 모든 문인단체들은 해체되어도 좋겠다. '저기 적이 있다고 소리치는 그 놈이 바로 적'이라는 말이 떠오르지 않는가. 회비를 거두고, 회장을 뽑고, 상갓집 문상을 하고, 문인 주소록을 작성하고, 집회 비용을 마련하는 등의 세속적이고 정치적 행위를 위해서 문인단체가 존속되어야 한다면 나의 생각은 철회할 수 있다. 그것은 문학행위와는 다른 것이다. 말하자면 떼거리 보험과 다를 게 없기 때문이다.

4. 문제를 떠나서

오늘의 문단! 단지, 그렇다는 말이다. 오로지 이런 식으로 경과되었다는 뜻이다. 나는 그 이상과 그 이하만 말하고 싶었다. 나의 '무지와 편견'은 오늘의 문단이 향유하고 있는 문제를 실하게 꿰지 못한다. 한국문단이라는 드높고 휘황한 상징계를 나의 위치에서 실눈 뜨고 보았을 뿐이다. 그러므로 지금까지의 말은 그저 나의 생각에 지나지 않게 된다. 그게 다행이다. 나의 언설이 법이 된다면 어떡하겠는가? 몇 가지, 내 생각의 가닥을 정리하는 것으로 이 글을 마무리하겠다.

첫째, 오늘의 한국문단은 어떤 문제도 없다. 사실 이 글을 작성하기 위해 이것저것 뒤져도 보고, 인터넷도 열람했으나 이상하게도 문제점이 하나도 발견되지 않았다. 참 희한한 일이다. 물론 나의 시선이 주의 깊지 못하다는 점은 제외되어야 한다. 범인이 범죄 현장의 증거를 지워내듯이 오늘의 문단은 완전범죄에 가깝도록 순결하다. '범죄'라는 표현은 비유에 썩 안 어울리지만, 그 표현을 양해한다면, 그 차원에서 한국의 문인은 다 공범의 혐의에서 자유롭지 않을 것이다. 적어도 이런 점은 개선해나가야 된다는 어떤 예외를 만들어놓지 못했다는 점에서 우리는 유죄다. 그러니 우리는 그 순결함으로부터 재빨리, 뿔뿔이 달아나야 한다. 각주 하나. 어디선가 '힘내라, 한국문학'이란 표어를 보았는데 이것은 그 순진성에도 불구하고 이따위 응원만은 우리 문단이 사양했어야 한다. 서글프고 짜증나는 사회적 응시가 아니겠는가.

둘째, 여전히 오늘의 문단은 대형마트 매장처럼 활기차다. 도대체 다 헤아릴 수 없을 정도의 문학상이 한 해도 거르지 않고 수상자를 뽑아내고 있다. 마치 매장량이 무궁무진한 지하수를 뽑아 올릴 때와 같은 자신감이 충만하다. 그것은 영업을 주관하는 주최 측의 자신감이기도 하지만, 상을 겨냥하는 문인들의 응전력, 즉 문학상의 두터운 지층을 뚫겠다는 외설적 의지도 만만치 않다. 그 얼굴이 그 얼굴이라는 수상자의 면면 때문에 '환상의 돌림빵'이라는 빈정거림만 면해 간다면 문학상은 문학의 꽃이자 문단에 쏟아지는 축복이라 불러야 옳지 않겠는가.

셋째, 신인의 등단과 문학 창작집이 꾸준히 출판되고 있다는 사실도 오늘의 한국문단이 특유의 체질적 건강성을 발휘하고 있다는 점을 반증한다. 독자는 이탈하고 새로운 독자층이 형성되지 못한 상황임에도 한국문학은 여전히 기이한 고공행진을 펼치고 있다는 뜻이 된다. 여자 말고도 이해하기 어려운 일은 한국문단의 생존 방식이 아닐까?

넷째, 문화예술위원회가 거들고 있는 창작지원금이라는 문학(문인) 부양정책도 오늘의 문단에 관제官制라는 단서조항에도 불구하고 일말의 용기를 불어넣고 있다. 경제 상황이 나쁠 때 정부가 인위적으로 경기 부양책을 쓰는 경우를 왕왕 보아왔지만 경제의 체질이 개선되었다는 소식은 들은 바 없다. 창작지원금도 그런 부정적인 구실을 하지 말란 법이 없다. 독일의 경우에도 문예창작 지원시스템이 잘 갖춰진 이후에는 쓸 만한 작품이 나오지 않았다는 가라타니 고진의 말을 우리는 왜 곱씹어보지 않는가? 정부가 문인에게 가난을 견딜 숭고한 권리를 빼앗아도 될까?

앞서 정리한 내용들만 보자면 한국 문단은 문제가 전혀 없는 편이고, '전혀 없다'는 표현의 이면은 문제가 많다는 뜻을 감춘다. 그러나 나는 이 글을 통해 오늘의 문학동네가 내포하고 있는 이러저러한 질병적 요소들을 까발리고 부정적 선언을 하기 위한 것은 '절대로!' 아니다. 나 자신이 시인이라고 호명되는 한 나 역시 그 테두리 내부에 있기 때문이다. 나 홀로도 문단이기에 나는 독야청청을 누릴 수 없는 '오염된' 토양이다. 이 시점에서 정작 중요하게 관찰되어야 할 점은 한국문학 또는 한국문단의 문제점이 아니라고 본다. 그보다는 지금 우리 눈 앞에 있는 문학의 존재론적 위치이다. '망했네' '덜 망했네' 하는 담론들의 근거와 배경이 그것이다. 이것에 대한 비관과 낙관은 그것 자체로 타당하지만 늘 발언 주체에게로 돌아가는 관찰이기 쉽다. 오늘날 문학이 망했다는 점을 모르는 문인은 없다. 다 잘 알고 있다. 삼척동자, 즉 삼척에 사는 어린아이조차도 아는 소식이다.

그렇다면, 무엇이 문제여야 하는가? 내가 하고 싶은 말의 핵심은 이 부근에 있다. 조금 말을 풀어 보태자면, 오늘날 우리는 탈이데올로기의 시대에 살고 있다고 믿는다. 즉, 사람들은 자신이 어떤 이데올로기도 믿지 않는다고 생각한다. 여러분들도 그렇지 않는가? 탈이데올로기라는 말 속에는 이데올로기가 시대착오적이라는 의미를 강하게 함축한다. 그러나 슬라보예 지젝Slavoj Zizk은 이런 생각들이야말로 오늘날이 바로 이데올로기의 시대라는 사실을 역설적으로 보여주는 명백한 증거라고 들이댄다. 그러나 사람들은 '나도 (탈이데올로기의 시대라는 걸) 잘 알아. 그러나 그럼에도 불구하고'와 같은 사고의 형태를 보이면서 여전히 이데올로기적 사고 속에 존재하는 '냉소적 주체' 혹은 '도착적 주체'가 되고 있다. 이데올로기에 대한 지젝식 논리가 문학으로 이동해도 달라질 것은 없다. '나도 문학이 망가지고 희망이 적다는 사실을 잘 알아. 그럼에도 불구하고 나는 여전히 글을 쓸거야'라고 할 때 우리는 정확히 '잘 알면서도 그렇게 하는' 냉소주의적 주체가 된다.

나는 오늘의 한국문인들을 지젝식 용어로 냉소주의적 주체라 본다. 냉소적 주체는 잘 알면서도 여전히 그렇게 행동한다는 것이기도 하지만, 그런 선택 속에 자진해서 포획되고 있다는 의미도 함께 지니는 게 아닐까? 즉, 시집이 읽히지 않는다는 사실과 시집을 출판하는 사정이 열악하다는 사실을 너무도 잘 알지만 시인들은 누구의 명령 없이 열정적으로 시를 쓰고 있다. 문학이 망해도 글을 쓸 수밖에 없고 글이 아니고는 자신의 증상을 달랠 수 없는 그런 떨거지 주체들 말이다. 오늘날 그리고 미래의 문학은 그들에 의해 존재하고 빛나게 될 것이다. 이런 점에 비추어 문학은 문학의 패망론을 넘어선다. 문단 시스템의 오작동과 과작동도 한국문학의 창조적 역동을 지원하는 소음에 지나지 않을 것이다. 지금 우리에게 필요한 것은 문학에 대한 '가장된 순진한 믿음', 곧 '참된 위선'의 회복에 있는지도 모르겠다.

강원문학에 관한 자문자답
─ 시를 중심으로

1. 강원문학은 있는가

이 글은 제목이 말해주듯이 스스로 묻고 스스로 답을 가정해 보는 형식이다. 질문되지 않은 것을 물어보고 대답 없는 답을 찾아본다는 점에서 상상적인 테마다. 다시 말해 이론화의 골격을 갖지 못하거나 그것을 비켜가려는 무의식의 지원을 받고 있다는 말이다. 또 이 글이 선택하고 있는 강원문학이라는 용어는 시문학만을 가리킨다는 점에서 제한적이다. 서론을 주도하는 첫 질문은 이렇다. 강원문학은 무엇인가? 그것은 있는가, 없는가? 나는 있다고 대답한다. 아니다 없다고 고쳐 대답한다. 다시 생각해 보니 있기도 하고 없기도 하다. 무슨 말이 이런가? 글쎄 말이다. 중요한 것은 나도 헷갈리고 있다는 말이다. 당신도 나의 혼란을 이해할 수 있지 않겠는가? 모든 있음은 없음의 흔적을 배경으로 하고 있듯이 그 역도 마찬가지라고 나는 본다. 그래서 나는 있다와 없다를 착란적으로 사용하고 있다. 이 글의 착상은 강원문학의 무의식을 뒤집어보고 싶은 욕구에서 비롯된다. 너무 크거나 무모한 이 욕망의 결론은 물론 성공할 수 없다. 실패에 도달하기 위해 나는 더 무모한 실패의 사닥다리를 오르게 될 것이다. 이 글을 독서하기 위해 필요한 덕목은 차별 없는 이해와 용서뿐이다.

2. 호명되지 않은 강원문학

강원문학의 연기적 조건

강원문학의 개념적 규정성은 공간 분할적 단순 개념에 있다. 이는 충북문학, 전북문학, 제주문학과 다르지 않고 그것들의 개별적 내용은 생각만큼 선명하게 분별되지 않는다. 특별한 차이를 만들지 못한 채, 이 용어는 관습적 개념으로 고정된 느낌이다. 지방자치시대에 자주 듣게 되는 어색하고 야릇한 말 가운데 지방정부라는 말이 있다. 중앙정부의 거울상으로 지방정부를 설정하는 모양인데 이 말은 정의롭지 못한 정의다. 지방을 꾸려가는 방식이 좀 다르다는 측면을 두고 정부라는 말을 갖다 붙여서 되겠는가. 그런 말은 용어적 허세에 불과하다. 잠칭을 기정사실로 오해하게 하는 것은 고쳐져야 하는 관습이다. 그러면서도 나는 문학 앞에 지역권을 붙여서 한정적으로 지방문학의 특질을 설정하려고 시도하고 있다. 강원정부, 제주정부가 어색하듯이 강원문학, 전북문학과 같은 용어들이 허술한 가건물이라는 점도 인정한다. 그것은 용어의 지시내용에 대한 정리나 합의가 없기 때문이다. 영혼만 있고 육체가 없는 경우이다.

강원문학을 어떻게 이해해야 하는가? 앞서 말한 바와 같이 이 용어는 지역에 방점이 찍히는 개념이다. 강원도 문학 전반을 추상적으로 포괄한다. 이 말 속에는 강원도를 제재로 하는 시 전반, 강원도를 지역적 기반으로 활동하는 시인, 강원문인단체 등을 두루 포섭하는 개념이다. 이와 같은 용어적 외형은 지역적인 방위 개념과 시인이 관계된 산술적 통계의 확인이다. 강원문학과 전북문학의 차이를 설명해 줄 수 없다. 강원문학을 가로지르고 있는 시적인 증상을 설명할 수 있어야 문자 그대로의 '강원문학'이 될 것이다.

하지만 강원문학의 내부와 외부를 규정하는 조건의 설정은 쉬운 일이 아니다. 견적이 크다. 가장 복잡한 문제는 강원문인을 어떤 범주까지 인정할 것인가이다. 손쉽게는 강원도 태생이거나 강원도에 거주하면서 작품 활동을 하고 있는 문인으로 정의할 수 있다. 그러나 이 개념을 벗어나거나 개념이 놓치는 영역이 있다. 강원도 태생이면서 강원도를 벗어나 활동하는 문인과 강원도 태생이 아니면서 강원도에서 활동하는 문인들은 다소 미묘한 경계에 놓이기 때문이다. 앞의 경우는 이른바 출향문인이고 뒤의 경우는 무연고 문인이 된다. 이런 디테일이 문제가 되는가? 나는 모른다. 다만 될 수도 있고 안 될 수도 있기에 문제가 되면 되고 안 되면 안 된다는 게 이 글의 지론이다. 말장난 같으나 그건 그렇지 않고, 출향문인의 경우는 대개 그들이 중앙문학에 도달해 있거나 그 근처에서 작품활동을 하고 있다는 점으로 인해 강원문학의 경계에서 제외될 여지도 있다. 비약적으로 들리겠으나, 김은국의 순교자가 한국문학에 포함되지 않는 것이 참고가 되겠다.

다음으로 태생과 관계없이 강원도를 창작의 배경으로 움직이고 있는 문인의 경우다. 이 문제 역시 앞의 경우와 유사한 차원에서 쟁점이 될 수 있다. 강원도와 연고가 없으면서 강원도에서 활동하고 있는 문인은 강원문인에서 제외시켜야 된다. 이렇게 발설한다면, 무언가 개운하지 않고 막말같이 들리지 않는가? 강원문학의 자의식을 순혈적으로 추구하다 보면 이런 막이론 같은 위험한 원리주의와 맞닥뜨릴 수 있다. 물론 이런 주장은 난폭하고 과도한 외설이다.

강원문인에 대한 범주론이라 할 출향, 무연고 논의의 핵심은 강원문학의 본질을 시인에 두는 경우이다. 강원문학의 기원을 시인에게 둠으로써 이와 같은 분별이 선택된다. 이런 사실들을 부드럽게 감안하면서 '강원도에서 활동하는 문인을 중심으로 강원문학을 설정하는 것이 중립성과 보편성을 가진다'고 보여진다. 그것이 지역문학의 정체와 개념을 확정하는 중요한 지표가 될 수 있다고 보기 때문이다.

강원문인이 강원문학의 생산적 기원이라면 그 다음으로는 이들이 발표한 작품이 토론의 대상이 된다. 시인들은 자유롭게 시를 창작할 수 있고, 그래야 한다. 창작의 가이드라인이 있을 수 없다. 다시 말해 향토적인 정서나 관심을 작품에 담아야 할 하등의 의무가 없다는 말이다. 춘천에 살면서 아프리카 얘기를 해서 안 된다는 조항이 없고, 정선에 거주하면서 뉴욕의 문제를 작품화해서 큰일 난다는 주의主義를 들어본 적이 없다. 강원문학이라는 용어의 압력이거나 개념적 강박이다. 강원문학의 문학적 관심에 어떤 제한도 있을 수 없다. 그렇지만 지역문학의 정체성을 토론할 때 지역에서 창작된 작품이야말로 지역문학 그 자체라고 하겠다. 지역의 연기적 조건이 시인들의 상상력을 고양시킬 수 있고 그 반대의 방향에서 시인의 개성적인 상상력이 지역의 내면을 만들 수도 있다. 환경과 상상력은 상의상관적이다. 강원문학의 지시내용은 결과적으로 시인들의 창작한 작품에 기반한다. 그 이상도 그 이하도 아니다. 강원문학에 대한 탐사는 더 치밀하게 검토되어야 할 프로젝트이다. 시인들의 작품 정보에 대한 세밀한 조사가 제공되어야 하고, 지역적 거주 분포, 성별, 직업과 같은 객관적 정보도 있어야 한다. 이와 같은 객관적 자료들의 바탕 위에서 시인들의 작품 세계에 대한 비평적 성찰이 진행되어야 비로소 강원시인들의 문학적 초상이 그려질 것이다. 그렇지 못할 경우 강원문학은 저널리즘적 용어로 한정되면서 주어만 있고 술어가 없는 문장과 같은 공허감의 덫을 피할 수 없다. 과문 탓이겠으나 아직까지 강원문인에 대한 객관적 정보를 수록한 통계 자료를 접한 바 없다. 혹 알고 계신 분이 있으면 연락주시길 바란다.

강원문학의 공간 분할

가장 쉽게 그리고 보편적으로 설득될 수 있는 강원문학의 외연은 공간 분할을 통해서이다. 강원도라는 지역 공간을 다시 쪼개는 방식이고 그 지역에 거주하는 문인을 중심으로 작품을 검토하는 작업이다. 춘천권, 강릉권, 원주권, 속초권, 동해·삼척권, 정선권(영월, 평창 포함)과 같은 분할이 여기에 해당한다. 실제로 춘천은 홍천, 인제 등을 포함하고, 동해·삼척권은 태백 황지 등이 포함될 수 있다. 그러나 이러한 분할작업은 단지 그렇다는 임의적 척도일 뿐이다. 한국문학의 지역적 방위를 미시적으로 나누다 보면 결국 내가 선 자리만이 우뚝하게 된다. 그럼에도 불구하고 지역적 방위를 문제삼는 소이는 지역적 경계를 근거로 삶의 무늬가 달라진다는 전제가 존중받기 때문이다. 강릉과 춘천의 정서가 같지 않듯이, 원주와 속초의 그것도 같지 않다. 지역이 보존하고 있는 언어, 풍습, 전통 등의 인문지리적 요인들이 지역문학에는 스며 있다. 그러므로 공간 분할을 통해 강원문학을 조감해 보는 작업은 낯설지 않고 소득도 예상된다.

앞서 나누어 본 행정 단위의 분할 구도는 특별히 어색해 보이지 않는다. 춘천, 강릉, 원주, 속초, 동해·삼척, 정선은 각각의 도시적 특징들이 다르고 언어와 물산 풍속 등이 다르다. 그러나 우리는 이들을 강원도라 묶어서 미시적인 특징을 지워버린다. 아니면 강원도라는 기표 아래 각각의 특징을 통합하기도 한다. 그런 점에서 강원문학은 추상적 일반화로 고착되고 만다. '강원문학은 무엇인가?'라는 질문으로 자꾸 회귀하게 되는 소이도 여기에 있다. '강원문학?, 응! 그래! 맞아, 그런데?'로 이어지는 순환론적 질문은 알맹이가 없다. 그 세미한 이유는 포장지만 있고, 그것이 감쌀 내용물은 마련하지 못하고 있는 경우에 비견될 수 있다. 이 문제의 해결이 없이는 강원문학 혹은 강원 시문학이라는 용어는 쓸모가 없다. 비유적으로 말해 논에 서 있는 누렇게 익은 벼들을 강원문학이라는 추상으로 봤을 때, 그것이 강원문학으로 재정의되기 위해서는 벼들이 추수되어야 하고, 일정한 가공 과정을 거쳐 쌀로 태어나야 한다. 이때의 '쌀'이라는 가공물을 강원문학의 구체성으로 명명할 수 있다. 우리는 지금 그리고 과거에도 논에 서 있는 벼와 같은 개념의 강원문학을 개관해 왔을 뿐이 아니겠는가. 개별 작가와 개별 작품에 대한 비평적 살핌은 있어왔으나 작가와 작품의 총합적 이해와 관계성에 대한 분별은 진행된 바 없는 것으로 안다. 이 작업에 대한 검토는 다른 자리가 필요하다.

언어가 기댄 공간들

이 자리에서는 각 지역권의 특성을 개념적으로 제안해 보고자 한다. 이는 어디까지나 나의 직관과 경험적 사색에만 의존하기에 일반화하는 데는 저항이 많을 것이다. 다른 의견들을 다양하게 청취하는 기회로 삼기 위해 정리해 본다.

　　춘천권: 이곳의 대주주는 산과 호수 그리고 북한강이 아니겠는가. 서울과 가깝고 경춘선이라는 다소 낭만틱한 철도 노선과 소양호, 의암호 등은 이름만으로도 시값을 한다. 이런 사정으로 춘천권의 시는 자연공간에 기댄 부류도 많지만 건조한 문명과 이론성에 바쳐진 경향도 짙다고 느낀다. 회색을 띤 시들 혹은 그런 포즈들은 왜 춘천만 생각하면 나를 지배하는 상념이 되고 있는가? 왜 그럴까? 혹시 호수가 만들어내는 안개

가 시인들의 사색에 덧씌워져 있다는 뜻인가?

강릉권: 강릉권은 대관령 너머 혹은 그 안쪽의 상상력이다. 바다와 산과 7번 국도와 인접한 그리고 그것에 살과 숨을 섞고 있는 순후하거나 투명하거나 보수적이거나 고르게 고루한 정서들 혹은 그 예외적 딴지들. 향토시인이 될 것인가? 향토시인의 적이 될 것인가? 강릉은 항상—이미 그런 내전 중에 있는 듯하다. 테라로사, 보헤미안 등의 커피집들이 강릉의 이미지를 약간 손보고 있다는 인상은 있으나 강문이나 남항진은 앞으로도 여전히 강릉의 속살로 남을 것이다. 경상북도 안동에 있는 병산서원은 요즘 말로는 학교인데 거기서 과거시험의 합격자가 적었다고 들었다. 서원이 있는 곳의 풍광이 너무 아름다웠기 때문이라고 한다. 강릉은 물론이거니와 강원도 시인들 전반은 병산서원의 속설이 늘 재음미되어야 한다. 아니 그런 개연성을 제안한다.

원주권: 치악산, 1군사령부, 토지문화관, 섬강, 혁신도시 등은 원주의 근육이자 활력이다. 원주를 생물체로 만드는 동력이라는 말인데, 시인들이 서식하기에는 괜찮은 환경을 원주는 제공한다. 원주에서 실감할 수 있는 특별한 건조성이 그것이다. 시의 정서적 출발점인 로맨티시즘을 삭감시키는 쿨하고 드라이 한 정서는 다른 도시에서는 덜 발견된다. 박경리가 '토지'를 쓰도록 운력한 것은 원주의 건조성이다. 서울로부터 90분 격한 거리와 꼭 그만큼 떨어진 풍속의 속도는 문인들의 사색의 농도를 조율하는 데도 효율적이다. 단견이겠으나 나는 항상 원주에서 문지文智가 아닌 문치文痴를 느낀다. 소란도 없지만 열정도 없다. 치악산이 거세시킨 것이 너무 많다는 뜻인가.

속초권: 설악산과 한계령, 미시령, 화진포, 대포항, 38선, 백담사를 빼면 속초에 무엇이 남는가? 이건 질문이 아니라 감읍이다. 자연과 이데올로기의 환영이 살아 있는, 바람 불어 좋고 눈 내려서 황홀한 즉 산문과

운문이 뒤섞인 공간이 여기다. 시인이자 평론가인 이홍섭은 이성선, 이상국, 고형렬을 묶어 설악시문雪嶽詩門이라 호명했다. 시문은 일가를 이룬 가문의 개념이지만, 속초권 시의 패스워드로 읽히기도 한다. 즉, 설악시문은 그 문을 통과해서 '입문하든가 일탈하든가' 양자택일해야 할 워드이자 경계. 이 부락이 가진 대부분의 시는 설악시문의 문도門徒들에 의해 다 털린 건 아닐까? 이 근처 시인들은 그래서 이제 설악시문을 부숴야 할 때가 왔음을 눈치 챈다.

동해·삼척권: 이 동네는 속초와 강릉이 가진 영동적 무의식을 나름대로 온존시키면서도 다르게 역동한다. 아니 좀 더 거칠다. 아니 좀 더 날 것의 삶이 튀는 공간이다. 동해와 삼척은 삶의 숨결이 손에 잡히는 마을이다. 소설가 심상대가 ≪묵호를 아는가≫를 통해 한국문학에 등록시킨 이 산문적이고 질척스런 다큐멘터리 같은 공간. 이곳의 바다는 '한 잔의 소주'이면서 검은 먹물이 튀는 삶의 맨바닥으로 솟아난 오지다. 김명기가 이 언저리에서 〈북평 장날 만난 체 게바라〉를 쓴 것은 '이까' 냄새 징글징글한 장날의 한복판이었을 것이다. 괜히 사 보거나 괜히 팔아보는 장날, 말이다.

정선권: 정선은 정신이다. 차리고 싶은 정신이 아니라 놓고 싶은 정신을 받아주는 속깊은 오지다. 오지라 쓰고 민망해 지운다. 오지는 없다. 소설가 김도연이 '한국의 인도'라고 했던가. 잘못 들었나? 우좌간 나는 그렇게 기억하고 있다. 시인, 작가들에게 가장 선호되는 지역이 정선이다. 산과 강에 쌓여 있는 첩첩의 산중이 정선의 이드id다. 정선은 황동규 선생이 〈몰운대행〉에서 언명했듯이 '비포장의 순살결'을 만날 수 있고, 각자 삶의 맨살, 순살결, 날것을 몸 전체로 비비적거릴 수 있어서 홀망한다. 더 자세한 설명은 생략한다. 다들 그리로 몰려갈까 봐 아낀다. 환경차원이다. 통계는 없으나 강원도 공간 가운데 가장 빈번하게 시로 취급된

곳도 이곳일 것이다. '정선아라리' 악보의 원본이 이곳에 살아 있어서 그러할 것이다. 더불어 평창과 영월도 행정적으로는 하나의 권역으로 묶이지만 서로 섞이지 않는 부분도 많다. 평창이 대관령을 경계로 영동이 아닌 영서적 사유에 젖어 있다면, 영월은 정선도 아니지만 평창도 아닌 독자성을 가진다고 짐작된다. 알게 모르게 제천권역과 인접해서 비강원도적 인자도 없지 않다. 깊은 자연을 중심에 두고 경쟁하지만 정선, 영월, 평창은 서로 같은 만큼 서로 다르다. 시인들은 이 미세점을 주목할 것이다.

3. 강원문학의 공간 지향

강원문학을 정리하기 위해 행정권역을 척도로 삼아 보았다. 이런 분류와 이해는 위험하다. 단지 대강의 개괄일 뿐이다. 개연성에 기댈 뿐이고, 그것을 일반화하는 것은 성급하고도 조악하다. 각 권역별 시적 특질이 지역성과 같은 미묘한 문제들을 어떻게 주체화하고 있는가가 따져지기 전까지 이런 권역별 논의는 임의적이다.

가령, 속초권에 거주하는 시인들은 어떤 시를 쓰고 있는가에 대한 주류적이고 지배적인 시적 흐름을 탐구해보는 작업은 의미가 적지 않다. 그런 작업은 그 지역권 시인들이 다른 지역권의 시인들과 어떤 시적인 차이를 확인할 수 있다는 점에서 흥미로운 결론에 도달할 수 있다. 그러나 이런 작업이 한미한 아쉬움을 그 역의 관찰이 대신할 수도 있을 것으로 예측한다. 즉, 강원도의 시인들 혹은 비강원도권 시인들이 강원도의 어떤 것을 주로 시적 대상으로 삼았는가를 물어보는 일이다. 이 일은 평면적인 작업으로 보일 수 있으나 강원문학의 정서적 범주를 떠올려보는데 일정한 효과가 있다고 본다. 이와 같은 논의를 쉽고 구체적으로 확인시켜 줄 수 있는 것은 공간에 대한 시인들의 시적 반응이다. 기억은 시간의 산물이면서 공간을 통해 재탄생하기 때문이다.

북으로 가는 길은 멀다

군데군데 검문소와 탱크저지선 지났는데도
호숫가 솔숲에서 앳된 군인이
자동소총 거머쥐고
다시 길을 막는다.

춥다
그래도 물은
떠도는 새들 때문에 얼지 못하고
산그림자로 겨우 제 몸을 덮었을 뿐,

추위 속에
잠들면 죽는다고
물결이 갈대들의 종아리를 친다
하늘에도 검문소가 있는지
북으로 가는 청둥오리 수천마리
서로의 죽지에 부리를 묻고 연좌하고 있다

이미 죽은 주인을 기다리며
반세기 가까이 마주 보고 선
저 역사의 무허가 건물들.
이승만과 김일성 별장 사이 물빛은 화엄인데

새떼들만 가끔 힘찬 활주 끝에 떠오르며
물 속의 산을 허문다.

　　　　　　　　　　　　　　　—이상국, 〈겨울 화진포〉

나의 관심은 공간에 있다. 우선적으로는 어떤 공간이 시인들의 촉수를 움직였느냐에 대한 통계적 관심이다. 공간을 어떻게 시로 번안해내고 있는가의 문제는 이 글의 초점을 다소간 벗어나는 것이기도 하지만 좀 더 골똘한 논의가 요구되기 때문이라는 점도 지적된다. 인용으로 올려놓은 이상국의 시 〈겨울 화진포〉는 문자 그대로 강원도의 특정 공간인 화진포를 시화하고 있다. 화진포의 공간적 아름다움과 그것의 위치가 떠안고 있는 역사가 선연한 대비를 이루고 있다. 강원 북방의 서늘하고 애가 섞인 정서가 군소리 없이 찍혀 있다. 나는 지금 시해설을 하고 있는가? 아니다. 이 글이 그쪽으로 움직여서는 안 된다. 대표적으로 자주 호명되고 있는 공간들을 예들어 보겠다는 정도다. 강세환과 김창균에게도 화진포가 선택되고 있는데 두 시인에게 그곳은 자신을 성찰하는 공간으로 호명된다.

마음이 환해진다
투명한 물을 한참 들여다본다
불현듯 잘못 살았다는
차마 물 한줌보다 못하다는
부끄럽다는 생각에,
모래 우에서 허우적대다
내 삶의 형편이 이러하던가

　　　　　　　　　　　　　　　—강세환, 〈화진포에서〉 일부

거기엔

마치 귀화 식물처럼 서서

자신을 고민하는 나무도 있습니다.

누렇게 머리채를 다 쏟고

비명처럼 서 있는 나무도 있습니다.

물오리들은 바다에서 늦은 저녁식사를 하고

산 쪽으로 날아갑니다.

―김창균, 〈화진포〉 일부

화진포가 시적 공간으로서 어떤 의미를 생산할 수 있는지를 또렷이 말하기는 어려우나, 일부지만 강원도 시인들에게는 정서적 원형성 내지는 자신을 반추하는 거울 이미지를 제공하고 있는 듯하다. 화진포는 삶의 배경이기도 하고 삶을 막바로 반사하는 표면으로 인식되기도 한다. 공간이 환기하는 강원도적 감성의 측면으로 이해되는 대목이기도 하다. 다음으로 오대산, 월정사 일대가 호명된 시들도 여러 편 찾아진다. 김남극, 허림, 김영희, 최정연이 호명한 지명들이다. 평창, 진부의 자연이 섞이면서 만들 수 있는 본원적 정서의 일각으로 이해된다. 수려한 자연환경에 정서가 이끌리는 경우이다.

일주문 지나

전나무숲에 버렸다

상원사까지 걷기로 했다

개울은 동안거에 든 지 오랜데

살아 있다고

가끔 숨구멍에서 허연 입김이 오른다
능선을 오르다 숨을 고르는 듯 선 나무들
겨울에도 자라는지
갈비뼈 같은 나이테가 눈 위에 찍혔다
                                    —김남극, 〈오대산 기행〉 일부

전생의 기억은 캄캄하다
전나무 숲으로 들어서는 밤 열 한 시.
불쑥 내 손을 잡고 끌고 간 길은
내가 기억하지 못하는 전생의 길이라는 듯 따뜻하다

전나무 숲을 지나온 별들이 내 몸의 혈마다 전나무 바늘잎을 꽂는다
산죽 이파리에 매달린 이슬방울이 별처럼 생명한다.
                                    —허림, 〈월정사 전나무 숲에서〉 일부

단풍을 위해
초록이 마음을 비운다는 전갈을 받고
유배된 생각들 버리러 오대산에 갔어요
단풍보다 먼저 마중 나온
월정사 전나무 숲에 빠져
버리러 갔던 생각들 버리지 못하고
폭염에 화상 입은 고추잠자리 떼 만나네요
                              —최정연, 〈월정사 전나무 숲에 버리고 오다〉 일부

의논한 것도 아닐 텐데, 세 시인의 눈이 오대산 전나무 숲에 꽂혀 공교하

다. 시인들이 오대산도 아니고 월정사도 아닌 전나무숲에 포획되었다. 김남극은 가볍게 버리고 최정연은 무겁게 버리는데 김남극은 버리는 척만 한다는 게 눈에 띈다. 오버하지 않는 것은 시에서도 미덕이다. 허림은 밤 열한 시에 전나무 숲에 뭣하러 갔을까? 전생을 느끼고 만나기 위한다는 말도 버린다는 증상의 하나가 아니었을까 싶다. 전나무숲에 대한 호명은 숲이 만드는 산소가 자연을 맑히듯이 시인도 그 속에서 세속의 부대낌을 목욕하고 싶은 욕망의 표현이 아니었을까? 이런 점에서 오대산 전나무숲은 앞으로도 소진되지 않고 선호될 공간이 될 것이다.

치악산을 제재로 한 시들이 많다. 그만큼 공간적 유혹이 크다는 뜻도 된다. 송일순, 장시우에게서 치악산이 호명되고 한영숙과 박재연에게서 치악산의 간이역인 반곡역이 호명된다. 원주권을 압도하고 있는 치악산은 강원도에서도 보기 드문 남성 상징이다. 그것은 산이기보다 산맥이고 완강한 기의 향연이다. 원주 인근에 거주하는 시인들은 치악산의 정기를 받거나 기에 눌리면서 생존하는 방식을 익히게 된다. 반곡역은 한갓지고 인적 또한 적막하다는 점에서 혁신도시의 분위기와 다른 별난 공간이다.

고향 같은
산
엄격한 아버지 같은
저 산,
바라보니
나
너무 작아
없네

　　　　　　　　　　　　　　—송일순, 〈멀리 치악산이〉 일부

솔방울이 툭! 떨어지며 땅을 흔들어 깨운다
잠을 깬 상수리나무는 햇살을 잘게 부수는 구룡사 풍경소리를 듣는다
범종 소리가 산문을 흔들고 나와 전설 떠난 구룡소에 몸을 씻는다
발소리에 귀 닫고 물소리에 입 닫은 바위는 깊이 잠들었다
아침이 열린다.

　　　　　　　　　　　　　　　　—장시우, 〈치악산〉 일부

치악산 중턱
반곡동 오르다 보면
뜬금없이 기차역 하나 나섭니다

하루에 두 번
청량리 방면 상행선과
제천 방면 상행선이 서지만
타는 사람이 별로 없어
종일 고요한 역입니다

　　　　　　　　　　　　　　　　—박재연, 〈반곡역〉 일부

겨울 소나무 사이로
맞아야 할 사람 없이 기차를 보내고
홀로, 철로에 남은 울림을 듣는다
깃발을 접고 돌아서는 역무원의
쓸쓸한 뒤를 밟아 생각을 접으니
나도 갈 곳이 없다

　　　　　　　　　　　　　　　　—한영숙, 〈겨울 반곡역〉 일부

송일순에게 치악산은 엄한 아버지로 호명된다. 나는 송시인보다 한 수 낮게 '험한' 아버지라 고쳐 불러본다. 치악산이 보유하는 공간적 위력에 기죽어 본 이는 이 진술에 공명할 것이다. 이에 비해 장시우에게 비친 치악산은 순하고 청정해서 스스로 어우러지는 자연 공간이다. 태고를 현재의 풍경으로 번안한 시다. 반곡역은 치악산의 문명적 연장이다. 박재연은 반곡역의 간이역다운 공간성을 실감 있게 묘사한다. 간이역 기법의 스케치가 졸음이 오는 풍경을 실제의 차원으로 전한다. 한영숙의 반곡역은 이별 없는 이별의 공간이다. 상상이 작동하면서 상상을 천천히 현실로 바꾸는 시다. 우는 척 하다가 울어버리는 가장의 논리가 시적 공간에 배어 있다. 자연 공간이 시의 공간으로 리모델링되는 순간이다. 강릉이 시에서 호명되는 경우는 어떤가? 한때는 춘천이 시적인가, 강릉이 시적인가를 따져본 적이 있다. 그것은 공간의 수압이다. 그러나 생각은 급히 접혔다. 허수이기 때문이다. 내게 강릉은 객관성과 엄격성 혹은 냉정을 유기하기 힘든 공간이다. 호오가 분명하거나 호오가 없거나. 공간이 내게 심히 개입했거나 내가 개입한 공간역이 넓고 넉넉했기 때문이라고 믿는다. 그래도 이홍섭의 시집 ≪강릉, 프라하, 함흥≫은 내게 시적 공간을 염두할 때마다 되떠오른다. 소설가 김도연이 원본 못지않게 잘 사용한 아스토르 피아졸라의 탱고 〈0시의 부에노스아이레스〉처럼.

카프카는
살아서 프라하를 떠나지 않았다
뾰족탑의 이끼와
겨울안개가
그를 기억한다

내곡동 지나
보쌀 지나
남대천 둑방을 따라
바다로 간다
안목에 가면
바다가 등지고, 바다가 무덤인
갈매기들이 산다

               —이홍섭, 〈강릉, 프라하, 함흥〉

이홍섭의 〈강릉, 프라하, 함흥〉을 읽고 있으면 강릉이라는 공간을 다 훑고 수렴한 듯하다. 강릉에서 호명될 수 있는 시적 공간들이 이 시의 행간 속에 다 배겨 있다고 느낀다. 그렇게 육박하는 정서가 있다. 내곡동, 남대천 둑방, 안목은 바다로 가는 동선이다. 이 공간적 궤적, 마음의 수로를 빼고 나면 무엇이 남는가? 대관령 정도가 아니겠는가.

맨 무릎을 모으고 앉아 있는 그대
45도로 흘러내리는 종아리 빠른 물살을 타고
플래시를 터뜨리며 솟구쳐 오르는 은어떼

영원의 뒤척임은 소리가 나지 않습니다

               —심재상, 〈남대천 1〉

제한속도 40km의 굽은 대관령 길을 오르며
새벽 5시 과속으로 서울 간다
가끔 고향에서 치르는 하룻밤의 문상에

죽음이 할 수 있는 일들은 고작
소주 몇 잔의 대작과 안주 같은 침묵뿐
해발 오색의 중턱쯤에서 한 떼의 낙엽이
길을 질러 윗골에서 아랫골로 귀신처럼 내려간다

—심재휘, 〈대관령 깃발〉 일부

심재상과 심재휘가 보여주는 '남대천'이 강릉사람들의 내적인 삶과 관계된다면 '대관령'은 그것을 넘어서 나아가거나 되돌아서는 관문적 공간이다. 심재상의 '남대천'은 다른 의미의 차원이지만 내게 남대천은 강릉사람들의 내수면 같은 의식의 거울상이다. 큰 강이 없는 곳에서 천변을 통해 마음의 유속을 경험케 하는 게 남대천이 아니었나 싶다. 강릉사람들에게 대관령의 표준발음은 '대굴령'인데 이렇게 발음되면서 강릉사람들이 보수화되고 있는 것은 아닌지 묻는다. 말하자면, 영서를 의식의 대척점으로 삼으려는 본능적 고집. 그러나 시인들의 시에서 이런 고집이 창의적 표현을 얻고 있는지는 모르겠다.

나의 게으른 독서에는 묵호지역이 시화 된 예를 잘 보지 못했다. 그런데 김명기를 만나면서 묵호가 시적 공간으로 편입되는 즐거움을 맛보았다. 즐거움의 핵심은 '안묵호'라는 질척하고 답답한 공간이 풍기는 냄새에 있다. 김명기가 아니었다면 바닷가에 닿아 있는 이 산동네와 그 산동네가 품고 있는 비린내 같은 삶은 표현되지 않았을 것이다.

비 내리는 날
안묵호 바닷가에 속절없이 웅크리고 앉아
바다를 마당 삼은 산동네를 올려다보면
벼랑 끝 풍경처럼 매달린 집들

그곳에서 흔들리며 내려다보는 바다는
또 얼마나 아슬할까 싶습니다
이런 날 바다는 유효기간 알 수 없는
음울한 비린내를 끌고나와
지린 눈물을 흘리며 길바닥을 헤집기도 합니다
— 김명기, 〈안묵호〉 일부

김명기 말고도 류재만은 〈묵호진을 통해〉 '배 대기가 이만한 자리 없어
/등댓불을 밝히려 터 파기를 하다 보니/시커먼 황금이 무진장이라 /그
것으로 방파제를 쌓으니/등대 곳이 되긴 했지만/먹물을 푼 일본인의
짓'이라 진술했다. 그에게 '묵호진'은 일종의 풍속사적 공간이다. 묵호
바닷가에서 벌어지는 삶의 모습이자 역사적 모순의 공간이라는 점에서
시적인 내러티브다.

언제나, 공간이 시를 인도하거나 압도하는 경우가 있다. 정선의 '몰운
대' 같은 경우다. '구름이 스러진다'는 이미지의 현실적 동영상 같은 몰
운대는 외상값 독촉하듯이 시인들을 호출한다. 한 수 흘리고 지나가라!

눈길 빠져 도착한 정자엔
식은 햇볕 한 줌 고였다
처음은 설레는 법
거침없는 절벽은 무심한데
강은 얼음 밑에서 물소리 삼키며 운다
누구든 가슴 뛰게 하는
눈멀게 하는 풍경이 쨍하다
아주 오래전

천상의 선인들이 놀았다던 자리가 어디쯤일까

온기를 짚어본다

벼랑 끝 고사목은 모르는 척

꼿꼿하다

　　　　　　　　　　　　　　　　—김진숙, 〈몰운대〉

김진숙은 몰운대를 '눈 멀게 하는 풍경이 쨍하다'고 적었다. 정선의 풍
경은 그저 보기 좋다는 지경을 넘어서 풍경이 인간의 내면으로 젖어든
다. 모든 좋은 풍광이 그러하겠으나 정선은 정선 전체가 깊은 의미공
간이다. 정선은 그 자체로 시다, 시인묵객이 한번쯤 자신의 정신을 비
벼보고 싶은 공간이기에 이 지역을 배경으로 한 시들이 많은 편이다.
역내와 역외를 따질 사이 없이 많은 시인들이 정선을 자기 시의 공간
에 집어넣었다. 전윤호, 박정대, 최준과 같은 시인들이 정선 출신이고,
비슷한 시기에 등장하여 정선시의 띠를 이루었다. 박세현의 ≪정선아
리랑≫도 이 대목에서 한 줄의 지분을 요구한다. (^^) 정선이라는 공간
전체를 세팅으로 창작된 시집은 이것밖에 없다. 정선과는 무연고지만
한국시의 대타자인 황동규 선생도 여러 편의 정선 관련 시를 썼다. 〈몰
운대행〉은 정선의 자연적 공간을 시의 공간으로 편입시킨 대표적인
경우다.

여기까지 작성하면서 분류상의 애매로 누락된 공간 몇을 추가한다. 윤용
선의 〈겨울의 의암호에 비친 풍경〉 박기동의 〈겨울, 파로호〉 김영희의
〈오세암을 오르다〉 박용하의 〈7번 국도〉 등이 그것이다.

그저 오며 가며 보이는 것이

보이는 그대로가 산이고, 물인데

끌끌거리며 혀를 차고 있는
의암호가 시방 생각중이다.
내일은 두 눈 딱 감고
꽁꽁 얼어버릴까, 말까
짜른 겨울해가 흐리게 지고 있다.

—윤용선, 〈겨울의 의암호에 비친 풍경〉 일부

내 한 때 파로호 가에서 아이들을 가르치고
깊디 깊은 헌데처럼 남아 있는 연애를 한 적이 있지
공수부대 낙하훈련을 구경하다가 난데없이 비행기에서 학교 뒤 도라
지 밭으로 떨어지는 검은 물체, 운동장에서 아이들과 함께 일순 숨죽이
고, 사람이 아닌 철모쯤에 불과하다는 것을 알고는 안도.

—박기동, 〈겨울, 파로호〉 일부

하루쯤 비구니가 된다.
걸망 속에 시주처럼 받아 낳은 주먹밥을 의지하고
빗길을 나선다.
다섯 살 동자 홀로 한겨울을 살았다는,
관세음보살 그 아이 한겨울 살렸다는,
전설 산죽처럼 시퍼렇다.

—김영희, 〈오세암을 오르다〉 일부

내 인생은 7번 국도를 출발해 7번 국도를 돌아가는 거대한 추억의
궁륭이다. 여가수 Enya의 음악을 듣고 있으면 공중을 향해 드라이브하고
있다,는 공중과 사랑하고 있다,는 아름다움이 파도치듯 밀려든다. 7번

국도는 내면의 도로다.

—박용하, 〈7번 국도〉 일부

윤용선의 의암호는 춘천의 자연을 시화했다는 데 눈이 갔다. 호반의 도시라는 명칭이 그냥 있는 게 아니라면 호수와 댐, 북한강 등의 공간을 둘러싼 시들은 수다할 것이다. 박기동의 〈겨울, 파로호〉는 제목에 눈이 먼저 간다. 춘천 근방의 다른 공간에 비해 더 문학적 인접성이 큰 이유는 무엇일까? 억지스런 표현인 줄 알지만, 전방감前方感의 서늘한 긴장감이 감돌아서일까? 오정희의 소설 〈파로호〉와 짝하여 생각해 보면 더 좋을 것이다. 김영희의 '오세암'은 설악권역의 공간이다. 암자이름부터 이야기적인데 김영희는 그것을 포착하여 시를 공간화한다. 박용하의 〈7번 국도〉는 박용하의 것이지만, 국도 7번은 시적인 울림이 큰 공간이다. 공간을 잇는 선이다. 추억을 공간화하는 도로이다. 태백산맥을 넘지 못한 채 남에서 북으로 일직선만 긋게 하는 삶의 동선들. 누구에게는 정선이 가봐야 할 공간이라면 누구에게는 7번국도가 걸어보아야 할 길인지도 모르겠다. 바다를 끼고, 바다를 만지면서, 사실은 직선이 아닌 느린 커브를 그리면서 구불대던 구도로들이 더 7번적이지 않았던가. 이제 그 도로의 주름을 다림질해서 멋대가리를 다 죽여 놓은 7번이 섭섭하다. 말하자면, 우리 몸을 녹일 수 있었던 공간 하나가 작살났다는 사실. 드라마 하나 뜨면서 정동진 작살난 것은 두고두고 우리들을 죄인으로 만든다. 공간파괴 방관 및 같이 날뛴 죄. 정동진 역 좌우상하에 아무것도 걸리적거리지 않았던 그 일망무제를 돌려다오! 이 개새끼들아!

4. 결론 없는 애프터

미안하지만, 이 글은 결론이 없다. 모든 결론이 권력적이기 때문에 결론을 유보한 것은 아니다. 이 글은 강원문학에 관해서 내부적으로 '자문자답'의 형식을 취했다. 글의 출발은 있지만 출구를 알 수 없는 미로와 혼돈을 타자에게 용납시키기 위한 알리바이였다. 글이 끝나는 지점에서 출발을 돌아보니 많은 부분의 곡해와 비약이 눈에 거슬린다. 그러나 삶을 소급해서 수정할 수 없듯이 이 글도 수정 없이 맺는다. 단지, 이 논의가 강원문학의 주체적 사유를 재정립하거나 폐기하는 경계가 되기를 바라는 욕심은 있다. 그게 이 글의 난잡스런 결론이다.

이 글이 엉성하게 추적하는 바람에 시인들의 사적인 공간들은 다 누락되었다. 가령, 심재휘의 빵집 〈향미루〉 그 집은 1960년대와 1970년대에 강릉에서 중고교시절을 보낸 사람들의 심리적 영토를 '한없이, 쓸데없이' 갈군다. 이 글은 시인들의 그런 사적 공간을 놓쳤다. 관광해설서가 아니라면 시에서 문제가 되는 공간은 그런 내밀한 사적 영역이다.

또 하나의 상스런 결론을 추가한다. 내 손에 강원도 시인들에 관한 자료들이 턱없이 부족했고, 없는 자료를 외면하면서 있는 자료들만 가지고 이곳저곳으로 찍어 붙이자니 일구지난설이 되었다. 시간도 힘도 딸렸음을 적는다.

우리 같이 살아요
– 시민 대상 문학교육의 방향

1. 서론

이 에세이는 '시민 대상 문학교육의 방향'에 관한 나의 촉감이다. 객관적인 정보가 아니라 몇 줌의 경험과 귀동냥에 의탁하는 자기 충족적인 생각이 흘러가게 될 것이다. 어쩔 수 없이, 이 글은 문학 내지 문학교육에 관련되는 토론이다. 자연과학이나 사회과학의 흉내를 내는 인문과학이 아니라 인문학이고 싶고, 아예 '인'을 젖혀 둔 '문학'이고자 하는 어떤 현상에 대한 소략한 관찰이 될 것이다. 10월을 반추하는 11월의 한가운데 그것도 내설악 풍대리 만해마을에서, 강원권 문인들'끼리' 얼굴 맞대고 우리 당대의 지고지순한 무낙을 교환하는 이벤트는 가을날 한 잔의 술만큼 짜릿하다.

내가 청탁받은 주제는 '시민 대상 문학교육의 올바른 방향'이다. 문학을 둘러싼 혹은 문학이 둘러싸인 문제를 다룬다는 점에서 좀 널널하게 말하고 싶다. 주제가, 문학으로부터 흘러나와 문학으로 귀환하지 못하고 사회 속에 번지고 맺혀 있다는 점에서 유혹적이거나 문제적이다. 체 게바라의 말을 빌리자면, '불가능한 꿈을 꾸'어야 할 처지와 시점에 도달한 것이 지금의 문학의 위치다. 사회의 중심부로부터 밀려났고 또 밀려난 김에 스스로 더 변방화하기 위해 문학은 어떤 선택지 앞에 직면했다고 본다. 음악과 영화가 먼저 그러했듯이, 문학도 문학의 본질을 지키기 위해, 미래의 독자를 기다리며 인디문학을 선언하고 잠복해야 하지 않을까?

시절이 이러함에도 불구하고, 여전히 문학은 쓰여지고 읽혀지고 토론된다. 글쎄 말이다. 한국사회의 오묘함과 불가사의는 문학에서도 발견된다. 쓰여지고 읽혀지고 토론되는 방향 없는 그 저력들. 나는 그 힘을 종합적으로 의심한다. 그것은 문학의 중심과 주변, 본질과 비본질, 진정성과 휘발성, 순수성과 대중성의 경계를 허물면서 제출된 융합의 차원이 아니라 대야의 물을 버리려다 아이까지 버리게 되는 서글픈 형국을 상연하지 않을까 걱정이다.

이와 같은 생각을 가진 내게, 시민을 대상으로 하는 문학교육을 토론하는 일은 버겁고 난삽하다. 문학교육은 학교교육과 시민교육(은 시민대상의 문학교육)으로 구분할 수 있다. 학교교육은 입시교육과 등가관계에 있기에, 지식차원의 문학교육은 수행되겠으나, 지혜차원의 문학교육은 포기되고 있다고 본다. 문학이 지식이나 정보의 차원으로 교육되는 것은 그 자체로 문제이기도 하지만 이러한 교육의 수혜자들이 향후 대개 문학의 문맹이 된다는 사회적 현실은 우울한 일이다. 시민교육은 문학지식에 물든 시민들을 문학 안으로 불러들이고 그들을 문학과 놀게 만드는 것이라고 생각한다.

그건 그렇고, 독자들이 문학을 떠나고, 문학 또한 자폐성을 전시하고 있는 이때, 불안과 좌절과 분노에 침몰하고 있는 시민계층을 문학이라는 문자미디어로 달랠 수 있을 것인가? 스마트폰의 터치스크린을 손가락으로 꾹꾹 누르기 바쁜 시민들에게 문학은 매혹이 될 수 있을 것인가? 나는 예스라고 즉답하지 못한다. 다만, 그럴 수도 있을 것이라는 애매한 답을 설정할 수 있을 뿐이다. 그것도 문학의 편에 선 자의 아전인수식의 시선 아래서만 그렇게 예견한다. 거기다, 문학이 시민들을 향해 새로운, 다른, 낯선, 즐거운 경계를 보여준다는 전제가 있을 때만 그렇다. 그렇다면 그 요체는 무엇인가? 나는 모를 뿐이다. 모르고 중얼거리며 산다. 모르면서 시도 쓰고, 모르면서 문학교육의 자리에 선다. 이렇다 할 레시피 없이 그날그날 냉장고 구석을 뒤져서 손에 잡히는 대로 삶기도 하고 찌기도 하면서, 그것을 요리라고 믿으며 사는 전업주부의 굳건한 우울증을 닮아간다. 그러니, 오늘의 주제는 힘 다 빠져 헐떡대며 골인 지점에 도착한 마라토너에게, '어이, 조금만 더 뛰어보지' 하는 주문과 같다. 안개 저 너머에 무엇이 기다릴 지 예견하지 못한 채 본론으로 넘어간다. 문학이라는 대문자의 소박한 정당성만 믿고 간다. 홍상수가 영화 〈북촌 방향〉에서 길을 놓치고 같은 자리를 뱅뱅 돌듯이, 동어반복이라는 뻔한 미로 안에서 헤매게 될 이 글의 생환을 빈다.

2. 본론

본론이라기보다 서론의 연장선에서 주제를 세 가지로 분절하고 거기에 각주를 달아나가는 식으로 글을 펼치겠다. '시민 대상'과 '문학교육'과 '올바른 방향'이 그것이다. 각각은 다 필자의 깜냥을 시험하면서 저항하는 껄끄러운 내용들이다.

1) 시민 대상

시민이라는 말은 속이 차지 않는 개념이다. 나는 시민의 개념을 입고 있는가, 하는 자문이 돌아올 때마다 그런 허기를 겪는다. 가끔 시민의식이라는 말을 대면하면 그 정황은 더 흔들린다. 시민은 내게 와서 시민권을 발급받지 못한 채 부유하는 유령이다. 난민의 지위만 가지고 있는 개념이 초라한 나의 '시민'의식이다.

우리 쪽 시민의 정의는 서양사회가 형성해 온 계급적 의미와 비대칭적이다. '시민정신이 실종됐다'는 식의 표현은 적어도 어느 시기까지는 기만적인 수사였다. 사회적으로 합의된 시민 개념이 없는데 시민정신이라는 게 만들어질 까닭이 없다. 서울시민은 문자 그대로 '서울시에 사는 사람' 이상의 의미를 내포할 수 없었다. 그러나 이제 우리는 정치적 민주화의 각 단계를 겪으면서(겪어내면서라는 표현도 있는데, 이 말이 문법적으로 옳은지는 미처 따져보지 못했다, 가령 지켰다가 아니라 지켜 냈다와 같은 표현들은 명백하게 1980년대의 민주화 과정에서 생겨난 언어의식의 소산이다.) 껍질뿐이었던 기표에 정신 있는 시민의 기의가 보태졌다. 즉, 자신을 직시하게 된 사회적, 정치적 존재가 시민이다. 우좌간에 오늘날 우리가 목도하는 것은 자기형성을 갈망하는 주체들이 대거 성장했다는 점이다. 그 주체들을 시민계층 내지는 시민이라 불러도 무방할 것으로 본다.

시민들은 주장하고 선택하는 속성을 향유한다. 자신들의 결핍을 채우려는 갈망에 따라 움직이는 존재다. 특히, 문화적 결핍이 강한 시민들이 문학을 선택하는 경향이 짙고, 통계적 근거는 없지만, 1960년 전후에 출생한 사람들에게서 문학적 숭배의 흔적이 많이 발견된다. 이런 세대론적 분석은 다른 자리에서 토론될 만한 문제인데, 짧은 소견으로는 1970년대와 1980년대에 걸쳐 문학적 흥행을 이룬 사실과 상관성이 없지 않다고 본다. 즉, 한국문학의 수혜계층의 하한선으로 보이는 1960년 전후 태생은 1980년대에 청년기를 맞으면서 한국문학의 향기를 맡은 세대들이다. 이들에게서 글읽기와 글쓰기에 대한 향유적 자질이 드러나는 것은 자연스런 현상일 것이다. 한국문학에 대한 변함없는 충성과 지지를 보내는 층도 이들이다.

오늘날 평생교육은 우리가 수락하고 있는 시민교육의 제도이자 압력이다. 평생 배워야 한다는 압력은 가부장적이기도 하지만 그보다는 자고 일어나면 달라지는 세상을 수습해나가기 위한 가련한 자기 방어이다. 평생을 배워야 하다니! 지겹고 또 짜증스러운 이념태다. 물론 어떤 이들에게는 지겨움이 즐거움이 될 수도 있다. 평생교육의 출발은 배움의 사용기간이 아주 짧아졌음을 근거로 한다. 하루 쓰고 나면 방전되는 배터리와 같이. '국민학교'만 나와서도 잘 풀어먹던 시절은 행복했다. 지식의 주기가 짧아졌기에 사회의 전 분야가 지식의 재충전에 시달리고 있다. 그러나 문학은 지식이 아니라는 점에서 우리 사회가 왈왈대는 평생교육의 핵심과는 길이 다르다. 문학은 해도 그만 하지 않아도 그만이다. 커피나 와인 과정과도 다르고, 제빵과 중국어 회화 과정과도 닮지 않았다. 더 멋있고, 더 본질적이라는 뜻이 아니라, 더 기생적이고 더 비생계적이라는 뜻이다. 문학이 생계에 도움이 되는 경우가 없지 않으나, 대개는 문학이 순진한 생계의 태클을 걸기 일쑤다.

여기서 문학은 문학창작을 지시하고, 창작이라는 점에서 여타의 평생교육 분야와 다르다. 굳이 차이를 만든다면, 문학은 생계 차원이 아니라 여가가 강조된다. 무리한 용어를 제안한다면, 평생교육으로서의 문학은 '평생여가교육'의 하나가 될 것이다. 여가는 노동 후의 잔여시간이라는 점에서 개인적인 잉여이기도 하지만, 사회적 생산수단의 변화와 관계된다는 점에서는 사회적인 문제이다. 세탁기를 사용하면서 손빨래를 하던 손들이 남아돌고 있는 현상을 우리는 여가라고 지칭한다. 이 여가의 발생 장면들은 정말 다양한 차원에서 우리 사회를 재구성하고 있다. 내게는 세탁기와 전기밥솥이 나오면서부터 구체적으로 체감된 현실이

여가다.

개인에게 여가는 축복이자 재난이다. 그것의 양면이 시민적 주체가 겪는 우울이다. 생활에 제공하고 남는 시간이 자신을 고문하지 말라는 법이 없다. 평생교육은 정신과 물질의 여유를 누리는 시민들을 유혹한다. 여기에 추가되어야 할 현상은 베이붐 세대들이 직장에서 밀려나 사회 곳곳에 불시착하고 있는 현상과 할 일 없는 퇴직자들의 증가 현상이다. 한국사회가 지금 상영 중인 당황스런 장면이다. 구조조정에서 밀려난 베이붐 세대들은 구조주의의 희생자이자 일정 부분 평생교육의 수혜대상이 되면서 시민들의 '여가'는 다층적인 의미를 띠기 시작했다. 어찌할 것인가? 역시 나는 모를 뿐이다. 시민이라는 말이 추상성을 벗고 구체적인 전모를 드러냈다는 점만 나는 안다. 새롭게 등장한 시민계층의 요구 수준은 어디에 있는가? 그것도 나는 모를 뿐이다. 물론 작금의 시민 계층이 품고 있다고 가정되는 판타지를 자극하고 타협하는 방안도 있다. 그러나 그것은 가짜 교육이고 가짜 위로가 될 공산이 크다. 시민들은 어리석은 집단이 아니다. 자신의 이해가 해소된다는 전망이 없이는 어떤 시간도 투자하지 않도록 조율된 존재들이다. 문학은, 확신은 없지만, 시민들의 남는 시간을 자신의 삶을 위해 재구성할 수 있는 계기로 만들어주어야 하지 않을까, 싶다. 좀, 허영스럽게 말하자면, 시민의 자아가 길을 잃고 헤맬 때마다 손차양을 하고 길을 찾기 위해 먼 곳을 바라보는 여행자로 만들어 주는 일이다. 그때, 한 편의 시가 거기 있었다는 말을 로맨티시즘으로 정리하지 않았으면 좋겠다.

2) 문학교육

문학교육은 음악교육, 미술교육과 같으면서 다르다. 누가 뭐래도 음악교육의 핵심은 피아노 앞에서 악기의 스케일을 익히고, 연주법을 가르치고 배우는 것이다. 미술교육도 수채화나 유화를 그리는 법을 전수받는 것이다. 그러나 문학의 경우는 그 말이 곧바로 창작활동을 환기하지는 않는다. 문학이 글쓰기라는 창작적 측면과 문학연구라는 학문적 측면을 동시에 구유하고 있기 때문이다. 또 초등학교에서부터 대학에 이르기까지 한국문학이 가르쳐지는 교육과정은 있어도 일반적인 학생들에게 창작을 체계적으로 지도하는 것은 아니다. 초등학교 음악시간에 리코더 실기를 공부하는 일은 당연해 보이지만, 동시 짓는 법을 가르치는 교육은 낯익지 않아 보인다. 음악이나 미술은 실기로 이해되는 데 반해, 문학은 왜 이론으로 환기되는가? 나의 편식인가? 그동안 내가 받은 문학 관련 교육이라는 것이 내 안에서 발생한 정서를 바깥으로 이끌어내는 것보다 문학의 이름으로 주입된 문학지식이었다는 데 문제가 있다고 생각한다. 그러하기에, 시나 소설은 외우고 분석하는 대상이었지 즐김의 대상을 점유하지 못했다. 지금도 이런 문제는 개선되지 못한 채 문자문화는 요양 대상이 되었다. 누구를 탓해야 할 지 모르겠다. 단도직입적으로 말하자면, 문학교육은 한번도 '올바른' 자리에 서 있지 못했다고 하는 것이 옳겠다. 찌른 데 또 찌르는 식으로 말하건대, 학교는 장기적으로, 체계적으로, 광범위하게 차세대 독자의 성장을 가로막아왔고 학생들을 문학으로부터 소외시키는 데 기여했다. 물론 그것의 정점에는 입시교육이라는 몹쓸 오빠가 버티고 있다.

문학은 지식이 아니다. 물론 문학이 문학연구라는 학문 영역을 형성하는 일도 당연해 보이지는 않는다. 문학은 그 특성상 기생적이다. 그러므로 문학은 읽고, 생각하고, 쓰는 과정에 있다. 문학이, 즉 한 편의 시와 소설이 사회 전체를 사유하는 방식이라면 읽고, 쓰고, 생각하고, 토론하는 것이야말로 문학을 올바르게 향유하는 프로그램일 것이다. 이것은 인문학의 핵심이기도 하다. 좀 비껴가는 말인데, 오늘날 대학으로부터 추방

된 인문학이 사회 전 부면에서 기승을 떨고 있는 것은 걱정스런 현상이 아닐 수 없다. 수상한 인문학이 우리 주위를 배회하고 있다. 이러한 현상이 시민계층의 인문학적 사유를 자극하고 삶의 가치를 형성하는 쪽으로 진행된다면 바랄 것이 없다. 하지만, 사이비 인문학의 범람으로 인해 시민들의 인문학 피로감만 가중시키지 말라는 법이 없다. 다시 말하지만, 인문학의 과잉은 인문학에 대한 오해, 인문학 공급 계층의 자질과 관계된다는 것이 나의 생각이다. 철학과 함께 문학은 인문학의 '오래된 미래'다. 그렇게만 설명될 수 없다. 인문학이 문학을 포함하고 있다기보다 문학이 인문학을 포함한다고 보는 견해가 더 설득적이다.

인문학이 인문학자의 손을 떠나 떠돌듯이, 문학도 문학 전공자의 영역 밖에 위치한다. 문학은 그 속성상 본래 그래왔다는 점에서 새삼스러운 일은 아니다. 문학이 교육이라는 미명으로 독자들을 억압해 왔다면, 뜻 있는 독자들은 이제 그런 공무원식 문학으로부터 독립하여 새로운 주체가 되고자 한다. 이러한 현상은 우리 사회가 겪어온 민주주의의 단계와 더불어 진화해 왔다. 문학을 중심에 두고 볼 때 이 현상은 좋은 일이다. 한 편의 시에서 시인의 뜻을 찾던 작품works 읽기에서 벗어나 작품을 재해석하려는 텍스트text 읽기를 즐기는 독서의 주체들이 등장했다. 독자는, 비로소 저자라는 아버지를 죽이고 아버지가 누렸던 쾌락을 저작하기 시작했다. 독자의 입장에서는 황홀한 반란이다.

이 자리에서 말하는 문학교육은 시민교육을 전제한다.

앞에서 설명했지만, 오늘날, 시민대상의 문학교육은 시민들에게 두 가지의 만족을 제공한다. 하나는 대학 이전에 상징적으로 습득한 문학에 대한 판타지를 실현하는 기회이고, 다른 하나는 세탁기가 빨래를 하는 동안의 여가를 창조적으로 해소해 준다는 기대이다. 여가를 활용하는 방안은 여러 가지가 있지만, 인문주의적 전통이 강했던 시절을 통과해 온 세대(7080)들에게 문자 혹은 문학의 위력은 생각보다 뿌리가 깊다. 시민이 대상이 되는 문학교육의 경우는 이 세대들을 주목해야 한다. 1960년대 전후로 태어난 이들이 여가계층의 중심이 되었을 때, 즉 1990년대 이후 대략 20여 년 정도는 평생교육 차원의 문학교육이 활성화되었다. 문학교육을 디자인할 때 7080세대 이후의 후속세대가 사라지고 있다는 점을 인정하고 주목해야 한다. 이것은 나의 직관이기에 구체적 근거를 가지고 있지는 못하다. 1970년대 이후에 태어난 사람들이 마주한 시대적 환경들을 보면 앞세대가 문자매체에 귀속되었던 사연과는 많이 다르다. 확신 없이 추론컨대, 이들은 자발적으로 문학의 장으로 걸어들어오지 않을 것이다. 그들의 에로티시즘은 문학이 아니다. 그것을 무엇이라 꼬집어 지적하지는 못하지만 하여튼 '딴 데 가서 알아보세요'의 맥락에 위치한 세대들이다. 문학교육이 인문학의 자격으로 시민들을 호명해야 할 이유도 이 근처에 있다. 문학 쪽에 와서 좀 알아보세요, 라고 뜨겁게 속삭일 수 있어야 한다, 적어도 새로운 문학교육은! 어떻게? 그건 나도 모르는 중이다. 이 글이 나의 촉감에 의지하는 이유도 여기 있다.

더듬거리면서 말하건대, 문학이 쓸쓸하듯이, 문학교육의 현장도 고즈넉해질 것으로 예견한다. 가령, 수채화반과 시창작반의 연령대는 비슷하지 않다. 수채화반은 그림 도구를 들고 다녀야 하니 힘도 필요해서 그렇다는 것인지, 시창작반보다 상대적으로 젊다. 따져보면, 젊은 축들은 이미 문학의 무낙성을 직관하고 있다는 뜻도 된다. 문학이 이들과 별거 중이거나 이혼했다는 증좌가 아닐까? SNS의 활약상은 정보의 정확성이 아니라 파급력에 있고, 사용자들은 이를 통해 어떤 사회적 변화에 일조했다는 만족감 혹은 연대감을 누린다. 박원순 시장후보를 찍기 위해 스마트폰을 들고 종각역에 내리는 젊은이들을 떠올려 보시라. 이들을 움직이는 것은 지상명령 같은 문자메시지이지 문학메시지가 아니다. 인터넷과 그로부터 발원하는 시각적 이미지의 물결 속에 문자매체의 영광은 사라졌다. 이 시절에, 우리는 문학과 그것의 전도를 도모하고 있다. 깨놓고 말해서, 답은 없다. 없는 줄 알면서 있는 '척' 중얼거린다. 이것만이 진실이다. 망망대해에서 가라앉고 있는 배를 보면서 '어떻게 될거야' 하는 심정이 지금 나의 국면이다. 이것은 신경숙, 공지영, 김훈의 소설이 시장에서 상당한 매출액을 올리는 비즈니스와도 관계없어 보이는 딱한 상황이다.

이제껏 나는 문학판을 둘러싼 몇 가지 부정적인 소식들을 거론했다. 대개 변심한 독자들과 그들을 부추기는 조건에 관한 것이었다. 딱하지만, 이 딱한 시대를 문학은 언어와 함께, 독자와 함께 사유해야 한다. 당연하게도 문학교육의 출발점도 바로 여기다. 언어와 독자와 함께 찍는 단체사진! 자, 웃으며 '이 쪽' 보시고!

3) 바람직한 방향

이제 이 글의 핵심 의제에 도달했다.

문학교육의 항목으로 글읽기와 글쓰기, 낭독회, 작가와의 만남, 인접 문화와의 융합 등을 떠올릴 수 있다. 아울러 교육의 장이 있기 위해서는 공급자가 있어야 한다. 도서관, 대학부설 평생교육원, 백화점, 사설 사이버 강좌 등을 꼽을 수 있다. 문학교육의 항목과 공급자에 관해서 이렇다 할 새로운 것이 없다. 인터넷 사이트에서 시나 소설 창작을 공부할 수 있다는 것이 아주 약간 새롭지만, 매체가 달라졌을 뿐이다. 이런 것들을 염두에 두면서 구체적인 방법에 대해 거론해 보겠다. 이것들은 내가 처음 제시하는 것이 아니지만 더 강조될 필요가 있다는 뜻으로 이해하면 될 것이다.

한 편의 시는 주체가 선 자리를 보여준다. 그러므로 시읽기는 자기가 서 있는 자리와 삶의 의미를 되새겨준다. 누군가가 시를 읽고 있다면, 그는 이미 자기교육 중에 있는 것이다. 이것이 가장 좋은 의미의 문학교육이라고 나는 생각한다. 또 누군가와 그 시를, 시에 '관해서'가 아니라 시 '그 자체'에 대해 토론한다면, 그는 한 단계 더 나아간 것이고, 읽은 시에 대한 자기 생각을 써본다면 그는 스스로 또 다른 삶의 형식을 완성한 셈이다. 이것이 바람직한 문학교육이라고 생각한다.

(1) '한국문학 읽기' 프로그램 개발

해설이 있는 음악회가 있듯이, 문학작품을 체계적으로 읽고 즐길 수 있는 프로그램이 있어야 한다. 유럽에 푸슈킨, 말라르메, 괴테, 보들레르가 있다면 우리 쪽에도 고전의 이름으로 읽힐 만한 문학이 축적되었다. 베토벤 교향곡 전곡 연주가 있듯이 우리도 미당 시 전편 읽기와 같은 것이 있어야 한다. 백석 읽기, 김종삼 읽기, 김승옥 읽기와 같은 프로그램을 통해서 문학읽기의 다차원적 쾌락을 시민들에게 되돌려 주어야 한다. 이 프로그램은 훈련된 전공자가 기획해야 한다. 기본적이지만 의외로 중시되지 않고 있는 것도 문학읽기이다. 음악을 즐기듯이 문학을 문자 그대로 즐길 수 있는 계기를 갖는다는 것은 생각처럼 쉽지 않다. 쓰기 위해서 읽거나 수험 준비로 읽는 읽기는 이 범주에서 제외되어야 한다. 시민들의 독서를 위해서는 작은 소모임도 권장되어야 한다.

(2) 작품 낭독회 개발

이것은 읽기 프로그램의 연장선에 있으면서 조금 다르거나 많이 다르다. 이 방식은 선택된 작품을 소리내어 읽는 작업이다. 독자와 청자가 일정 공간에서 함께 소통하는 방식이다. 가장 흔히 보는 시낭송회 스타일이지만, 그것을 좀 더 전향적으로 세공한 방식이다. 티비에서 제공된 '낭독의 발견'과 같은 포맷인데, 진행 방식과 청중 규모 등은 주최자의 의도에 맞게 변형하는 것이 좋다. 일종의 하우스 콘서트 개념이다. 이 방식의 주요 핵심은 작품을 소리 내어 읽는다는 점이다. 눈으로 읽는 방식과 차원이 다르다. 산문, 시, 소설 등 장르와 관계없고, 문자의 음성화를 통해 참가자들의 영혼이 공명할 수 있다. 이것이 치유다.

(3) 글쓰기 프로그램의 다변화

노래방에 가듯이 사람들은 자기 안에 있는 무엇을 밖으로 밀어내려 한다. 그것은 고백이자 선언이자 희열이다. 글쓰기를 통해 시민들은 표현의 쾌락을 느낄 수 있다. 시창작, 문예창작, 소설창작 등의 창작 프로그램이 이것이다. 시와 소설에 한정되기 쉬운 프로그램을 접근이 쉬운 글쓰기로 넓혀야 한다. 글쓰기 범주에는 에세이, 서평쓰기, 자서전, 칼럼, 수기, 논픽션 등으로 범위를 확대할 필요가 있다. 시민들의 자기표현 욕구를 도와주고 계발하는 작업으로 큰 의미가 있다고 본다. 이 영역은 가장 오래되었지만 여전히 가장 새로운 사유를 할 수 있는 분야다.

(4) 작가와의 만남 프로그램 확충

책이 있는 곳에 저자가 있다. 저자는 원인이고 책은 결과이다. 기본적으로 이 말은 옳다. 저자가 자신의 책에 대해 다 안다고 할 수는 없지만, 저자라는 중간 매개를 통해 작품을 이해하는 방식도 나쁘지 않다고 본다. 이것 역시 흔히 목도되는 방식이어서 식상감마저 없지 않다. 2010년에 강릉대학교 평생교육원과 강릉모루도서관이 공동 개최한 강릉의 '출향작가와의 만남'은 매우 성공적인 프로그램이었다. 이홍섭 시인이 기획하고 진행을 맡은 이 프로는 시민들에게 문화적 자긍심을 고취시킨다는 당연한 측면과 출생지를 벗어나 있는 작가들과 그 터전을 살고 있는 시민들 간에 묘한 지역정서(감정이 아닌)를 교감시킨 소중한 기회였다. 그 자체가 하나의 문화적 텍스트였다. 언젠가 모 도서관측에 신인급의 작가를 초청하여 독자들과 대화를 나누는 기획을 제안한 적이 있다. 이 생각은 '아이디어는 좋은데 예산 때문'에 실현되지 않았다. 이 프로의 요체는 기획자의 안목에 있다.

(5) 문학과 인접 분야의 융합

문학은 문학만으로 문학이 되지 않는다. 문학만이라는 말은 문학의 문학다운 점을 가리킨다. 문학은 홀로 그것을 형성하지 못하기 때문에 기생적이다. 정치, 경제, 역사, 철학, 종교, 예술 등등을 협력하게 만드는 것이 문학이다. 시와 철학, 시와 디자인, 시와 음악을 연결 짓는 강좌들이 개발되어서 공급되어야 한다. 철학자 강신주의 작업인 ≪철학적 시읽기의 즐거움≫ ≪철학적 시읽기의 괴로움≫, 이승훈의 ≪라캉으로 시읽기≫가 그 예가 된다. 철학과 시를 동시에 읽어내려는 생각은 그 자체로 흥미진진하다. 이런 작업이 학자의 서재에만 있어서는 안 되고 시민들 곁으로 다가가야 한다는 것. 철학과 문학이 만날 경우, 철학공부도 문학공부도 깊은 내공이 요구된다. 그렇지 못하면 수박 겉핥기로 끝난다. 이것이 이 프로의 승부처이다. 이 프로젝트에 성공적인 예가 잘 보이지 않는 이유도 여기에 있다.

(6) 문학현장 탐방

모든 문학은 아니지만 어떤 문학은 명백히 작품의 배경을 가진다. 가령, 김승옥의 〈무진기행〉 황석영의 〈삼포 가는 길〉 황동규의 〈몰운대행〉은 구체적 배경을 가지고 있는 문학들이다. 무진이나 삼포라는 지명은 작가의 픽션이지만, 작가와 연관시켜 보면, 무진은 전라남도 순천, 여수 근방을 연상시키고, 삼포는 작가의 말을 따르면 그가 밤새 걸었다는 '충주 어디쯤'이 된다. 반면에 몰운대는 강원도 정선에 있는 장소다. 작품이 작품성을 구현하기 위해 선택한 장소를 탐방하는 일은 작품에 다가서는 일이다. 김유정의 소설 〈봄·봄〉은 김유정역 앞, 실레마을에 서면 소설의 실재가 현실감으로 전환된다. 이효석의 〈메밀꽃 필 무렵〉만큼 소설의 장소적 배경이 작품을 압도하는 경우도 흔치 않다. 이와 같은 체험은 작가가 교감하고 상상한 현실을 공명해 볼 수 있는 기회다. 문제는 한국문학의 장소들을 체계화 한 작업이 빈약한 형편이지만, 이 프로는 여전히 생동감 있게 시민들의 이목을 끌 수 있을 것이다.

(7) 예술간 대화
독립적으로 작업하는 예술가들의 대화를 통해 예술에 대한 이해의 심도를 높일 수 있다. 화가와 시인, 작곡가와 시인, 소설가와 조각가와 같은 조합을 통해 예술의 상호간 소통을 시도하면서 시민들에게 예술 이해의 즐거움을 선물할 수 있을 것으로 본다. 시인과 소설가가 동석했다고 생각해 보자. 너무 같으면서 너무 다른 창작심리의 결을 만나게 될 것이다. 이와 같은 이벤트도 즐겁지 않겠는가, 싶다.

이상에서 다소 지리멸렬하게 시민 대상 문학교의 '올바른' 방향에 대한 제안을 했다. 말이 제안이지, 남의 것을 가져다가 약간의 손질만 한 것이니 나의 제안은 아니다. 그러니 문학교육의 '올바른' 방향도, '새로운' 방향도 아니라는 말이 된다. 그래서 벌충하는 기분으로 몇 가지 더 사설을 보태겠다. 즉슨, 앞에 제시한 시민과 교감할 수 있는 방안들을 살펴

보면 프로그램의 제공자가 공공영역이 맡아야 수행효과가 증대될 것이 기에 몇 가지 적어둔다.

첫째, 공공도서관이 시민대상 문학교육의 베이스캠프가 되어야 한다. 도서관은 책을 보관, 관리, 활용하는 문화공간이다. 그런데 도서관이라 는 명칭부터 평생학습관, 평생정보관 등으로 바뀌면서 도서관 고유의 역할이 변질되고 있다. 별걸 다 한다. 커피도 가르치고 합창연습도 한 다. 시민공간이라는 뜻이겠는데, 책의 시선으로 보자면 이건 아니다. 이런 추세라면 도서관이 시민 급식소 같은 역할을 떠맡지 말라는 법도 없다. 도서관 측도 책의 물질성은 알고 있으나 책의 정신성에 대해서는 관심이 없다. 사정이 이러하니 도서관측에 문학 관련 행사의 기획을 기대하기는 어렵다. 아무도 들은 체 하지 않겠지만, 국공립도서관의 관 장직은 공무원이 아니라 문인들로 임명하는 방안을 연구해 볼 만 하다. 차선으로는 '상설 파견 문인제도' 같은 것을 도입하여, 문인에게 도서관 측의 문학관련 기획을 맡겨보는 방안도 검토해 볼 수 있겠다.

둘째, 지역 문학관도 문학의 최전선이 되어야 한다.
만해마을, 효석문학관, 박경리문화관 등이 강원도의 주요 문학관이고, 이들은 공공도서관과 다른 양질의 프로그램을 운영하고 있다는 점에서 우수한 사례가 된다. 이들 문학관의 공통점은 작가의 이름을 달고 있고, 작가의 명성을 유지, 관리하는 행사가 중심 업무이다. 일반 시민에게 문학을 '가르치려' 하는 기획보다는 문학의 환경과 분위기를 자임하는 역할을 많이 맡아주기를 바란다.

셋째, 대학부설 평생교육원과 사설 문예창작 코스

소제목으로 지정한 곳들이 보편적인 문예창작교육 기관들이다. 문학 전공자 내지 현역 문인들이 강사를 맡는 것이 통례다. 요즘은 주민센터, 즉 동사무소급에서도 문예창작 프로그램이 설강된 경우를 보았다. 문학은 가르쳐지는 게 아니라는 게 나의 생각이다. 그런데 우리 시대의 저렇게 많은 문예창작 프로그램은 내 생각을 정확하게 배신하고 있는 일이다. 창작은 가르칠 수 없으나, 창작의 배후는 가리킬 수 있다고 나는 생각한다. 가리키다가 가르치다의 전범이다. 창작반 강사들이 저지르기 쉬운 함정은 '조금만 더 열심히 하면 될 것 같다'는 사기술이다. 문예창작반에서 좋은 문인이 나왔다는 소식을 들은 바 없다. 그것은 마치 야구에서 지명타자가 나와서 안타를 치는 것만큼 구경하기 흔치 않은 일이다. 창작에 스승이 있다는 듯, 좋은 창작지침서가 있다는 양 떠드는 것은 함정이다. 쓰고 싶어서 쓰는 사람과 쓰지 않고는 배길 수 없는 사람을 구분해주는 일을 문예창작반은 떠맡아야 할 것이다. 쓰고 싶은 사람은 교양 차원에 머무르면 되고, 쓰지 않고 배길 수 없는 사람은 '스스로' 작가가 된다. 주식강의를 하는 사람이 주식으로 대박났다는 소리 듣지 못했고, 글쓰기 책으로 대박난 소설가가 소설 잘 쓰는 경우를 못봤다, 나는. 글쓰기의 절박감은 가르칠 수 없다는 것. 시쓰기를 가르칠 것이 아니라, 시가 담고 있는 삶의 형식을 통해 각자의 삶을 대면하는 계기로 삼는 것이 더 솔직하고 효율적인 시민교육이라 생각한다. 이것도 치유다.

3. 결론

열심히 떠들었으나 공허하다. 앞으로 남고 뒤로 밑지는 영업이다. 결론 없이 결론에 이르니 멋쩍다. 불안과 좌절과 분노를 일용하고 있는 한국인들에게 문학은 무엇일까? SNS가 '실시간 혁명'을 주도하고 있는 사회에서 문학은 괴물이 아닐까?

갔던 데 또 가고, 만났던 사람 또 만나서 똑같은 얘기 또 지껄이는 〈북촌 방향〉의 영화감독처럼 나는 이 글을 이끌어왔다. 출발선으로 다시 돌아가는 마라토너처럼 혀를 빼물고 달렸지만 그 길은 나아가는 길이 아니라 돌아가는 길이었다.

시인으로서 말한다. 흔한 게 시 아닌가. 그래도 시는 여염집 밥상에 오르는 두부요리처럼 누구나 편하게 먹는 요리가 아니다. 그런 시도 있다, 많다. 그러나 대부분의 시들이 홍어의 신세가 되었다. 홍어에 익숙지 않은 사람은 홍어를 피한다. 이제 시는 홍어다. 일부 문학 마니아가 남아 있지만, 그들도 전향하고 있다. 내가 말하는 시는 문학이다. 우리가 문학교육을 논하는 것은 어쩌면 홍어를 먹을 수 있는 계층을 확대하는 것이다. 맛있는 홍어를 같이 먹자는 뜻?

영국 작가 도리스 레싱. 2007년 87세에 노벨문학상을 수상한 도리스 레싱이 내게 남긴 두 가지 에피소드는 우왕좌왕하다 이렇게 끝난 글의 사랑스러운 대미다. 자신이 수상자로 결정된 사실을 모른 채 시장을 보고 돌아오던 그녀가 집 앞에서 기자들과 맞닥뜨리고, 현관 계단에 쪼그려 앉아서 기자회견을 가졌다는 일. 두 번째는 상을 타먹은 뒤 일 년 즈음 지나 수상 이후에 달라진 게 뭐냐고 기자가 물었을 때 그녀 가라사대, 상금은 손자들이 다 가져가고, 남은 건 기자들과 사진 찍고 밥 먹은 거밖에 없다고 했다. 아무것도 바라지 않는 저 모습. 문학은 레싱이 보여주는 '무보상성'을, 독자들에게 넌지시 귀띔해야 하지 않을까? 우리 같이 살아요!